U0622744

中国历史文化名人传

自清芙蓉

朱自清传

叶 炜 著

作家出版社

中国历史文化名人传

组委会名单

主任：李　冰
委员：何建明　葛笑政

编委会名单

主任：何建明
委员：郑欣淼　李炳银　何西来　张　陵　张水舟　黄宾堂　张亚丽

文史组专家成员（按姓氏笔划为序）

王春瑜　王曾瑜　孙　郁　刘彦君　李　浩　何西来　郑欣淼
陶文鹏　党圣元　袁行霈　郭启宏　黄留珠　董乃斌

文学组专家成员（按姓氏笔划为序）

王必胜　白　烨　田珍颖　刘　茵　张　陵　张水舟　张亚丽
李炳银　贺绍俊　黄宾堂　程步涛

出版说明

　　中华民族五千年文明史中，涌现了一大批杰出的文化巨匠，他们如璀璨的群星，闪耀着思想和智慧的光芒。系统和本正地记录他们的人生轨迹与文化成就，无疑是一件十分有必要的事。为此，中国作家协会于2012年初作出决定，用五年左右时间，集中文学界和文化界的精兵强将，创作出版《中国历史文化名人传》大型丛书。这是一项重大的国家文化出版工程，它对形象化地诠释和反映中华民族文化的基本精神，继承发扬传统文化的精髓，对公民的历史文化普及和建设社会主义文化强国都具有重要而深远的意义。

　　这项原创的纪实体文学工程，预计出版120部左右。编委会与各方专家反复会商，遴选出在中国文化发展史上产生过重大影响的120余位历史文化名人。在作者选择上，我们采取专家推荐、主动约请及社会选拔的方式，选择有文史功底、有创作实绩并有较大社会影响，能胜任繁重的实地采访、文献查阅及长篇创作任务，擅长传记文学创作的作家。创作的总体要求是，必须在尊重史实基础上进行文学艺术创作，力求生动传神，追求本质的真实，塑造出饱满的人物形象，具有引人入胜的故事性和可读性；反对戏说、颠覆和凭空捏造，严禁抄袭；作家对传主要有客观的价值判断和对人物精神概括与提升的独到心得，要有新颖的艺术表现形式；新传水平应当高于已有同一人物的传记作品。

为了保证丛书的高品质，我们聘请了学有专长、卓有成就的史学和文学专家，对书稿的文史真伪、价值取向、人物刻画和文学表现等方面总体把关，并建立了严格的论证机制，从传主的选择、作者的认定、写作大纲论证、书稿专项审定直至编辑、出版等，层层论证把关，力图使丛书经得起时间的检验，从而达到传承中华文明和弘扬杰出文化人物精神之目的。丛书的封面设计，以中国历史长河为概念，取层层历史文化积淀与源远流长的宏大意象，采用各个历史时期最具代表性的文化符号与雅致温润的色条进行表达，意蕴深厚，庄重大气。内文的版式设计也尽可能做到精致、别具美感。

中华民族文化博大精深，这百位文化名人就是杰出代表。他们的灿烂人生就是中华文明历史的缩影；他们的思想智慧、精神气脉深深融入我们民族的血液中，成为代代相袭的中华魂魄。在实现"中国梦"的历史进程中，必定成为我们再出发的精神动力。

感谢关心、支持我们工作的中央有关部门和各级领导及专家们，更要感谢作者们呕心沥血的创作。由于该丛书工程浩大，人数众多，时间绵延较长，疏漏在所难免，期待各界有识之士提出宝贵的建设性意见，我们会努力做得更好。

《中国历史文化名人传》丛书编委会

2013 年 11 月

朱自清

目录

小引

清水芙蓉

在结束了鲁迅文学院青年作家英语班的学习不久，2012 年秋天，我再次来到了鲁迅文学院，参加第十八届中青年作家高级研讨班的进修。

"鲁院"和中国现代文学馆在一个大院子，都在文学馆路 45 号。

这是一个闹中取静的好去处。

周边是一幢幢高楼大厦，唯独这个地方，井然有序地卧着几栋小楼。

文学馆和"鲁院"没有什么明显的分割标志，同属于中国作家协会的两个文学机构，可谓是你中有我我中有你，只不过文学馆的房子多一些，大一些，而"鲁院"只有一栋楼。

45 号这个大院子里有水塘，也有花园。闲暇之余，我常常一个人站在水塘边，安静地看里面自由自在游来游去的鱼儿。看得累了，也常常在文学馆的花园里散步。

我喜欢这个不算太大的花园，在这里散步，不仅可以静思冥想，更可以瞻仰凭吊——在花园的各个角落里，零散地分布着一些雕像，那都是近现代以来令人景仰的文学大师们，有鲁迅，有茅盾，有巴金，有丁玲……

在这些雕塑中，有一个略显孤单的雕像立在文学馆和"鲁院"之间的水塘旁。只见他静静地望着一塘清水，一副若有所思的样子。他的脚下是一簇出淤泥而不染的石刻荷花，正艳艳地开着。

我看着他，看着这个被唤作朱自清的作家、学者、战士——我所敬仰的一个文学大师。

有好几次，我就那么静静地看着他，试图从他静穆的表情里读出一点儿什么来。从他凝重的眼神中，我仿佛看到了他内心里的大寂寞和灵魂里的大孤独。这寂寞和孤独有被时代环境所压迫下的无奈，还有被俗世所纠缠住的烦闷，更有壮志未酬的苍凉。

这个无法摆脱的大寂寞，萦绕着他，隐隐地现出一些无言的痛苦来。

我大概能够理解这份痛苦。

如果我能够和朱自清先生对话，我会问他：朱先生，你究竟是一个怎样的人？你毕生从事文学工作，但你是一个大作家吗？你多半的精力在做学问，但你是一个大学者吗？你从中学教到大学，教了一辈子书，但你是一个大教授吗？你至死不吃美国的救济粮，被塑造为一个勇敢的不妥协的斗争者，但你是一个真正的民主战士吗？

我不知道朱自清先生会怎么回答。

依照他的性格，他大约会说：对不起，对不起，我不是大作家，不是大学者，不是大教授，也不是民主战士，所有这些，都是时人的赞誉，后人的溢美。

朱自清先生就是这样一个"谦虚"过度或者说"谦虚"到有些"怯懦"的人。

但我要对朱先生说：

你是一个大作家，因为你写出了脍炙人口的散文名篇《背影》《匆匆》以及《荷塘月色》，还有大量的堪称绝佳艺术品的文字；

你是一个大学者，因为你为中国文学尤其是中国现代文学学科的建立做出了不可磨灭的贡献，清华大学文科乃至整个中国大学的文科发展都有你的功劳；

你是一个大教授，因为你在清华园里培养出了诸如王瑶这样的能够像你一样打通古、近、现、当代文学研究的大学问家，而王瑶又用自己的那颗大烟斗"熏陶"出了钱理群、陈平原……这是一串串闪着文学之光的名字。可以说从你开始，中国现当代文学形成了一个知识的谱系；

你更是一个真正的民主战士，因为你一直都在以一个孱弱而坚强的知识分子的良知，以一己之力对抗着整个时代的灰暗。

这就是你，一个叫作朱自清的人，一朵世所罕见的清水芙蓉。

第一章 少年生活

一个"小小的人儿"

让我们把时间定格在 1898 年 11 月 22 日。

这一天,在江苏省海州(即今天的连云港东海县)一个普通的小官宦之家里,一个妇人临产了。这不是她的第一次生产,但她也为此熬受了不少苦痛。所幸在富有经验的接生婆和下人们的帮助下,她顺利地诞下了一个"小小的人儿"。只见他有着粉嘟嘟的小脸蛋儿,微闭着的秀气的小眼睛,小小的如若蝶翼的鼻梁,让这个"小小的人儿"透着几分孱弱。

他,就是本文的传主——朱自清。

朱自清的母亲名叫周绮桐,浙江绍兴人,说起来她与新台门周树人(鲁迅先生)还是本家。在朱自清之前,她其实已经生过两个男孩,名为大贵、小贵。可惜的是,这两个孩子都早早地夭折了。在那个时代,这是常有的事儿，倒也谈不上什么稀奇。也正因此，朱自清便成了家里的长孙。

无论是在古老中国，还是现代中国，长子长孙的地位都是非常重要的，几千年的农耕文明所确立下来的种种纲常，也赋予了长子长孙的不同寻常的象征意义。作为朱家第一个顺利存活下来的男孩，朱自清身上背负着很大很重的责任：一方面是农村观念里的传宗接代，事关朱家血脉的留存；另一方面也是朱家不曾败落的象征，或者是家业的再次振兴。处于这种境况的朱自清，集家人的万千宠溺于一身，就一点儿也不奇怪了。

大概也是出于能够让朱自清顺顺当当地存活下来的初衷，不要像两个早夭的兄长一样，朱自清的父母也采用了乡俗迷信的保佑办法。

在苏北地区，乡俗迷信的保佑办法主要有三种：

一是普通人家用低贱的名字——贱的东西皮实，没人要，阎王爷也嫌弃，孩子往往取名狗蛋、招弟、石头、狗剩、土豆、地瓜、水生、牛娃等。

二是讲究些的人家添些香火钱，将孩子托身寄名于寺庙，让菩萨神仙保佑。鲁迅、朱自清的家人都这样做了。

三是给男孩取个女孩子的名字，因为平常情况女孩子比男孩子要好养活一些。

遵照这样的习俗，朱自清的父母没有给他取什么显得特别大富大贵的名字，而是故意给他取了一个女孩的乳名，曰"大囡"，以为这样，就可以让他长命百岁了。

这种风俗习惯，直到现在还在连云港一带的苏北农村保留着。孩子出生以后，为了好养活，有好多都是起个阿猫阿狗的名字。

但这些似乎还不够。

为了让朱自清顺利、健康成长，按照当地的习俗，家里人还在他的左耳边上打了个耳洞，戴上了一个金质的钟形耳环，企图以男扮女装的方式，骗过阎王爷的眼睛。

作为一个男孩，朱自清当然不愿意戴耳环，但是，他又是一个十分听话的孩子，为了不让母亲操心，仍勉为其难地戴着耳环，默默地忍受着他人不时投来的异样的眼光。

这一点，或许促成了日后朱自清内向、腼腆的性格，加上他说话时常常紧张得有一些口吃，也常常受到别人的轻视。

朱自清左耳上的耳环一直戴到十九岁结婚前，才征得母亲的同意，取了下来。

"朱自清"一开始的名字是朱自华，是父亲朱鸿钧给他取的。取名为朱自华，号实秋，一方面是取"春华秋实"之意，另外也是考虑他五行缺火，所以取了一个带"火"的"秋"字。

不知道是出于什么样的想法，朱自清对朱自华这个名字不是很中意。于是，他在读北大本科的时候给自己取了个日后闻名于世的名字朱自清，同时他还把自己的"字"换作了"佩弦"。"自清"这两个字取自《楚辞·卜居》"宁廉洁正直以自清乎"。"佩弦"则出自《韩非子·观行》中"董安于之性缓，故佩弦以自急"。

此番改名，极有可能是因为从小被家里人当作女孩子生养的缘故，朱自清自感性情较为迟缓，于是以"佩弦"作为警策。

另据编辑《朱自清全集》的朱乔森解释："父亲本名自华，号实秋。1917年跳班报考北京大学本科的时候，因为已经预感到即将降临的'败家的凶惨'和'两肩上人生的担子'，就改名自清，字佩弦。"

这是另外一种说法。

现在看来，朱乔森的话是很有道理的。知父莫如子，何况这样的说法也可以和朱自清自己的文章相佐证。朱自清在脍炙人口的散文名篇《背影》中有这么一段话：

> 那年冬天，祖母死了，父亲的差使也交卸了，正是祸不单行的日子，我从北京到徐州，打算跟着父亲奔丧回家，到徐州见着父亲，看见满院狼藉的东西，又想起祖母，不禁簌簌地流下眼泪……回家变卖典质，父亲还了亏空，又借钱办了丧事，这些日子，家中光景很是惨淡……

这大概就是朱乔森所说的"败家的凶惨"吧。由此"败家的凶惨"，朱自清先生所预感的"两肩上人生的担子"之重，我们也就能够理解了。

从海州来到扬州

其实，朱自清的本姓也不是"朱"，而是"余"，其原籍为浙江绍兴。其高祖余月笙在扬州做官，住在甘泉衙门楼上，有一次饮酒过量不幸坠楼身亡，其夫人也跳楼以死殉夫。他们的儿子余子擎由其山阴同乡朱氏收养，于是改姓为朱。跟随朱家去往苏北涟水以后，朱子擎娶当地首富乔氏女为妻，生下朱则余，即朱自清的祖父。朱则余娶妻吴氏，生子取名鸿钧。他就是朱自清的父亲。

朱自清出生的时候，朱则余在海州府任承审官已经十年多了。他性格谦和，为人谨慎，做了多年县府承审，上下关系十分融洽。四邻对他也是十分敬重。

海州县城不大，但因为地处近海，位于要津，历来为当局所倚重。

远从隋朝开始，就受到了格外重视，一直为州一级的治所，号为海州。元时改为海宁州。明初复为海州，属淮安府。镇北的于公、白沟等地，向来以产盐著称。清时仍为州治，直到辛亥革命后，方改名东海，降为县治。海州的位置在现在的连云港西，与徐州东西成一线，是南北气候与人文风俗过渡的地带。

朱自清大约四岁时才随父离开东海，有研究者猜测，他应该是可以讲一些东海话的。虽然那时还是很小的年纪，但多少应该是会说一些的，平日里和小伙伴们在一起玩耍，说的肯定也是东海土语，否则，根本无法交流，便也就无法避免地会被其他孩子排挤。这对于一个小孩来说是天大的事情，他会想方设法融入到周围孩子的圈子中去，这其中就包括与其他人说同样的语言，因为只有这样才不会被小伙伴们看成是另类或怪物。这样的经历，想来许多人在童年时期都有过。

因为朱则余常年在外为官，无人照料家产，其房屋田产慢慢地被其族人侵吞了。家产没了，朱则余干脆将全家搬往扬州，定居下来。这期间，朱自清一直跟随在他的父母身边。所以，朱自清虽生在海州，但却是在扬州长大。他的整个童年以及青少年时期差不多都是在扬州，这大概也是他说自己是扬州人的一个主要原因吧。

扬州地处江苏省中部，历史悠久，文化璀璨，商业昌盛，人杰地灵。这里是长江与京杭大运河交汇处，有着"淮左名都，竹西佳处"之称。在中国历史上，扬州因其独特的地理位置和优越的自然环境，自汉至清几乎经历了通史式的繁荣，并伴随着文化的兴盛。生活在这样的繁华之地，耳濡目染着扬州的文化气息，朱自清慢慢长大成人了。

俗语说，一方水土养一方人。朱自清的成长，自然和扬州息息相关。扬州浓郁的文化气息和艺术气息，包括祖父、父亲两代文人小吏客居扬州的家庭环境，也自然影响着朱自清狷介敏感的个性，以及终生不渝的诗意的文化情怀。朱自清从小性格比较内向，却成为新文化最坚决的拥护者，大学学的是哲学，成名靠的却是诗歌和散文创作，最后在清华大学教的是中国文学，修养最深的是诗学批评。这一切，不能不说和他所成长的环境有关。[①]

小镇青年初长成

朱自清四岁那年，父亲朱鸿钧到高邮州邵伯镇担任主管盐税事务的小官，他跟着父母住到了邵伯镇的万寿宫。

万寿宫的院子很大，很安静，门口不远就是大运河，河坎很高，浑黄的河水日夜流淌，给古老而寂静的运河古镇增添了不少生机和活力。

朱自清常常向河里扔瓦片玩耍。

在乡下长大的孩子，差不多都有过这样的经历。在河边捡起薄薄的石瓦片，弯下腰，贴着水面把瓦片扔出去，那瓦片如同蜻蜓点水一样，一直在水面悬浮着，跳跃着，直到最后没有了动力，沉入水底。

那时候的朱自清，最喜欢玩的就是这个。

每天无事，他常常在河边捡拾起瓦片，或者那种薄而轻的石片，一捡一大堆，放在脚边，扔出去一个再拿起另一个。这个游戏他玩得乐此不疲。扔得不好时，瓦片只能贴着水面飞得很近，然后一头就栽倒在水里了。扔得好时，瓦片像一架水上飞机一样，贴着水面飞出去好远，最远的时候，会飞出朱自清的视线。就这样，一天天扔得熟练起来，朱自清几乎每次都会很成功。

[①] 李生滨、田燕：《远去的背影：朱自清及其诗学研究》，吉林大学出版社 2010 年版，第 12 页。

运河为水路要津，河面上的点点白帆，让年幼的朱自清一看就是大半天。河边时常会出现渔船，在朱自清的眼里，渔网从渔人手中抛出时带出的圆弧是那么美妙。每当夕阳西下，运河水面一片金光，就像一幅优美的版画。

这些，都给朱自清留下了难以磨灭的印象。

朱自清的另一个好玩的去处是去看镇水铁牛。

邵伯镇有个铁牛湾，那里有一头清康熙年间制造的重约三千斤的镇水铁牛，铁牛湾这个名字即来源于此。

在那时朱自清的眼里，三千斤的铁牛无异于是一个庞然大物。他最喜欢的就是骑到铁牛的背上，那样子就像是骑着一头真正的牛似的。有时候不必骑上去，就那么抚摸着铁牛的脸，他也会很满足。看到朱自清如此喜爱这头铁牛，父亲朱鸿钧就指派当差经常抱着朱自清去铁牛湾，在那里，朱自清往往一待就是大半天。

这头铁牛给朱自清的童年带来了不少的乐趣。

也是在邵伯镇，朱自清开始了最初的启蒙学习。

父亲朱鸿钧亲自指导了朱自清的开蒙。

正是阴历四月的时候，在一个暖暖的日子里，书房里的书桌上安放好了笔墨纸砚，朱自清小大人一样在那里端坐着，父亲朱鸿钧把着他的手，一笔一画慢慢写下了"清和"两个不大不小的字，然后又工工整整写下姓名"朱自华"。

这个仪式虽然简单，但对于朱自清来说，却是一个崭新的人生的开端。

朱自清的读书生活，就在这样一个简单而又严肃的仪式后开始了。

因为父亲忙于公务，不能时刻在家，教朱自清识字的任务自然便落到了母亲的头上。

她的教法看上去似乎也比较简单，却也相当的特别——她常常搜集一些名人传记或小说中的故事讲给小小的朱自清听。这些故事深深吸引着朱自清，母亲在有意无意间激发起了朱自清的文学兴味。这种最原始的故事激发，一开始就给朱自清埋下了文学的种子，让朱自清在最容易接受文学熏陶的年纪，在内心深处喜爱上了有趣味的文字。

这一点，其实和现代的创意写作中的潜能激发非常相似。在现在的创意写作课堂上，有一个最大的任务就是让学习写作的人爱上写作，把自己的潜能激发出来。朱自清小时候所接受的教育，有意无意间和最现代的写作教育接上了轨。

经过家庭教育的发蒙之后，朱自清进入镇上的一家私塾读书，正式开始了学习的生涯。

朱自清在私塾里认识了一个好朋友，名字叫江家振。朱自清在《我是扬州人》中说，这也是他的第一个好朋友，对自己的影响是很大的。

那时候朱自清常到江家振家里玩儿，两个人玩得尽兴，怎么也玩不够。不知不觉玩到傍晚，朱自清就和他坐在他家荒园子里一根横倒的枯树干上说着话，依依不舍，不想回家。可惜的是，这个好朋友命短，未成年就死了。朱自清猜测他得的是肺病。[①]在旧中国，得了这个病就基本上等于是被宣判了死刑。

热闹繁华扬州城

朱自清六岁那年，全家搬至与江都毗邻的扬州城里（朱自清后来在

---

① 朱自清：《我是扬州人》，《朱自清全集》第四卷，江苏教育出版社 1996 年版，第 455 页。

清华大学任教授兼中国文学系主任时，名片上写的是江苏江都人："朱自清，佩弦，江苏江都，北平清华大学"，其原因就在这里），租住在天宁门街一同族的大宅子里。这是一栋三进的古式房屋。一进大门，有门楼过道，较为宽敞，二道门有八扇屏门。

这所房子有一座小花园，那里有树，有花架，上面爬满了细细长长的藤状植物。朱自清猜测那大约是紫藤花架之类吧。当时作为小孩子的朱自清，不知道那些花木的名字，只记得爬在墙上的是蔷薇。那蔷薇开的花很鲜艳，花藤上布满了大大小小的尖刺儿。在花园中，还有一座太湖石堆成的洞门。

这些，当然都会成为朱自清的好去处。

朱自清在这里最喜欢干的事，就是在一个顽皮的少年仆人的带领下，在花园里跑来跑去捉蝴蝶。蝴蝶在花丛间飞来飞去，看似漫不经心，却很难抓到。朱自清和少年仆人跑得满头大汗，依然两手空空。蝴蝶抓不到，朱自清有时候会随手掐下几朵花，放在鼻子下闻一闻，吸一口气，作陶醉状，转手就丢掉了。

扬州城里是热闹的。

夏天的早晨，大门外常常传来清脆好听的叫卖声，那是来自乡下的姑娘正在各处街巷沿门叫卖栀子花。每次听到那个清脆的声音，在花园里奔跑的朱自清都会立即停下来，奔向门外，看那俊俏的卖花姑娘一步步走近。

朱自清的神情十分专注。时间久了，他的样子被卖花姑娘看到，常常会羞红了脸。此时的他们，仿佛情窦初开的少男少女一样，心里像揣着一只兔子，怦怦怦直跳个不停。

朱自清喜欢栀子花白而晕黄的颜色和那肥肥的个儿，这花似乎和那些卖花的姑娘有着相似的韵味。或许，朱自清那时候对花的喜爱中，也有着对卖花姑娘的好感吧。[①]

此时，朱自清手里还有着大把大把的时间可以玩耍。

因为父亲朱鸿钧对当时新式学校读书的成绩和教学的方法有所怀疑，便让朱自清仍旧在私塾里念书，把他送到中过秀才或举人的老师那里去受教。父亲是个传统的人，对朱自清的教育自然也是如此。

为了能够让朱自清得到好的教育，朱鸿钧让他拜扬州知名老教师李佑青为师。即便如此，他还不放心。朱自清放学回来时，父亲都要亲自把他的作文卷子检查一番。

每当这时，朱自清就免不了有点儿紧张，他担心父亲对自己的作文不满意。

检查作文这事多半是在晚饭后，父亲一面低吟着朱自清的作文，一面吃着落花生豆腐干下烧酒。

每当看到作文后面有好评，字句边上又有肥圈胖点，父亲就点头称是，欣然饮酒，且给坐在旁边的儿子几粒花生米，或一块豆腐干。若是文章的字句圈去的太多，尾后又有责备的评语，父亲就要批评朱自清了。有时候气得厉害，虽然不动手打人，却往往把文章拿来出气，无情地投进炉火里。看着自己的文章被烧掉，朱自清常常忍不住要哭起来。[②]

可见，朱自清的读书生活不再像刚刚开蒙时那么轻松了。

尽管如此，严格的古文训练还是必要的。要知道朱自清在清华大学一开始学的是哲学，哲学出身的他能够成为著名的作家而进入清华大学中文系，教授古代文学和现代文学，打通古代、近代和现代文学的边界，需要很强的文字修养和广博的文学知识。所有这些，自然与朱自清小时候受到的这种严格的古文训练大有关系。

---

① 朱自清：《看花》，《朱自清全集》第四卷，江苏教育出版社 1996 年版，第 150 页。
② 于维杰：《朱自清的学术研究》，（台北）《书和人》第 52 期，1967 年 2 月 25 日。

虽说朱鸿钧对待朱自清的学习是很严厉的，但他也常常有慈爱的一面。

比如在寒冷的冬夜，为了让孩子们不至于太冷，他常常会在屋子里点上洋灯，烧上一锅豆腐，让朱自清他们围坐在一起，就着酱油吃热豆腐。

这情形，充满着其乐融融的温暖。

在此时朱自清的眼里，父亲的形象是很高大的。孩子眼中的父亲形象大抵都是这样。朱鸿钧对朱自清管教甚严，对待他常常是不怒自威。中国人素来如此，俗语说棍棒之下出孝子，玉不琢不成器，对孩子严厉一点儿，似乎也没有什么不对。何况朱鸿钧大小也是一个官员，是位文化人，对待朱自清自然也是尽量宽严相济，责之有度。

就青少年时期的成长来说，朱自清和父亲朱鸿钧之间的关系大体还是融洽的。只不过到了后来，朱自清年纪渐长之时，因为一些家庭琐事，朱自清和父亲朱鸿钧之间发生过一些不愉快，但这些都不至于到感情破裂的地步，总体来讲还是比较温和的，尤其是在朱鸿钧步入老年以后。

这一点，可以从朱自清的散文名篇《背影》中窥其一斑。

这篇今天读来仍旧让我们动容的艺术佳作，述说了朱自清和父亲之间的感人温馨的亲情，舐犊情深的人间大爱弥漫在整篇文章当中，让人在感动中潸然泪下。在文中，父亲的形象是矮小的，更是高大的；父亲的行动是笨拙的，更是充满了爱意的。

天下父子情，一篇《背影》，足矣。

有志少年读书郎

转眼间，朱自清十岁了。

这一年朱鸿钧到江西石港担任盐务官，朱自清跟着父亲去了江西。

江西风光旖旎，人文荟萃，给少年的朱自清留下了很深刻的印象。

惜乎他在江西待的时间不长，一年后就返回了扬州，进入双忠祠初等小学读书，从此开始了新式完整的学生生涯。

与此同时，朱自清仍旧继续在私塾老师那里学习。

不久，朱家又搬了一次家，从天宁门街迁到了弥陀巷中段小桃花巷内。

新家的环境还是不错的，这个院子是典型的南方家居的结构，据朱自清弟弟朱国华说：

> 巷口有一口水井，大门对面有一堵照壁，照壁后便是东西绵延的瓦砾山。大门北向，门槛很高，入大门通过门楼，进屏门有一方小天井，向西进入二门，便是一个三合院。朝南三大间是正房，我们父母兄弟姐妹都住在里面。隔着天井，对面有三间较小的屋，是祖父母的住房。向西通过厢房旁的甬道，又有一个小天井。南边是厨房，北边有耳房一间，供勤杂人员居住。①

这样的环境，也算是较为宽裕的。

少年朱自清就在这种较为宽裕的环境里慢慢长大了，他在扬州深厚的历史中和婀娜多姿的现实中生活着，感受着江南的烟雨淋漓，浸润着前辈文人的丰富细腻的个性和宽广的艺术情怀。此时处于少年期的朱自清，心灵是最敏感的，环境塑造人，润物细无声，朱自清在不经意中接触到了一座文化古城的自然风物和人文精华。

① 朱国华：《朱自清在扬故居踪迹》，《扬州文史资料》第七辑，1988 年 7 月。

在动荡不居的岁月中，现世安稳终归是一种奢望，所谓风流总被雨打风吹去，世事总是无常。

辛亥革命后，朱家遭遇了一场大变故。

原清朝扬州镇守使徐宝山在扬州成立了军政分府，自任司令。此人以逮捕和杀头作为威胁，专找旧日清朝政府的官吏敲诈勒索。朱家两代为官，朱鸿钧又担任着较为肥厚的宝应厘捐局长一职，势必难逃此劫。祖父为了自己的老面子，当然更是为家人的安全着想，咬牙捐出了辛苦经营大半辈子的过半财产。俗语说人为财死鸟为食亡，毕竟是苦心经营数目不菲的一笔巨款，懊恼加上气急攻心，经此一劫后，祖父心力憔悴。再加上徐宝山贪得无厌，屡次敲诈，祖父终于不堪勒索忧愤离世。

这场变故是一个转折点，朱家从此步入了下坡道。朱家殷实的境况已不再，往日富裕的生活也日渐紧巴。

朱家家道由此渐趋败落了。

办完了祖父的丧事，父亲朱鸿钧也累倒了。劳累加上气闷，朱鸿钧得了伤寒病，身体境况不好，便索性辞去了厘捐局长的差事，在梅花岭史公祠养病。

在父亲养病期间，朱自清几乎每天都去史公祠探望、陪伴。

史公祠包括祠和墓，均南向，大门临河，东墓西祠，并列通连。院正中为"飨堂"，堂前两边悬挂着清张尔荩所撰名联：

数点梅花亡国泪，二分明月故臣心。

堂内明间有云纹形梅花罩格，上悬"气壮山河"横匾。两边悬有清道光二十八年（1848）吴熙载篆书的楹联：

生有自来文信国，死而后已武乡侯。

现在的史公祠，堂正中供奉着 1985 年为纪念史可法殉难三百四十周年而塑的史可法像，塑像巍然屹立，好不威武。

飨堂后为史公衣冠墓，墓前有三座砖砌牌坊，上额"史忠正公墓"，与三面围墙形成墓域。墓地内银杏蔚秀，腊梅交柯，正中立石墓碑，上镌"明督师兵部尚书兼东阁大学士史可法之墓"。碑后墓台上有墓冢，封土高十六米。

朱自清每次进入到史公祠庭院，总要在那副"数点梅花亡国泪，二分明月故臣心"的楹联前驻足良久。或许，这副千古楹联早已在他年少的心里种下了一粒种子。这粒种子将在朱自清日后的成长中生根发芽，最终长成贯彻其一生的浩然正气，长成一副知识分子的耿直脊梁。

在探望父亲的同时，朱自清最喜欢做的事情就是登上梅花岭，坐在史公墓旁阅读喜爱的书籍。他捧着书一看就是小半天，沉浸其中而不能自拔，每每到了忘食的地步。

朱自清痴迷于读书，以访书、借书、买书为乐。朱国华说：

> 因为家中藏书数量有限，为了补充、更新知识，他经常向友辈借阅或转请扬州贤良街志成书局代向上海订购有关书籍。[1]

朱自清对阅读的喜爱，为他今后的写作打下了扎实的基础。阅读，也逐渐成为了他终生的习惯。这一点，差不多是朱自清同一代学人的共同特点。我想，这也是那一代学人能够大师辈出的一个原因吧。阅读给

---

[1] 朱国华：《对大哥朱自清青少年时期的回忆》，《扬州文史资料》第七辑，1988 年 7 月。

他们打下了多元而坚实的精神思想的底子，正是有了这个精神思想的底子，他们才能够取得常人所不能有的成就。

孔子说，十五志于学。意思很简明，十五岁，男孩子懂事了，应该立志读书做人了。家里遭遇的变故，给朱自清的触动很大，读书自然也更加刻苦用功了。他对语言似乎天生敏感，有着很深的兴趣，无论是国文还是英文，在同代人里面都算得上顶尖高手。

就拿国文来说吧，朱自清的国文很早就在夜塾里做通了。

那时辛亥革命已经爆发，跟随着时代的潮流，朱自清剪去了发辫，去夜塾学习国文。主持夜塾的老先生叫戴子秋，朱自清的国文就是在这位老先生的点拨下，一时间豁然开朗，一通百通。后来，朱自清还到扬州知名的老教师李佑青先生那里去请教、听课。

再后来，朱自清在安徽旅扬公学高等小学读书时，还对英语发生了浓厚的兴趣。

这得益于小学里的一位黄先生，还有陈春台先生。这两位先生英语讲解得极好，启发了朱自清学习英语的兴趣。

国文和英语的双双"打通"，对朱自清以后的成长至为关键。国文通了，才有他此后的作家和学者之道路；英语好了，他才能够中西知识融会贯通，独步东西方之间，取得名重一时的文学成就和彪炳史册的学术成果。

虽说朱自清在读高小的时候比较用功，但毕竟还是个孩子，有时候也不乏顽皮。

据他自己在文章中讲述：

一个春天，有人提议到城外 F 寺去吃桃子，而且准备白吃，不让吃就"大闹天宫"，打一架也不在乎。那时虽远在五四运动以前，但学校的中学生却常有打进戏园看白戏的事。中学生能白看戏，小学生为什么不能白吃桃子呢？朱自清和小伙伴们那时候都这么想，一经鼓动，同声相应，十几个同学鸠合在一起，浩浩荡荡地向城外奔去。

到了寺庙，他们气势不凡地吆喝着道人（朱自清称寺庙里的工人为道人）们，带领一干人去桃园。道人犹豫着说道：现在桃树才刚开花呢！

这群捣蛋鬼哪肯相信道人的话，人五人六地到了桃园一看，都傻了眼，桃花正开着呢！这时有人提议去折花，道人阻止，被推倒在地。有人嚷着：没有桃子，得沏茶喝！道人们哭笑不得，只得引着一帮小毛孩子去了"方丈"那里，让他们各喝了一大杯茶了事。

这样的事，虽不免有些许荒唐，但也给少年时代的朱自清的成长带来了不少乐趣。

少年书生渐老成

高小毕业后，朱自清考入扬州两淮中学（后改名为江苏省立第八中学，又改为江苏省立扬州中学），开始了中学时代的学习生活。他个子不高，坐在第一排。在老师们的眼里，朱自清是一个脸儿圆圆的、胖胖的、身子结实、学习很认真的学生。这一时期，朱自清形成了特有的性格：不苟言笑，学习认真，做事踏实，一副少年老成模样。

在两淮中学里，朱自清的阅读习惯一以贯之。不但学习成绩优异，平时还喜欢读各种书籍，尤其爱看小说，对文学有着十分浓厚的兴趣，还曾自命为文学家。

在这期间，朱自清的能力得到了全面发展，到毕业时，学校给朱自清颁发了品学兼优的奖状。

1913 年 5 月 24 日，扬州军政分府司令徐宝山被国民党人张静江炸死，这对朱家来说是一个好消息，因为从此以后少了一个盘剥勒索的人。无奈此时朱家家道已然中落，在衣食住行等各方面已大不如前，住处也由弥陀巷搬到了南皮市街。考虑到弥陀巷仅剩下无人居住的旧屋若干，只得干脆卖掉了。

朱国华写道：

> （南皮市街上的新家）是一所很古老的房子，大门向东，门板和门沿是用铁皮包钉的。通过大门楼便是八扇屏门，进了屏门，过了院落，便是大厅和两进内宅，各有天井隔开。大哥（朱自清）读中学时经常就住在大厅旁边厢房里。①

在扬州时，朱家搬家是比较频繁的。

搬至南皮市街不过两年，朱家又搬到了琼花观街东首：

> （新家）大门朝南，通过大门内门楼，进入屏门，是一个长方形的院落。南面有耳房三间。向北通过果园，东面有住房三进，当时是房主和孙姓居住的。我家住在西边，进入东向的二门走过花圃，前面是一座朝南的大厅，后面有两进内室。由二门内花圃通过八角门向北弯进，走过长长的火巷到达厨房，厨房有三大间，开启了后门，通向芳药巷中段的银锭桥。②

1916 年放寒假，朱自清从北京回家结婚，就是在琼花观街举行的婚礼。当时"家中院里院外、堂屋门楼，都已装扮一新，新房设在朱家

---

① 朱国华：《朱自清在扬故居踪迹》，《扬州文史资料》第七辑，1988 年 7 月。
② 同上。

第二进住房的西屋。新房内陈设一新，正迎门的墙上挂着贴有大红喜字的玻璃镜屏，上面是挺拔的苍松和在枝头上跳跃的松鼠，左右一副对联'吉席和鸣陈敬仲，书成博议吕东莱'，是朱自清在江苏省立八中的同学所送"。①

新婚燕尔，两情相悦，曾带给朱自清许多喜悦。朱家在这里一直住到1922年。这座房子和朱自清的关系最为密切，在此他经历了中学毕业、上大学、和武钟谦结婚、生子等几个重要的人生历程。长子迈先、长女采芷相继出生于此。1921年他回扬州中学任教时也住在这里。可以说居住最久、最为难忘。三弟朱国华在二十世纪八十年代回忆家庭生活时，认为这儿才是朱自清扬州生活的真正故居。然而此地因修建工厂，破坏严重，无法恢复，令大家惋惜。

自朱家移居扬州城内后，先后住在天宁门街、弥陀巷、南皮市街、琼花观街及安乐巷等处。1930年春天，朱家搬至安乐巷，现在安乐巷27号（原54号）的建筑是保存最完好的一处。1932年朱自清与陈竹隐在上海结婚，回扬州探亲时，就是在这里住了十多天。也许这座建筑给再婚的朱自清留下过愉快的记忆。然而世事无常，也是在这儿，朱自清的母亲、二女儿、父亲、庶母先后辞世，也给朱自清和家人留下了永远的伤痛。②

对于朱自清来说，扬州城是一个五味杂陈之地。

父亲的严格要求，私塾先生的纯正教导，新式学堂的全新教育，家庭的变故，还有扬州的风物人情，使少年书生朱自清逐步成熟起来。

---

① 李东轩：《朱自清与扬州》，扬州广陵书社2008年版，第15页。
② 李生滨、田燕：《远去的背影：朱自清及其诗学研究》，吉林大学出版社2010年版，第36页。

对此，朱自清在江苏省立第八中学就读时的级任老师回忆说：

> 我在江苏省立第八中学任乙四年级级任时，他正做乙四年级的学生，坐在教室门内第一座，……他个子不高，圆圆的脸长得很结实，不苟言笑，不曾缺过课，他在那时喜看说部书，便自命为文学家。毕业时校中给予品学兼优奖状，其时另有一位同学（此人现在地位也不错）表示不满，怨校方奖状给朱不及己也。这位同学各科成绩均好，惟英华外发，与朱之浑厚不同耳。①

或许是因为小时候就受到母亲讲故事熏陶的缘故，加上此前已经养成了爱读书的习惯，朱自清自始至终都对课外书有着十分浓厚的兴趣。虽然那时候家中藏书不算太多，但经史子集都有一些，比如《论语》《孟子》《易经》《诗经》《史记》《汉书》《韩昌黎集》《柳河东集》等，这些书便成为朱自清最好的课外读物。

中学时代，朱自清醉心于《聊斋志异》和林译小说，想方设法找来看，一方面是借，但主要的还是买。

朱自清自己说：

> 在家乡中学时候，家里每月给零用一元。大部分都报效了一家广益书局，取回些杂志及新书。那老板姓张，有点儿抽肩膀，老是捧着水烟袋；可是人好，我们不觉得他有市侩气。他肯给我们这班孩子记账。每到节下，我总欠他一元多钱。他催得并不怎么紧；向家里商量商量，先还个一元也就成了。那时

---

① 李方谟：《我记忆中的朱自清先生》，南京《中央日报》副刊《泱泱》第六一六期，1948年9月6日。

候最爱读一本《佛学易解》（贾丰臻著，中华书局印行），就是从张手里买的。那时候不买旧书，因为家里有。只有一回，不知哪儿捡来《文心雕龙》的名字，急着想看，便去旧书铺访求：有一家拿出一部广州版的，要一元钱，买不起；后来买到一部，书品也还好，纸墨差些，却只花了小洋三角。①

朱自清对阅读的喜爱，于此可见一斑。

博览群书为朱自清日后的文学创作打下了一个好基础。肚子里有了一些货色以后，朱自清便忍不住牛刀小试一下。他在中学时代曾经模仿林译小说的辞藻和手法，写过一篇八千字的《聊斋志异》式的山大王的故事，投给了《小说月报》。尽管后来被退了稿，但这毕竟激发起了朱自清的写作兴趣。当时，朱自清和一些志趣相投的朋友办了一个有光纸油印的文言文《小说日报》，可惜只办了三天就停刊了。朱自清还在上面写过一个侠客的故事，叫《龙钟人语》。

这年秋天，朱自清结束了中学生涯，顺利考入北京大学文预科，到北京城读书去了。

---

① 朱自清：《买书》，《朱自清全集》第四卷，江苏教育出版社 1996 年版。

第二章

求学北大

两年预科变一年

北京大学的前身是京师大学堂。

京师大学堂是戊戌变法运动的产物，是维新派克服了顽固守旧势力的重重阻挠建立起来的高等学府。

辛亥革命后，严复被任命为京师大学堂总监督，后京师大学堂改称为北京大学校，大学堂总监督改称大学校校长，各科的监督改称学长，原来附属的高等学堂亦改称为大学预科了。当时的北大设文、法、理、工科和预科。本科就设在地安门附近，预科则设在北河沿的清代译学馆旧址。

所谓"预科"相当于北大的附属高中，学制为三年（后改为两年），毕业后可以免试升入本科。预科又分为两类：第一类预科毕业后升入文、法本科；第二类预科毕业后升入理、工科，它偏重于数学的教学。文预科教师有沈尹默、沈兼士、陈汉章等，第一年课程主要有国文、文字学、本国史、本国地理、西洋文明史、英语及体操等。

名师云集，课程丰富，这一切对于喜欢读书的朱自清来说，无异于是到了学习知识的天堂。在学习之余，朱自清最喜欢的事情还是遍览天下好书。朱自清一方面延续着在扬州时期养成的读书习惯，整天泡在图书馆里，饱读诗书；另一方面开始大量接触和阅读各种介绍新知识、宣传新思想的书籍刊物，如饥似渴地勤奋学习。

北大图书馆当时设在马神庙公主楼里，朱自清整天乐在其中，满心欢喜地翻阅着新刊物和新书籍，眼界大开，人生境界也不断地得到提升。读书的魅力是如此巨大，以至于朱自清一有空就往图书馆跑。有时读书到了深夜，他也全然不觉，直到工作人员向他提醒，才恋恋不舍地离开。

按照规定，朱自清至少要在北大预科读两年，才能转入北大本科，但因为家庭负担日益加重，朱自清有心早点儿出来替家里分担压力。恰好这一年北大文科生源不足，学校特别开了一个方便之门，允许预科不满年限者以同等学历报考。于是，朱自清就提前一年跳级投考了北大本科，顺利考入中国哲学系。其字"佩弦"就是在此时取的，意在勉励自己激流勇进。

难得的读书种子

在北大读书时，朱自清正处于最好的青春年华。这个时期对于他的性格和人生观的形成有着至为关键的作用。而人生观的建构当然离不开知识的积累和学识的加强，北大求学对于朱自清最直接的作用就是在知识结构的积累方面打下了扎实而深厚的底子。

朱自清是喜欢读书的人，可以说是一颗难得的读书种子。在家乡中学的时候，家里每月给他零用钱一元，大部分都报效了前面提到的广益书局。那时候朱自清最喜欢读的一本书《佛学易解》就是从这家书局里买的。到北平来上学入了哲学系，除了学习课程，就是非常勤奋地读书，他的阅读非常宽泛，也比较庞杂，从倡导新文学和新思想的《新青年》杂志到经典佛学，都是他的阅读趣味之所在。朱自清读书时善于思考，读书中遇到问题，就向北大老师胡适等人请教。

朱自清喜欢找佛学书看。那时候佛经流通处在西城卧佛寺街鹫峰寺。

记得那是个阴沉沉的秋天下午，街上冷冷清清，只有朱自清一个人，到寺里买了《因明入正理论疏》《百法明门论疏》《翻译名义集》等，满心欢喜地回去读了。

为了读书，朱自清甚至去了典当行。在毕业的那年，朱自清有一次到琉璃厂华洋书庄去，看见新版韦伯斯特大字典，定价十四元。可是对于那时的穷学生来说，十四元并不容易找。想来想去，朱自清只好硬着心肠将结婚时父亲给做的一件紫毛（猫皮）水獭领大氅当了去。拿去当的时候，朱自清也踌躇了一下，却终于舍不得那本字典。想着将来赎出来，却再也没有赎出。[①]

为了读书，可以把最好的衣服当掉，可见朱自清对书的痴迷。

北大中国哲学系一年级的课程很丰富，包括胡适"中国哲学"和"中国哲学史"，陈大齐"哲学概论"和"心理学"，章士钊"伦理学"，陶孟和"社会学"等。遨游在知识的海洋里，朱自清如同来到了学习的天

---

① 朱自清:《买书》,《朱自清全集》第四卷，江苏教育出版社 1996 年版，第 353—354 页。

堂，津津有味地听课，乐此不疲地读书。

从北大预科到哲学系一年级，上课地点从北河沿改到了汉花园北大一院。这里的北大指的是老北大。所谓老北大，当然不是现在的西郊燕园，而是东城区美术馆西边那个以沙滩红楼为标志的北大旧址。沙滩其实是民间叫法，二十世纪前半期，这里因红楼前那条汉花园大街而闻名。据老北大学生回忆：从前门车站雇洋车连拉人带铺盖卷，只要说上一声汉花园，没有一个洋车夫不知道他应该拉到哪儿歇腿的，并且也知道你决不是花得起冤钱的公子哥儿，所以车钱也并不多要。

汉花园的地点在东城北河沿畔，这个"花园"所包括的区域，南至大学建筑外面的碎石马路，名称叫作花园大街，西至松公府内的北大图书馆及北大文科研究所正门，东面墙外是两岸夹着细条的杨柳的宽大的河沟。河水是一向干涸的，积尘满天，和中法大学的校舍隔着"鸿沟"，遥遥相对……北面就是椅子胡同，那是北平的新科班"戏曲学校"的所在地。在北大的新宿舍的阳台上，可以远眺到他们的戏台。

这个曾经还是"有名无园"的汉花园，现在连名字一并都被埋入这个城市的历史地层中了。二十世纪前半期，"汉花园"几乎就是北大的代名词。今天，这个地名已经沉入历史。现在的出租车司机当然再也找不到汉花园了。在北京的地图上也消失了这样一个曾令很多学子向往的名字。红楼前的汉花园大街后来改名为五四大街，被赋予了更现代的历史性意义，却遮没了原来那一点儿古雅的诗意，以及与之相伴的想象与记忆。现在，我们只能依靠零星的回忆文字来界定汉花园的所在了。

朱自清就是在这里开始了哲学系一年级的学习。

此时，朱自清家里又发生了一个大的变故，更加速了朱家的败落。

变故和朱自清的父亲朱鸿钧纳妾有关。

其时朱鸿钧在徐州担任专管盐业买卖的榷运局长，用现在的话来说，手里有了些小权，就在徐州纳了几房小妾。此事被当年从宝应带回的淮安籍潘姓姨太太察觉以后，气势汹汹跑到徐州大闹一场。结果上面的人知道了此事，怪罪下来，来了个撤职查办不说，朱鸿钧还得想办法打发徐州的姨太太，为此花了不少钱。家里变卖了首饰才补上了巨额亏空。

因为此事，朱自清的祖母气愤不过，郁郁而终。

噩耗传来，朱自清乘车南下，赶到徐州，打算跟着父亲一起奔丧回家。到了徐州后，他来到父亲的住处，只见满院狼藉，境况凄凉，不禁潸然泪下。倒是父亲来安慰说："事已至此，不必难过，好在天无绝人之路！"

两个人一起回到扬州，朱鸿钧设法变卖、典当了一些家产。原来摆在案上的巨大古钟、朱红胆瓶、碧玉如意，以及挂在墙上的郑板桥手迹等，统统都送进了当铺，厅上只剩下几幅字画和一张珠帘。

即便是这样，还是周转不过来。

为了办丧事，朱鸿钧不得不四处借钱。

从此，朱家便彻底败落了。

不活跃的好学生

家道的败落虽然让朱自清心情不好，但好在还没有影响到他的读书前程。第二年，朱自清顺利升入了中国哲学系二年级。

二年级的课程有胡适"西洋哲学史大纲"、杨昌济"伦理学"、马叙伦"中国哲学"、陶孟和"社会学"和"社会问题"，以及英语和德语等。对于这些课目，朱自清自然是很认真地学，同时也在继续拼命地博览群书。

那时的北大，学生都是两个人一间宿舍。朱自清和学友查君同室，查君闲来无事喜欢画画。这天，朱自清看到他的一幅《西妇抚儿图》，很受触动，兴之所至，写下了新诗《"睡罢，小小的人"》，表达了自己对新的生命的关爱和祝福。此诗不长，但对朱自清的新文学创作的起步有着重要的意义，他写道：

> "睡罢，小小的人。"
> 明明的月照着，
> 微微的风吹着——一阵阵花香，
> 睡魔和我们靠着。
> "睡吧，小小的人。"
> 你满头的金发蓬蓬地覆着，
> 你碧绿的双瞳微微地露着，
> 你呼吸着生命底呼吸。
> 呀，你浸在月光里了，
> 光明的孩子，——爱之神！
> ……

从这首诗的字里行间不难看出朱自清对于生活乃至生命的浓浓爱意。此诗以笔名余捷发表在当年底《时事新报》的副刊《学灯》上面。

在朱自清的作品里面，诗歌并不是最多的。诗歌是属于青年人的，朱自清的诗歌写作也是多集中在青年时代。尽管他写得少，却都有一定的美学意蕴。

朱自清的诗歌看上去很简单，很好懂，但每一首都值得反复品味。

虽然表面上看朱自清是一个缺少诗意的人——他不苟言笑，在不熟悉的人面前，常常保持缄默。但他内心里却是诗潮澎湃的。

在蔡元培的"兼容并包"治学方针下，北大校内学生思想十分活跃，社会活动很多，当时和朱自清同系同班的同学杨晦曾回忆说：

> 随着政治上的变动和外交的吃紧，随着新、旧思想斗争的展开，（学生活动）就一天比一天开展，一天比一天活跃。平常，除了《北京大学日刊》每天出版外，还有在宿舍的影壁上、墙上，随时出现的海报、布告等。有人发出什么号召，就有人响应；说开会，就有人去。开会的地点，大些的会，在饭厅开的时候多。要说话的，站在板凳上就说起来。甚至在厕所里开辟"厕刊"，互相辩难。北大当时还有一个特点，就是有什么活动，或有什么社团组织，一般都是放一个签名簿在号房，谁愿意参加就可以自由签名。北大实际上已成为当时反帝、反封建的战斗堡垒，一面迎风高扬的革命旗帜。朱自清刚进哲学系时，整天埋头苦读，和同学不大交往。《北大日刊》是一种公报性质的刊物，上面经常公布各系缺课的学生名单，朱自清的名字从未出现过。这位"胖胖的、壮壮的、个子不高却很结实"的青年，在师友们的眼中是个秉性谦和、沉默寡言、不很活跃的用功学生。

朱自清因此给人留下了少年老成的印象。对此，杨晦写道：

> 朱自清先生跟我是同班的同学，我们都是民国九年（1920）北大哲学系毕业的学生。不过，我们彼此间却等于没有来往。

他是一个不大喜欢说话的人……我们同课桌坐过一学期，因为当时的座位是一学期一换，我们大概没有谈过两三句话。然而，我对于他却印象清楚而且感觉很亲切。……朱先生比我只大一岁，然而，在同学时，他却已经显得很老成，我完全是个孩子的样子。①

此时的朱自清家庭负债累累，他想在三年里读完四年的课程，好早一些毕业出去做事，为年老的父亲分忧。但当时的政治热浪对他的影响太大了，在猛烈的斗争风雨的冲击下，他的心灵逐渐苏醒了，开始留心并参加校内外的政治活动。

这一年，中国发生了一件开天辟地的大事。

5月4日，北京爆发了五四学生爱国运动，以北京大学为首的十三所学校的三千多名学生在天安门集会，高呼口号，要求惩办卖国贼。运动迅速扩大到全国各地，新民主主义革命由此引燃了。

五四运动的爆发当然离不开时代大背景。对此，林贤治在《五四之魂》一文中说：

五四一代知识分子的最大幸运，在于没有一个独裁而强硬的政府。民元以后，北京政权先后换过好几批人物，然而都因为立足未稳，而无暇或者无力顾及知识分子的存在。这样，他们仿佛生来就拥有言论、出版和结社的自由——人类最重要也是最基本的自由权利……由于权力松弛，也就给思想在中国的传播造就了千载难逢的有利机会。……陈独秀的《新青年》和

---

① 参见电视散文《朱自清》http://www.cntv.cn/program/dssgsw/20041130/101871.shtml，2004年11月30日。

蔡元培的北京大学共同合力的推动下，导致了这场彻底反封建的思想革命和革新语言文体的文学革命。①

正是在这样的历史情境下，朱自清和许多在二十世纪中国政治与文化生活里将有精彩表现的年轻才俊们——像傅斯年、罗家伦、杨振声、匡互生、邓中夏，还有先后在北大旁听过的毛泽东、沈从文……这个名单可以开得很长——怀着兴奋的心情来到北京，进入北大，呼应时代的风雨，打开新的知识视野，追求新的人文精神，最终走向更开阔的人生境界。特别是朱自清，他求学北大的四年恰恰是五四新文化运动的高潮时期。②

饱含诗情的朱自清与同时代有抱负的青年人一样，终于从小小的书斋迈向了广阔的社会，他与同窗江绍原、杨晦以及国文系同学孙伏园等人一道参加了示威游行，表现颇为活跃。

两天后，"北京中等以上学校学生联合会"成立，朱自清又参加了其中一个股的具体工作。

朱自清是愿意做事的人，他的爱国爱众情感绝不仅仅体现在言语上。当年年底，他还积极参加了北京大学校役夜班的教学工作，负责教授国文。后来，北京大学校役夜班改名为北京大学平民夜校，在夜校的教授会的文科教授主任选举中，朱自清的谨严品行和工作成绩，使他获得了次多票。不久，他还当选了平民教育讲演团第四组书记，和团员们一起到学校和郊区去演讲，宣讲内容包括共和国国民的权利和义务、国民应有的精神风貌、平等自由的社会理想、破除迷信解放自己的重要

---

① 林贤治：《五四之魂》，漓江出版社 2012 年版，第 9 页。

② 李生滨、田燕：《远去的背影：朱自清及其诗学研究》，吉林大学出版社 2010 年版，第 40 页。

性等。

平民教育讲演团由邓中夏等人发起，得到了校长蔡元培的支持。平民教育讲演团以"增进平民智识，唤起平民的自觉心"为宗旨，认为教育有两大类，一是"就学教育"，即学校教育；一是"就人教育"，即露天教育。目的是让贫苦民众也能受到教育，所谓"以教育普及与平等为目的，以露天讲演为方法"。①

讲演团以三到五人为一组，事先拟好题目、选定地点，打着讲演团的宣传旗号，携带铜锣或者鼓号，到庙会等人多而适当的地方进行宣讲。讲演团成立之后，参加的学生越来越多，几乎每天都有街头演讲活动。除了北大以外，还有其他学校的许多学生参加。蔡元培和陈独秀等都曾经参加过讲演团的演讲活动。

在参加讲演团活动过程中，朱自清和邓中夏结下了深厚的友谊。

不久，朱自清担任了讲演团四组书记，在邓中夏的支持下，负起了领导责任，参加讲演团的活动更加频繁了。

4月6日，讲演团一大早冒着春寒，从北京出发乘车去通县演讲。十点钟到地方，简单吃了点儿饭，十一时许就开始在热闹的地方进行演讲。朱自清的演讲题目是《平民教育是什么》和《靠自己》。演讲分组一共讲了六次，听众达五百余人。演讲结束后，他到潞河公园游览，还参观了通俗展览馆。

此时，陈独秀、李大钊等人非常关注劳工运动，积极筹备了五一劳动节活动。北京大学工人和学生共五百多人，举行了纪念大会，号召人们把五一节当作指路明灯，向光明的道路前进。讲演团积极配合了这个活动。朱自清在北京街头做了题为《我们为什么要纪念劳动节》的演讲，

---

① 《北京大学日刊》，1919年3月13日。

向人们介绍了五一节的来历和纪念意义。

朱自清的这种重实践的品行决定了其此后一生的命运。

活在当下的人生

不管什么事，朱自清是不屑于把时间浪费在无谓的争论上的，他常常采取"先做起来再说"的态度。这也是他为何能够在文学创作和学术研究等诸多方面都取得重要成就的主要原因。

在朱自清的性格和人生观里面，其实还有一些实用主义的东西。他曾在文章里面提到"刹那主义"的观点，可见其对于人生的把握是建立在"当下"的基础之上的。

这样的人生观离不开朱自清所接受的哲学熏陶。在此方面，朱自清曾经受到过美国实用主义哲学家杜威的影响。在朱自清大学三年级第一学期时，杜威开始在北大等地连续做"近代教育的趋势""社会哲学与政治哲学""教育哲学""伦理学""思想之流派"等系列演讲。杜威是时人心目中的大哲学家，崇敬者甚众，朱自清当然也会努力追随。

杜威的演讲，都经他的弟子们当场翻译成了中文。他在北京和山东、山西两省的演讲，都是胡适翻译的。杜威在北京的几种长期演讲，胡适等也挑选了几位很好的记录员，把全篇讲词记录下来，送给日报和杂志发表。当时经各报刊全文刊登的讲词总共有五十八篇，后来结集出版成著名的《杜威五种长期演讲录》单行本，大量发行，影响很大。在1921年杜威离开中国以前，已经出版到第十版。以后几十年，也不断再版，直到1949年以后禁毁掉为止。

杜威的演讲，由于"五四"的机缘，由短期而长期，从而在二十世纪二十年代初在中国造成了广泛的影响。

杜威的伦理学理论认为，思想并不是一种消极的活动，不是从一些没有问题的绝对真理去做推论，而是一个有效的工具与方法，用以解决疑难，用以克服我们日常生活中所遇到的一切困难。杜威说，思想总是起于一种疑惑与困难的情境；接着就是研究事实的真相，并提出种种可能的假定以解决起初的疑难；最后，用种种方法，证明或证实哪一种假定能够圆满地解决或应付原先激起我们思想的那个疑难问题或疑难的情境。这就是杜威的思想论。

从这个思想的概念，很自然地会产生两个明显的系论来。第一个系论是说，人和社会的进步，靠的是积极地运用智慧以解决一些真实而具体的问题，而不是什么主义或口号。杜威说："进步总是零零碎碎的。它只能零买，不能批发。"这种观念来自他的实验主义哲学。实验主义的思想背景（当年）是三百年来的实验科学（迄今已四百年），是一百年来的生物科学（迄今已二百年），也就是"生物进化论"。生物的进化是天然的演化过程。实验主义认为所谓进步，所谓演进，并不是整个笼统地突然而来的；是由一点、一滴、一尺、一寸、一分的很微细变迁而来的。杜威不相信突变与进步能够兼得，所以他的社会哲学就是主张以"零售的生意"的方式，改善人类的生活的进步。这与中国的激进思想相信天翻地覆的变革可以在一夜之间带来全面的进步是不同的。第二个系论是说，在合理的思想过程中，所有的理论，所有的学说，统统不能看作是绝对的真理，只能看作是有待考验的假设，有待于在实用中加以考验的假定；只能看作是帮助人类知识的工具和材料，不能看作是不成问题、不容考据的教条，因而窒息了人类的思想。杜威在北京演讲"道德教育"的时候说："要经常培养开阔的胸襟，要经常培养知识上诚实的习惯，而且要经常学习向自己的思想负责任。"

杜威的这些思想，给"五四"一代的知识分子带来了很大的思想冲击。

当杜威离开北京，起程归国的时候，胡适写了一篇《杜威先生与中国》的短文，为之送行，登在《东方杂志》和《民国日报·觉悟》上。他说：

> 自从中国与西洋文化接触以来，没有一个外国学者在中国思想界的影响有杜威先生这样大的。
>
> 我们可以说，在最近的将来几十年中，也未必有别个西洋学者在中国的影响可以比杜威先生还大的。①

在这样的时代语境下，朱自清受到杜威的影响是自然的。

朱自清升入哲学系三年级以后，系统学习了蒋梦麟的"教育学"、马叙伦的"道家哲学"、杨昌济的"伦理学史"、梁漱溟的"印度哲学"等课程。

这一时期，朱自清边学习边进行新文学创作，写下了新诗《光明》（署名佩弦，发表于《晨报》）。他在诗中写下了"你要光明，你自己去造！"这样的振聋发聩之语，从中可见他性情之中少有的豪迈与无畏。

低调的沉稳性格

三年级第二学期时，朱自清加入了新文化社团新潮社。

---

① 参见《胡适：杜威先生与中国》https://www.douban.com/group/topic/26533420/，2011 年 12 月 28 日。

新潮社是五四运动时期北京大学最有影响的两个社团之一（另一个是国故社）。新潮社是蔡元培执掌北大之后，为培养校内的学术研究氛围，积极推动鼓励学生根据自我兴趣自行组织社团政策的产物。其主要发起人有深受陈独秀以及《新青年》影响的北京大学中国文学系二年级学生傅斯年，英国文学系二年级学生罗家伦，哲学系二年级学生顾颉刚等。

新潮社是在蔡元培、陈独秀、胡适、钱玄同、李大钊等人的直接指导与帮助下成立的，其成员多来自北大的中国文学系、英国文学系和哲学系。在五四时期蜂起的各种文化社团中，新潮社算得上是创办较早的一家，也是很有影响力的一家。它一开始就旗帜鲜明地站在新文化运动的立场上，与《新青年》同声相应，同气相求，互成掎角之势，与旧势力、旧传统、旧思想展开了激烈的斗争。

朱自清加入新潮社之后，创作和翻译了不少文学作品以及理论译著。他的一篇译文《心理学的范围》就发表在《新潮》第二卷第三号上。

新潮社所创办的《新潮》杂志，提倡革新文词，发扬批评精神，从事"伦理革命"，向封建礼教发起猛烈进攻，在新文化运动中起了不可或缺的推波助澜的作用。李大钊、鲁迅等都曾给予有力的支持。朱自清也参加了《新潮》的编辑工作。

朱自清加入新潮社，不仅为他后来与俞平伯、杨振声、康白情、叶圣陶等人的交往和进一步鼓动新文学奠定了基础，而且直接促进了他与周作人和孙伏园等人的关系。孙伏园说：

我们比较相熟还是在新潮社共同讨论《新潮》和一般思想学术问题时候。佩弦有一个和平中正的性格，他从来不用猛烈刺激的言词，也从来没有感情冲动的语调，虽然那时我们都在二十左右的年龄。他的这种性格近乎少年老成，但有他在，对于事业的成功有实际的裨益，对于分歧的意见有调解的作用。①

正是朱自清的这种温和中正的的性格，使他对各种主义和流派都能够持宽容和兼容并蓄的态度。

在这一点上，朱自清很像他的老校长蔡元培先生。如果没有蔡元培的胸怀天下，就没有北大的兼容并包。

就朱自清而言，无论对中国的文化传统还是西方新文化，无论是自由主义，还是民粹主义，他都能以一种开放的姿态加以吸取。作为一个诗人、散文家和学者，朱自清的知识结构是庞杂、多元的，因而也具有多种发展的可能。他在中国现代文学史、现代教育史、现代学术史上形成了一种"朱自清精神"。他的身上，尤其体现出了非常鲜明突出的"旧学""新知"相辅相成、相互促进的学术研究方法，以及他对传统文化的理性主义态度。这些，都和他的这种开放的精神品格有关。

朱自清的开放和宽容，不但造就了他在学术研究上集大成，也成就了他思想和行动上的兼容并包。即使后来新文化运动分裂了，知识分子分化成自由主义与民粹主义两大阵营，但朱自清依然与各家各派保持着良好的关系。钱理群认为，这不仅仅因为朱自清性格的中庸，更重要的是他思想底处的杂色——自由主义与民粹主义兼而有之。因此，无论与后来成为激进革命者的邓中夏，还是与新潮社的其他自由主义成员都可以找到部分共同的语言。有人说胡适是"新文化中旧道德之楷模，旧伦理中新思想之师表"。朱自清的通脱而守旧的思想不在其师之下。多少

---

① 参见电视散文《朱自清》http://www.cctv.com/program/dssgsw/20041130/101871.shtml，2004 年 11 月 30 日。

年来，朱自清在努力养成一种以"'得体地活着'为中心，在顺乎物理人情的自然发展与自我节制中求得平衡的中庸主义"[1]思想。

应该说，钱理群的这个判断是很有些见地的。

一方面，朱自清的沉稳不张扬、兼容而并蓄这一文化性格，其实是真正领会了五四新文化运动的意义和目的，在人生的实践中贯彻了"五四"的人文精神。另一方面，朱自清性格里面也有顺应时代洪流、勇于到中流击水的狂狷的一面。这种投身时代、选择人生的重要行动，主要表现在三个方面：

（一）积极参加平民教育讲演团的演讲，担任平民夜校的义务教员。

（二）在新文化运动的影响下加入了新潮社。

（三）在文学革命的高潮时期开始了白话新诗的创作。[2]

考察朱自清对待时代和历史的态度，可以看出他最终还是一个理性的人，这表现在：

朱自清虽然对启蒙宣传的新文化运动是认同的，但不是激烈分子；

"五四"前参加"平民教育讲演团"的活动，"五四"后加入新潮社，也是经过了慎重的考虑；

他参加民主运动以及进步活动，也总是以一种贴合"实际"的方式，即便是壮怀激烈，也总是给人留下一种不急不躁、徐徐而行的印象。

---

[1] 钱理群：《二十世纪中国文学三人谈·漫说文化》，北京大学出版社 2004 年版，第 43 页。

[2] 参见李生滨、田燕：《远去的背影：朱自清及其诗学研究》，吉林大学出版社 2010 年版，第 51 页。

北大的培养认同

回望朱自清一生的精神追求和思想轨迹，北大求学对他具有极其重要的影响。对此，许多研究文章都有着同样的观点。综合各方面的研究资料，仅仅在京派文人层面，其影响就体现于五个方面：

（一）朱自清成为"京派"文人的精神与思想渊源，在于北大文科哲学门（系）教授胡适。朱自清始终认同胡适"国语的文学，文学的国语"的主张，认同"整理国故"、建设新文化的学术立场。从开始白话新诗的尝试，一直到1940年夏成都休假期间与叶圣陶合作，编纂有关胡适之先生《谈新诗》和《胡适文选》的导读（指导当时的中学生读书），可以看出来朱自清对于这位新文化先驱、也是自己恩师的胡适，充满敬意！

（二）从文学创作与批评来说，朱自清比较认同的另一位师长是周作人。从批评白话新诗、研究中国歌谣，到考证完成《诗言志辨》，朱自清追随着五四新文化的启蒙思潮，也同样追随着周作人的文学批评和学术趣味（当然，面对后来落水成了文化汉奸的周作人，许多友人学生，包括朱自清的情感和思想态度就比较复杂，无法言说）。

（三）影响朱自清早期创作和新诗批评的文友是俞平伯，他们一生生死契阔的亲切交往开始于北京大学。从新潮社再到江南，早年因为同写《桨声灯影里的秦淮河》而成为新文学史上的佳话。创作和诗艺的切磋，相聚与分离的惦念，两个性情不一样的人，在共同的江南回忆里，在近三十年的时代忧患和时局动荡的相互关照中，相知相敬大半生。

（四）朱自清进入清华任教时，一直提携、赏识朱自清的是北大新潮社的老朋友杨振声。朱自清病逝后，客观而精辟地高度评价其文章事业的，还是这位北大校友、"新潮"前辈、清华同事。

（五）因为在北京大学上学的人际关系和新文学创作的热情，朱自清在江浙五年的教书生涯中，坚持白话新文学的创作，五年后他得以回到北京，进入清华，出入于"京派"文人的交往圈子。这带给朱自清更多的朋友，同时沟通了北大、清华两校的学术交流，自然成为"京派"文人的重要人物。①

当然，北大对朱自清的影响还不仅仅如此。这种影响其实已经渗透到了朱自清的骨骼和血肉里。

朱自清在北大求学时，正赶上蔡元培在北大改革学制的好时机。

1919年，北大由学年制改为学分制，规定本科学生修满八十个学分即可毕业，其中一半为必修课，一半为选修课。

因为家道中落，屋漏偏逢连夜雨，家里不愉快的事情接连发生。加上朱自清已经组建了自己的小家庭，结婚后的第二年，又有了一个儿子，家庭负债累累。在北大求学的朱自清生活拮据，不得不一再节衣缩食。他当然不会放过这个能够提前毕业的好机会。

按照学校的规定，朱自清凭着自己的聪慧与用功，提前一年修满了学分，很顺利地毕业了。

喜上加喜的是，此时家中来信，说大女儿采芷出生了，朱自清感到

---

① 李生滨、田燕：《远去的背影：朱自清及其诗学研究》，吉林大学出版社2010年版，第62—63页。

非常的高兴。但此时家里的情况却不容他乐观。

一是父亲落魄之后导致的身体欠佳：

> 朱自清在北大提前毕业的消息传到扬州，朱家上下喜形于色。原来自从三年前朱小坡和儿子分手之后，在徐州没有谋到差事，病倒外乡，后被人送回扬州。[①]

二是因为父亲赋闲而导致或隐或显的家庭矛盾：

> 家里的生活每况愈下。父亲赋闲，断了经济来源，后来即使找到工作，也入不敷出，家里常以典当借贷过日子。长此以往，家中乐融融的气氛不见了。父亲由于老境颓唐，脾气变得暴躁，其他人也常为一点小事而怒目相向。[②]

因此，朱自清首先要考虑的是为全家的生活而奔波。

为了养家糊口，同时怀揣着对新生活的向往，朱自清开始了在中学执教的生涯。

---

① 陈孝全：《朱自清传》，北京十月文艺出版社 1991 年版，第 29 页。
② 姜建：《大地足印——朱自清传记》，江苏教育出版社 1993 年版，第 17 页。

第三章 中学执教

初试锋芒"小先生"

从北大毕业之后，朱自清成为了一名中学国文教员。

他服务于中学教育的第一站是浙江省立第一师范学校。

这所学校位于杭州下城，其前身是浙江两级师范学院，1909年，鲁迅、刘大白都曾在这里执教。1913年改为浙江省立第一师范学校。

五四运动前后，浙江省立第一师范学校是浙江宣传新文化新思想的中心。学校学风活跃，师资力量雄厚，沈钧儒、李叔同、夏丏尊、马叙伦、鲁迅等知名人士都曾在这里任教。校长经亨颐提出的与时俱进、人格教育、全面发展的办学方针受到当时教育界人士的普遍推崇，与长沙的湖南第一师范齐名，当时有"两个一师"之美誉。陈望道在回忆文章中称：

　　五四时期在全国范围内，高等学校以北大最活跃，在中等学校，则要算是湖南第一师范和杭州第一师范了。[1]

　　其时，这所学校刚刚经历一场"学潮"。

　　事情的起因是浙江一师学生施存统在夏丏尊、陈望道、刘大白等教师思想的影响下，在第二期《浙江新潮》上发表了一篇名为《非孝》的文章，向家族制度发难。

　　《浙江新潮》是由施存统、俞秀松联合省立一中学生查猛济、阮毅成，甲种工业学校学生沈乃熙（即夏衍）等，于 11 月 1 日创办的一本周刊，主张社会改造，创刊以后成为浙江最早受俄国十月革命影响宣传社会主义的刊物，被称作是"宣传新思想最显明的旗帜"。

　　《浙江新潮》社发展迅速，很快建立起北至哈尔滨、南至广州、西至成都、东到日本神户等三十多个代办点和发行处，其中有"湖南长沙马王街修业学校毛泽东君、南京高等师范学校杨贤江君"。

　　因为这本杂志影响很大，《非孝》一文在浙江学界率先揭开反礼教斗争的序幕，被守旧势力视为"洪水猛兽"。由此，《浙江新潮》遭北洋政府电令查禁。

　　非但如此，浙江省教育厅还指责校长经亨颐和被称为"四大金刚"的国文教员刘大白、夏丏尊、陈望道、李次九支持学生运动，并以此为由下令开除学生施存统并解聘新派教员。校长经亨颐拒绝执行。此举的后果很严重：1920 年 2 月 9 日，经亨颐遭省教育厅免职。面对强权政府，浙江一师师生当然不甘示弱，奋起抗争。他们以"挽经护校"相号召，掀起"一师风潮"，多次向官署请愿，力陈挽经目的是为"维持本校改

① 陈望道：《"五四"时期浙江新文化运动》，《杭州地方革命史资料》1959 年第 1 期。

革精神，巩固吾浙文化基础"。

对此，当局当然不为所动，出动军警包围并试图解散学校，浙江一师师生与之展开坚决斗争。消息传开，杭州其他各校学生争相前来支援，海内外社会舆论也纷纷声援，包括梁启超、蔡元培等社会名流也来电指责当局暴行。

在社会舆论的强大压力下，当局被迫与学生重开谈判，经蔡元培之弟、杭州中国银行行长蔡元康调停，当局下令撤围，收回解散学校的成命，并同意学生提出的"官厅任免校长须得学生同意"之要求。

虽然学潮起到了抵制当局企图解散学校阴谋的作用，但终究没有留住经亨颐校长和"四大金刚"。学潮平息以后，学校师资出现空缺，经北京大学代理校长蒋梦麟推荐，朱自清、俞平伯、刘延陵接替了"四大金刚"的国文教职。这三位再加上另一位教师王祺，就是后来闻名浙江省立第一师范学校的"后四金刚"。

也就是在此时，作为同事的朱自清和俞平伯渐渐成为了相交一生的知己。他们来到浙江一师，共同开始了中学教学生涯。

此一时期，因为不善交际，为了排遣时日，朱自清在工作之余常常到外面郊游。

杭州是一座美丽的城市，文化底蕴十分深厚。杭州自秦朝设县治以来已有两千两百多年的历史，曾是吴越国和南宋的都城，是中国七大古都之一。因风景秀丽，素有"人间天堂"的美誉。苏轼在任杭州通判时，曾写下"欲把西湖比西子，淡妆浓抹总相宜"的诗句。

朱自清对杭州向往已久，1920年11月28日，他约了几位友人，一起游览天竺、灵隐、韬光、北高峰、玉泉等胜景。

朱自清到学校执教时，浙江省立第一师范为初级师范，即中等师范学校，主要培养小学师资。由于是师范学校，学生年龄差距很大，小的只有十五六岁，大的却有二十七八岁，朱自清教的是高级班，学生普遍年龄在二十岁上下。而那时的朱自清才二十三岁，因为年轻，同学们都亲切地称他为"小先生"。

这位"小先生"不仅年龄小，还经常很拘谨和局促。其实也难怪，对于一个刚毕业的二十二三岁的新教师而言，面对一师高年级最大的已有二十七八岁的学生，谁都免不了会有些紧张的时候。朱自清当然也不例外，每遇到学生发问，朱自清就满面通红。

学生魏金枝这样描述那时的朱自清：

> 他那时是矮矮胖胖的身躯，方方正正的脸，配上一件青布大褂，一个平顶头，完全像个乡下土佬。说话呢，打的扬州官话，听来不甚好懂，但从上讲台起，便总不断地讲到下课为止。好像他在未上课之前，早已经将一大堆话，背诵过多少次。又生怕把一分一秒的时间荒废，所以总是结结巴巴的讲。然而由于他的略微口吃，那些预备了的话，便不免在喉咙里挤住。于是他就更加着急。每每弄得满头大汗。[1]

如此授课，师生间当然难以倾心交流、融洽默契，这使得朱自清备觉心灰意冷，对自己是否适合执教也发生根本动摇。只教了一个月的书，朱自清便以"学识不足"决定辞职，且态度十分坚决。他写信给推荐人蒋梦麟，说是要离开杭州，不再教下去了。

蒋梦麟接信后马上致函一师校长姜伯韩：

---

[1] 魏金枝：《杭州一师时代的朱自清先生》，收入俞平伯、吴晗等编：《最完整的人格——朱自清先生哀念集》，北京出版社 1988 年版，第 219 页。

假如像朱自清先生这样的教师，还不能孚众望的话，一师
学生的知识水准，一定很差。

当时浙江一师学生自治会负责人曹聚仁从姜校长处得到此信，便拿着这封信去找朱自清，劝留道：

教书是一种艺术，跟学问广博与否是不相干的。

学生劝老师慢慢来，不要着急，还陪他去看一师高年级同学所做的教学方案，并深入附属小学的实习学生中一一参观。

朱自清看后，大为赞叹，承认自己不懂教学法，没入教学门径。

在学生的帮助下，朱自清紧张的情绪渐渐放松，与学生成为朋友，课堂气氛也活跃起来，经常展开各项批评讨论。在学生的眼里，朱自清的教学态度非常认真。他教书职业由此得以延伸，并成为一师其后成立的"湖畔诗社"的指导教师。难能可贵的是，终其一生，朱自清都是一名教师，受业弟子无数。

朱自清到浙江省立第一师范学校任教不久，五四运动后的第一个新文学团体——文学研究会在北京成立。三个月后，朱自清加入了文学研究会，并开始在研究会的主要阵地《小说月报》上发表小说作品。此前，朱自清已经在该刊发表过新诗《自白》《冷淡》和《旅路》等。

和教学态度一样，朱自清写作态度十分认真，写一首短诗、一篇散文，无论是运思，还是谋篇布局，他总要耗费很多时间。他的认真和勤奋，使他此一时期的作品不但数量可观，其作品质量也是备受时人称赞。加入文学研究会以后，朱自清不断在《小说月报》上发表新文学作品，其中尤以新诗居多。

呼朋唤友文学路

第二年夏天，经好友介绍，朱自清回到了母校——江苏省立第八中学任教务主任。

这里是他的母校，照理说朱自清在这里的发展应该是比较顺遂的。但实际上朱自清在这所学校的任职时间很短，其原因说来也很简单。

因为排课的事，他得罪了一个教师，这个教师去找校长理论，校长对其进行了袒护。朱自清为此闷闷不乐，认为学校不能实事求是，难以有大的发展。加上此时朱自清和家里的关系也不太和谐，他每月的薪水自己无权支配。特别是在 1921 年暑假期间，父亲朱鸿钧凭着与校长的私交，让校长直接将朱自清的薪水送到家里，朱自清本人不得领取。朱自清为此愤而辞去教职，于同年 9 月，经朋友刘延陵介绍，去了上海吴淞中国公学，在中学部任教。

在这里，经由刘延陵的介绍，朱自清结识了终生好友叶圣陶。

那是一个阴天，刘延陵带着朱自清去拜访叶圣陶。朱自清见了生人，照例说不出话，叶圣陶也是如此。他们只泛泛地谈了几句关于叶圣陶作品的意见，便告辞了。朱自清对叶圣陶的第一印象是：那朴实的服色和沉默的风度与我们平日所想象的苏州少年文人不甚符合。然而，他们却从此结下了珍贵的友谊。

那时中国公学办学地点在炮台湾，离吴淞还有一站路。炮台湾是乡间地方，弥望平畴，一碧无际，间有一二小河，流经田野中，水清波细。人少之处，小鸟成群上下，见人也不惊慌。此情此景，在朱自清眼里，正是"幽甜到不可说哩"！黄浦江在外面日夜流着，江岸由水门汀砌成，行走其间颇为惬意。岸尽处便是黄浦和长江合流之地，之间烟水苍茫，天风浩荡，远远地只看见一条地平线弯弯地横在那里。耳边不时听到汽笛之声，眼前更是帆影点点。

眼前景象，怎不令朱自清神清气爽？

风景虽宜人，人事却是依然不顺。

这年 10 月，中国公学闹起了一场学潮。起因是旧派教员不满朱自清等新派教员的改革，煽动学生起来闹事，驱逐代理校长张东荪和中学部主任舒新城。张东荪欲开除带头闹事的学生，受到学生抵制，并指控张东荪"摧残教育""压迫学生"。警察介入以后，双方发生冲突。朱自清提议中学部停课，获得叶圣陶等人的赞同。于是，他们一起离开了吴淞，到了上海。

但"新人"毕竟斗不过"旧人"，学校并没有"解散"，而"很好的人"却被解聘了。中国公学风潮在胡适的调停下结束以后，朱自清和刘延陵又回到杭州浙江省立第一师范任教。

经过两年的历练，再次回到浙江一师的朱自清已经"渐渐为同学们所认识，成为信仰中的新人物"。巧的是，叶圣陶也应邀来校任教，三个人又宿命般走到了一起。

此间，朱自清与叶圣陶、刘延陵等开始筹办《诗》月刊。

据刘延陵回忆，筹办杂志的动议是他们从海边散步回来的路上产生的。他们边走边聊天，谈兴很浓，从学校里的国文课谈到新诗，谈到当时缺少专门刊登新诗的定期刊物，决定来试办一个。

回到学校以后，马上给上海中华书局的经理写了一封信，请书局印刷和发行刊物。几天后，他们又应邀专赴书局，双方达成合作协议。

在他们的努力下，"五四"以来第一家专门刊登新诗和新诗评论的《诗》月刊顺利创刊了。刊物以"中国新诗社"名义编辑发行，由叶圣陶和刘延陵任主编。

朱自清在《选诗杂记》中说：

> 《诗》月刊……是刘延陵、俞平伯、圣陶和我几个人办的；
> 承左舜先生的帮助，中华书局给我们印行。那时大约有销到
> 一千外。……几个人里最热心的是延陵，他费的心思和工夫最
> 多。这刊物原用"中国新诗社"名义，时在民国十一年，后来
> 改为"文学研究会刊物之一"，因为我们四个都是文学研究会
> 会员。

《诗》奉行文学研究会"为人生"宗旨，较为广泛地揭露军阀统治
的黑暗，真实地反映人民的苦难和知识分子的苦闷。《诗》主要发表新
创作的诗歌佳作，朱自清在上面写了很多诗篇。

《诗》还展开了对小诗的倡导和讨论，这对于诗坛上正处于萌芽时
期的小诗创作无疑是一种推动。为此，朱自清写了一篇《短诗和长诗》，
对小诗创作进行批评和探讨，主张小诗"贵凝炼而忌曼衍"，在艺术上
应"重暗示，重弹性的表现，叫人读了仿佛有许多影像跃跃欲出底样
子"。为了让小诗创作健康发展，朱自清还写了三首小诗，以极其精炼
的形式，表达了他内心刹那间的感情。

这本杂志共出七期，尤以创刊号影响最甚。主要原因在于创刊号作
者阵容强大，除了编者朱自清、叶圣陶、俞平伯和刘延陵外，还有刘半
农、王统照、郑振铎、汪静之、郭绍虞等人。因为卖得好，创刊号不得
不再版发行。

《诗》月刊虽然只出了七期，但为中国新文学和新诗建设做出了极
大的贡献。它是"五四"时期第一本发表新诗及新诗理论的专门刊物，

对中国新诗的发展做了一系列的理论探索，同时作为文学研究会作家们发表新诗的重要阵地，培养了许多新诗诗人，自然也奠定了朱自清等人早期文学活动的重要影响。

在《诗》月刊的编辑出版中，朱自清、叶圣陶等热爱新文学的朋友，想进一步扩大各自的创作领域，因而《我们的七月》《我们的六月》也得以创办出版了。

《我们的七月》内载朱自清散文五篇、诗二首、信三封。《我们的七月》形式如书，三十二开本，厚达二百余页，实际上是一本文艺丛刊。以其文学样式论，有散文、新旧诗词、诗剧、评论、随笔、书信、插图等不下三十余题。刊物出刊后，朱自清于同年 8 月 4 日在宁波收到亚东书局寄来的三册，他欣喜地说："甚美，阅之不忍释手！"不过《我们的七月》出版后，销路并不好，印了三千册，卖了不到一半，且文章作者均不署名，读者不习惯，为此多方猜测。有个名曰徐奎的人士评说《我们的七月》不大好，似乎随便，又说没有小说风格。为此，朱自清认为："我说，并不随便，但或因小品太多，故你觉如此。因思'小品文之价值'应该说明。我们诚哉不伟大，但自附于优美的花草，亦无妨的。我觉创造社作品之轻松，实是吸引人之一因；最大因由却在情感的浓厚。后者是不可强为，不是可及的。前者则自成一体，可否独占优胜，尚难说定也。"①朱自清认为为推广杂志销路和给读者方便，还是署名好，于是编辑们商议将《我们的六月》文章作者全部署名，并附录了《我们的七月》的目次和作者。还专门在最后的"本刊启事"中做了声明：

　　本刊所载文字，原 O·M 同人共同负责，概不署名。而行

---

① 　朱自清:《朱自清日记选录》，王瑶选录，载《中国现代文艺资料丛刊》第 3 辑，上海文艺出版社。

世以来，常听见读者们的议论，觉得打破这闷葫芦很不便，愿
知道各作者的名字。我们虽不求名，亦不逃名，又何必如此吊
诡呢？故从此揭示了。

扶持培养青年人

在办刊物的同时，朱自清也不遗余力地支持学生创作。比如，浙江一师的学生汪静之的新诗集《蕙的风》出版，朱自清亲自为其作序，对汪静之的创作给予了鼓励与支持。

不久之后，汪静之、潘漠华、冯雪峰和在上海中国棉业银行任职的应修人在西子湖畔成立诗社，出版四人合集《湖畔》。四人中间的汪静之、潘漠华是朱自清教过的学生。作为有着浓重结社情结的朱自清，早在湖畔诗社成立的前一年就与叶圣陶扶持以杭州一师学生为主体、联合杭州几所中学（包括蕙兰中学、安定中学和女师等）的二十多名学生而成立的"晨光社"，这个文学社的成员有汪静之、潘漠华、冯雪峰、魏金枝、柔石等。"晨光社"这个名字寓意曙光，为潘漠华所取，表示他们对美好事物的热切向往。从某种程度看，"晨光社"和"湖畔诗社"有着十分紧密的关系，可以说前者为后者的成立做好了思想与组织的准备。

冯雪峰回忆说：

> 提到"晨光社"，我也就想起朱自清和叶圣陶先生在1921年和1922年之间正在浙江第一师范学校教书的事情来，因为他们——尤其是朱先生是我们从事文学习作的热烈的鼓舞者，

同时也是"晨光社"的领导者。①

朱自清不遗余力地扶持"晨光"文学社，一个重要表现就是在他们编辑的《诗》刊上，连续刊登了汪静之等人的诗作。冯雪峰写的诗作《小诗》和《桃树下》，也都发表在第二集上。

1922年春，朱自清、叶圣陶被社团邀请参加他们的活动，社员汪静之、冯雪峰、程仰之等人与他们一起合影留念，以感谢他两对社团的热情指导。在朱自清等人的支持下，"晨光社"的活动搞得有声有色。

正是源于与"晨光社"及其主要成员汪静之、潘漠华、冯雪峰等人的这种特殊关系，朱自清才顺乎自然地与湖畔诗社延续了难分难解的缘分。

朱自清既是这批年轻诗人的"领导者"，同时，他也是作为"精神领袖"而得到拥戴和尊敬的。

朱自清与汪静之、潘漠华等人的师生关系就不用说了，在他们心目中，朱自清还是一位小有成绩的诗坛前辈。

在创作方面，朱自清是文学研究会"雪朝"诗人，是八位诗人合集《雪朝》中排列"第一"的诗人，合集收录其《新年》《满月之光》《煤》等十九首新诗。用郑振铎的话说，他的诗"远远超过《尝试集》里任何最好的一首"（《中国新文学大系文学论争集导言》）。朱自清的诗歌大声呼唤着光明和希望，他的第一首诗歌《"睡罢，小小的人"》以及《小草》《煤》，都沉浸在斗争的热情和对青春、自由的向往中。

另外，《雪朝》中还收有为数不少的小诗，其中朱自清四首，俞平伯八首。1922年小诗盛极一时，冰心的《繁星》《春水》等也是在这个

① 冯雪峰：《应修人潘漠华选集·序》，人民文学出版社1957年版。

时候出现的。朱自清、俞平伯等人以《诗》月刊为阵地，从理论和实践上共同确定了小诗的美学规范。

不仅如此，1922 年 4 月 15 日，朱自清还在《诗》月刊第一卷四号发表《长诗与短诗》，对长诗进行倡导，并在创作上身体力行。《雪朝》里的《转眼》《自从》，以及后来引起巨大反响的抒情长诗《毁灭》，体现了其对长诗的提倡与实践，一定程度上推动了长篇抒情诗和叙事诗的发展，提高了新诗的艺术表现力。①

对于朱自清来说，新诗创作方面最大的收获就是长诗《毁灭》的完成和发表，这首诗的发表在当时的反响很大。郭沫若因此在《创造十年》中认为，朱自清是文学研究会的代表诗人。

虽然取得了很大的文学创作的成就，但在青年学生诗人面前，朱自清并非以师长、前辈、导师自居，而是采取低调的平视与平等的姿态处之。正是如此，《湖畔》出版之后，谦谦君子的朱自清也加入了湖畔诗社，如季镇淮先生所说，"后来先生也是湖畔诗社的社员之一"②。这充分体现了朱自清在文学创作方面的平等意识，他是一个以作品说话的作家，他从来不会在后辈面前摆什么老资格，更不会以所谓的文学权威自居。

朱自清对"湖畔"诗人的关怀与扶持，还表现在对其诗创作进行细致的评论，通过评论达到对青年诗人的创作进行切实指导的目的。

在湖畔诗社主要的成员中间，最幸运也是最早得到朱自清指导的，是汪静之。在出版《蕙的风》之前，他就将自己的十余首诗抄了

---

① 李生滨、田燕：《远去的背影：朱自清及其诗学研究》，吉林大学出版社 2010 年版，第 84 页。
② 吴周文：《朱自清与湖畔诗社》，参见中国作家网：http://www.chinawriter.com.cn/news/2014/2014-07-23/212240.html，2014 年 7 月 23 日。

给朱自清先生看。在诗集出版之前，朱自清先生又特地为汪静之《蕙的风》作序（同时作序的还有胡适与刘延陵）。在《序》中，他充分肯定了汪诗的"天才"，在总体上肯定了其作品单纯率真、自然清新的风格：

> 他确是二十岁的一个活泼泼的小孩子……小孩子天真烂漫，少经人世间底波折……所以他的诗多是赞颂自然，咏歌恋爱。所赞颂的又只是清新、美丽的自然，而非神秘、伟大的自然；所咏歌的又只是质直、单纯的恋爱，而非缠绵、委曲的恋爱。

在朱自清的支持下，湖畔诗社所编的《湖畔》共收录诗歌六十一首，于 4 月间出版。这是"五四"诗坛第五本新诗集，朱自清自然十分重视。

《湖畔》诗集的出版，也得到了很多前辈作家的欢迎与称赞，纷纷支持这几位年青诗人跃上诗坛。诸如周作人、郭沫若、叶圣陶、郁达夫、李曙光等人都对诗集做出了肯定，这毫无疑问是对他们的极大鼓励。

最先介绍这本诗集的，是周作人。在 1922 年 5 月 18 日的《晨报·副刊》上，他以仲密的笔名发表了三百字的《介绍小诗集〈湖畔〉》的短评，他称诗集"结成了新鲜的印象……过了三十岁的人所承受不到的新的感觉，在诗里流露出来"。

在《湖畔》评论中，最有分量的当然还是朱自清的文章。他的《读〈湖畔〉诗集》一文发表在 6 月 11 日的上海《时事新报》副刊《文学旬刊》上面。虽然只是随意写下的读后感，作者自谦说"不能算作正式的批评"，但是，在今天看来却是比较"正式"的批评。此文大体做了三方面的评论：

第一，作者肯定了四位青年诗人的共同特点，清新、缠绵，作品里充满"少年的气氛"；比之"成人"的作品，他们"都还剩着些烂漫的童心"，惟其涉世未深，所以"只有感伤而无愤激了"。

第二，作者联系并列举作品，大体指出他们之间的差异。他们有共同歌咏自然、爱情的清晰与烂漫，但"漠华、雪峰二君底表现'人间悲与爱'的作品"，难得在内容题材上区别于其他两位诗人，尤为难能可贵。

第三，作者在艺术表现及风格方面，指出他们各自的短长。"漠华君最是稳练缜密，静之君也还平正，雪峰君以自然、流利胜，但有时不免粗疏与松散，如《厨司们》《城外纪游》两首便是。修人君以轻倩、真朴胜，但有时不免纤巧与浮浅，如《柳》《心爱的》两首便是。"

朱自清坦率地告诉读者：

作者有三个和我相识，其余一位，我也知道。所以他们的生活和性格，我都有些明白。所以我读他们的作品，能感到很深的趣味。

他在文章中写道：

大体说来，《湖畔》里的作品都带着些清新和缠绵底风格；少年的气氛充满在这些作品里。这因作者都是二十上下的少年，都还剩着些烂漫的童心；他们住在世界里，正如住在晨光来时的薄雾里。他们究竟不曾和现实相肉搏，所以还不至十分颓唐，还能保留着多少清新的意态。就令有悲哀底景闪过他们的眼前，他们坦率的心情也能将他融合，使他再没有回肠荡气底力量；所以他们便只有感伤而无激愤了。——就诗而论，便只见委婉缠绵的叹息而无激昂慷慨的歌声了。但这正是他们之所以为他们，《湖畔》之所以为《湖畔》。①

在诸多关于《湖畔》的评论中，朱自清的文章是评价最到位的。谁能想到，写作这篇文章时，他也只有二十五岁而已。如果没有对这四位青年诗人的切肤理解以及与诗人们之间的心灵会通，是无论如何也写不出如此切中肯綮的文章的。

同时在另一方面，也可以看出那时朱自清对文学的悟性及进行理论批评的视野。然而最重要的，这一篇评论显示了朱自清对湖畔诗人的惊人预见性以及对其成长的殷殷期待。

直到 1935 年，时过十三年之后，朱自清在主编《中国新文学大系诗集》的时候，他的学术视野里依然没有忘记湖畔诗社的诗人们。他在《诗集》中，特意编选了应修人《小小儿的请求》《或者》《妹妹你是水》等七首，汪静之《海滨》《伊底眼》《别情》等十四首，潘漠华《游子》《月光》《问美丽的姑娘》等十一首，冯雪峰《桃树下》《落花》《春的歌》等七首。把应修人等四人的诗作编进《诗集》，自然表现了朱自清的史识和胆略。但最能表现朱自清史识和胆略的，是他在《中国新文学大系诗集》导言中关于湖畔诗派一段史论性的评价。他说：

---

① 《朱自清全集》第四卷，江苏教育出版社 1996 年版，第 57 页。

中国缺少情诗，有的只是"忆内""寄内"，或曲喻隐指之作。坦率的告白恋爱者绝少，为爱情而歌咏爱情的更是没有。这时期新诗做到了"告白"的一步。《尝试集》的《应该》最有影响，可是一半的趣味怕在文字的缴绕上。康白情氏《窗外》却好。但真正专心致志做情诗的，是"湖畔"的四个年轻人。他们那时候差不多可以说生活在诗里。潘漠华氏最是凄苦，不胜掩抑之致；冯雪峰氏明快多了，笑中可以有泪；汪静之氏一味天真的稚气；应修人氏却嫌味儿淡些。

这段经典性的史论，不仅对四位青年诗人的爱情诗进行了风格的概括，最重要的是，把他们的"情诗"在文学史上进行了充分的认识与肯定。无疑，这是朱自清将"第一个十年"放在几千年的历史上予以梳理之后的史识。从中国古代文学史上说，缺少情诗，他同意钱钟书先生的观点，"为爱情而歌咏爱情"的几乎是没有。如果说有，也只是在民歌民谣里，在正统的文学里只存在着"忆内""闺怨"一类的诗。从"五四"新文学史上看，出现了极少数的爱情"告白"的诗，如胡适的《应该》、康白情的《窗外》，就连朱自清在自己几十首新诗中，也只有一首《别后》；而潘漠华等四人专作情诗，是五四思想解放运动中"人性的发现"与"人性的解放"使然，不仅数量多，且是一个诗歌社团的群体的共识所为，这在新文学第一个十年的历史上功德长存，具有着开创性的意义与价值。

笔者猜想，当为四位后辈写下《导言》中所引述的这段文字的时候，朱自清的心情是很复杂的。他为他们为文学史留下了不可或缺的一章而骄傲，同时他也是以沉痛的心情，以这段史识的评价，对四人中间的逝者表示深深的悼念。

1925 年年底，因以推翻北洋军阀为宗旨之北伐战争的酝酿与兴起，应修人、冯雪峰、潘漠华三位主要成员先后参加革命，以及朱自清离开浙江去清华大学任教等原因，湖畔诗社也就不复存续了。

台州山水刹那间

在浙江一师任教期间，朱自清还应台州浙江省立第六师范学校之邀，前往任教两月有余，受到师生热情拥戴。

当时的台州府城在临海。

临海是一个山城，第一次到临海，朱自清坐了轿子，轿子走的都是偏僻的路，让他很诧异：为什么堂堂一个府城，竟然会这样冷清！直到看到在台州府城临海的北固山下的几幢朴实的洋房，才有豁然开朗之感。在山城办学，条件有限，办学设施自然和城里没法比。尽管六师的校舍极为简陋，然而其所处的环境却是异常幽静的。

台州府城是一个有山有水的地方，朱自清非常喜爱台州的山清水秀，一有时间就去游山乐水，亲近大自然。北固山、古城墙、巾山、东湖……都有他的身影。

朱自清尤其喜爱台州的紫藤花，他感叹在那样朴陋的地方，竟有如此雄伟，如此繁华的紫藤花，让他十二分惊诧！朱自清曾几度在花下徘徊：那时学生都上课去了，只剩他一人。暖和的晴日，鲜艳的花色，嗡嗡的蜜蜂，酝酿着一庭的春意。

然而，自然环境的美好依然掩盖不了社会环境的严酷。此时五四运动正处于低潮期，朱自清心情时有郁闷。他一个人来到台州，平日上完课，可以出去走走，但多数时间，他都是一个人闷在屋里。到了夜晚，孤灯一盏，独怜幽影，想家是免不了的。看着那飘飘忽忽的灯盏，对妻儿的思念之情愈加浓烈。于是，他拿起纸笔，写道：

> 那泱泱黑暗中熠耀着的，一颗黄黄的灯光呵，我将由你的熠耀里，凝视她明媚的双眼。

这种思念之情一直等到家人团聚才逐渐消泯。

朱自清住在山脚下，书房临着大路，路上有人说话，可以听得清清楚楚。家人来到以后，除了去学校以外，朱自清大部分时间都是在家里待着，一家人难得团聚在这静谧的山城，外边虽是冬天，家里却如同春天一般。

有一回朱自清到街上去，回来的时候，楼下厨房的大方窗开着，并排地挨着武钟谦母子三个，三张脸都带着天真的微笑。

这些，都给朱自清带来了难以忘却的温暖。

不知是否缘于时代的环境，此时，朱自清在人生观方面产生了"刹那主义"。他在致俞平伯的信中说：

> 丢去玄言，专崇实际，这便是我所企图的生活。……我自今夏与兄等作湖上之游后，极感到诱惑底力量，颓废底滋味，与现代的懊恼。……我一面感到这些，一面却也感到同程度的怅惘。因怅惘而感到空虚，在还有残存的生活时所不能堪的！我不堪这个空虚，便觉飘飘然终是不成，只有转向，才可比较安心——比较能使感情平静。于是我的生活里便起了一个转机。暑假中在家，和种种铁颜的事实接触之后，更觉颓废不下

去，于是便决定了我的刹那主义！……我第一要使生活底各个过程都有它独立之意义和价值。——每一刹那有每一刹那的意义和价值！……我们只须"鸟瞰"地认明每一刹那自己的地位，极力求这一刹那里充分的发展，便是有趣味的事，便是安定的生活。①

那么，到底什么是"刹那主义"？在另一封信中，朱自清进一步解释说：

生活底每一刹那有那一刹那底趣味，使我这一刹那的生活舒服。至于这刹那以前的种种，我是追不回来，可以无庸过问；这刹那以后，还未到来，我也不必费心去筹虑。我觉我们"现在"的生活里，往往只"惆怅着过去，忧虑着将来"，将工夫都费去了，将眼前应该做的事都丢下了，又添了以后惆怅的资料。这真是自寻烦恼！我现在是只管一步步走，最重要的是眼前的一步。②

暑假期间，朱自清携妻儿回扬州和家人团聚。在扬州，他仍旧苦苦思索人生问题，决心解脱生活中的种种纠缠，从身边小事做起，切切实实地做些实际工作。夜深人静之时，朱自清文思泉涌，写作的欲望和冲动汹涌澎湃，这促使他拿起了笔，写下了一首长诗。但家中人多事杂，他定不下心来。只写了一个开头，暑假就结束了。

休完暑假，朱自清带着妻子和孩子，乘轮船来到台州。学生们听说

① 《朱自清全集》第十一卷，江苏教育出版社 1996 年版，第 125 页。
② 《朱自清全集》第十一卷，江苏教育出版社 1996 年版，第 127 页。

朱自清回来了，都高兴地纷纷前来探望。朱自清和他们交流着文学和写作，师生之间相互问候。虽然此时屋内很闷热，但大家都没有因此而减少谈话的热情。朱自清从行李袋中拿出了一个小皮包，从包里掏出一卷稿子。同学们纷纷把脑袋凑过来，大家看到这是一首长诗，题目是《毁灭》。这首诗还没有写完，但大家看后觉得十分感人，都盼望朱自清早日把它写完。

同学们的热情促使朱自清完成了《毁灭》。12月的一天，学生们又来到他家，朱自清已经完成了这首长诗的初稿。同学们争先恐后地拿来一睹为快。这首诗很长，如果把稿纸粘起来，足有两丈多。朱自清对他们说，因为自己上课太忙，没有时间整理抄写这首长诗。学生们个个摩拳擦掌，都愿意为他效劳，在课余时间帮他整理抄写完毕。

这首诗是朱自清在杭州游湖后的感想，从诗中不难看出他的"刹那主义"之观念：

我近来觉得生命如浮云如轻烟，颇以诱惑为苦，欲亟求毁灭。[1]

此诗前后写了近半年，发表于《小说月报》第十四卷第三号。他在诗中写道：

从此我不再仰眼看青天，
不再低头看白水，
只谨慎着我双双的脚步；

---

[1]　陈中舫：《朱自清君的〈毁灭〉》，《小说月报》第十四卷第五号，1923年5月10日。

我要一步步踏在土泥上，

打上深深的脚印！

这首诗看不到什么消极的颓废主义，读者所能感受到的是珍惜当下、赶紧做事的急迫。正如诗中所表达的，朱自清怀抱着刹那主义，立志要脚踏实地地过好每一分钟。

叶圣陶评价此诗说：

> 这种入世的实际的刹那主义，当时有些人颇受感动。这诗与他的两篇散文《海阔天空与古今中外》《哪里走》充分表现出近几年知识分子的意识形态，不是他一个人如是想，如是说，是他说出了一般知识分子所想的。这所以引起多数的共鸣，这所以有他不低的价值。[①]

《毁灭》在《小说月报》发表以后，随即在文艺界引起了强烈反响。这首诗奠定了朱自清在诗坛的重要地位。

中学执教时期是朱自清人生观形成和改变的重要阶段，对于自己所抱定的刹那主义，朱自清后来多有阐释。他在致俞平伯等人的信中多次提到这个问题：

> 我的意思只是生活底每一刹那有那一刹那底趣味，使我这一刹那的生活舒服……我的刹那主义，实在即是平凡主义。

---

① 叶圣陶：《新诗零话》，《叶圣陶集》第九卷，江苏教育出版社 2004 年版。

针对好友朱自清的这种人生观念，俞平伯曾写过一篇《读毁灭》的长文，他认为，朱自清所持的这种"刹那观"，虽然根底上不免有些颓废气息，但在行为上却始终是积极的，肯定的，呐喊着的，挣扎着的。朱自清绝不甘心无条件屈服于悲哀的侵袭之下的。约言之，他要拿这种刹那观做他自己的防御线，不是拿来饮鸩止渴的。

高举文艺新火炬

1923年2月，朱自清到在温州的浙江省立第十中学任教，担任中学部初二国文课教学，并在师范部教授公民和科学概论，后又教授高中国文课。

浙江第十中学创办于1902年，原系温州府学堂，校舍为晚清时的中山书院，辛亥革命后改为省立第十学堂。第十师范学校前身为温州师范学堂，1923年实行新学制，十中和十师合并，仍称省立第十中学，分中学部和师范部。也就是在此时，校研究部兼图书馆主任的金嵘轩提议聘请朱自清前来任教。于是在3月份，朱自清带着家小来到这个位于瓯江下游的古城。

这里的学生对朱自清的课都很喜欢，各年级学生都急着要求他教课，他只得尽可能多担任些教学工作。虽然课很多，还要有诸多的奔波之苦，但朱自清从来不因课多而敷衍，上课一如既往地认真、辛苦。

当时上过朱自清课的学生陈天伦对此有生动的回忆：

朱先生来教国文，矮矮的，胖胖的，浓眉平额，白皙的四方脸。经常提一个黑色皮包，装满了书，不迟到，不早退。管教严，分数紧，课外另有作业，不能误期，不能敷衍。最初我们对他都无好感，到少觉得他比旁的先生特别：啰嗦多事，刻板严厉……

说起他教书的态度和方法，真是亲切而严格，别致而善诱。那个时候，我们读和写，都是文言文。朱先生一上来，就鼓励我们多读多作白话文。《窗外》《书的自叙》……是他出的作文题目，并且要我们自己命题，这在作惯了《小楼听雨记》《说菊》之类文言文后的我们，得了不少思想上和文笔上解放。

朱自清还创造了特别的作文记分法，他要求学生在作文本首页的一边，将本学期作文题目依次写下，并注明起讫页数，另一边由他记分，首格代表九十分到一百分，次格为八十到九十分，如此顺推下去。每批改一篇就在应得分数格里标上记号，学期结束时，只要把这些记号连接起来，就出现一个升降表，成绩的进退便一目了然了。这种记分法，大大诱发起学生对写作的兴趣，激励了他们学习的进取心。

学生们都很喜欢听朱自清的课，中学部和师范部各年级的学生也争着要求听他的课。出于对学生的挚爱和对教育事业的真诚，只要学生提出要求，不管多大的付出，朱自清从不考虑自己身体的承受力，他都尽量满足学生的要求，不知疲倦地奔波于中学部与师范部之间。

学生们也常到朱自清家里拜访，向他请教问题，三三两两，络绎不绝，简直是门庭若市了。其中有一个刚从日本回来的学生，他的父亲特地托朱自清指点。这个学生是在日本受的教育，对国文一窍不通，朱自清便告诉他，文字的运用和艺术的境界是国际性的，所不同的，只在使用的符号，即文字的不一样。要他在这一原则下去领会自己国家的文字。又选《辛夷集》为他讲解，花了近三个月时间，并经常和他闲聊，锻炼他的汉语能力。时间一久，两人结下了深厚的友谊。有时老师要他邀集一些同学一起到三角门外，去看妙古寺的"猪头钟"，到江心寺后看古井，渡瓯江去白水漈，坐河船去探访头陀寺，相处十分欢洽。①

十中有着悠久的历史，朱自清对这所学校也有着很深的感情。他曾经为十中写过这样一首校歌：

> 雁山云影，瓯海潮淙，
> 看钟灵毓秀，桃李葱茏。
> 怀籀亭边勤讲诵，
> 中山精舍坐春风。
> 英奇匡国，作圣启蒙，
> 上下古今一治，东西学艺攸同。

歌词既简单明了，又富于古意。既写到了学校所处的优美环境，对其所取得的业绩也进行了高度概括。有对过去贤达大儒的景仰，也有对学校未来的祝福。字里行间所透露的，是朱自清对教育事业的殷殷期盼之情。

在温州执教时期，朱自清不仅给学生们带来了许多新鲜的课程，而且推动了当地的文学运动的发展。他擎着新文艺的火炬来到温州，使这里的新文学运动顿放光明。在他的影响之下，当地刊物、日报副刊上的文学作品骤增。

在温州生活了这么一段时间，朱自清自然会对这个地方有所感悟。他先后写了《温州的踪迹》系列文章，包括《"月朦胧，鸟朦胧，帘卷

---

① 李永军：《朱自清上课》，http://449006083qq.home.news.cn/blog/a/0101000A2E490CCF032A09EF.html，2015 年 10 月 23 日。

海棠红"》《绿》等。前者是一篇题画文。十中美术教员马孟容知道朱自清喜欢海棠，便在他离开温州前作此画相赠，于是朱自清写了此文，以充题画诗。后者记叙了和十中英文教员马公愚等人同游仙岩梅雨潭的情形。在温州期间，朱自清的兴致很好，常常喜欢和同事结伴出游，温州的近郊，都留下他的足迹：朱自清到过三角门外，看妙古寺的"猪头钟"；到江心寺看古井；坐河船去探头陀寺；访仙岩的雷响潭和梅雨潭。这些，都在朱自清《温州的踪迹》中有所反映。

在温州十中，朱自清每月的薪金是三十多元，那时物价不高，一担谷子才一元大洋，按理收入不算低。但是学校经常欠薪，两三个月发一次薪水是常有的事，甚至一个月只给十元以维持生活。而朱自清的家庭负担重，前一年妻子又生了一个女儿，一家五口要维持生活，同时还要赡养父母，偿还债务，五口之家生计日见窘迫。此时，夏丏尊致函朱自清，告诉他宁波省立四中实行学制改革，正需补充教师，春晖中学也要加聘国文教师一人，动员他离开温州，在四中和春晖兼课，薪水自然比温州丰厚。朱自清得知这一情况，即向十中校长递上辞职书，并函告丏尊过了新年便动身。夏丏尊遂将此消息刊于《春晖》半月刊：

本校于寒假前聘定朱自清先生为国文教员，分授一组，朱先生兼任第四中学国文课，闻不久即可来校。

春节刚过，朱自清就告别颇为留恋的省立十中，于 1924 年 2 月底只身到达宁波的省立四中。

朱自清到达宁波四中时，适值学制改革，中学与师范合并，学校将中学六年分为三段，前二年为初中，中二年为公开高中，后二年为分科高中，分文理二科。

朱自清担任文科国文教员。他不用部颁教科书，自编教材，将鲁迅的《阿Q正传》《风波》等编列进去。他教学一贯严谨，备课充分，讲究方法，循循善诱，深受学生的欢迎。学生们常去他住处求教，他每问必答，绝不敷衍了事，因为来访的人多，朱自清索性在屋中放一张桌子，让学生们环桌而坐，他不厌其烦地解答他们提出的问题，或释疑语义，或阐明语源，或传授方法，往往长达数小时。[1]

为了给学生创作提供良好的外部环境，营造一个浓郁的文学氛围，朱自清努力倡导、促成校刊的印行，以便为喜欢文学的学生发表文章提供阵地。这些在校刊所发表的文章，大都经过了朱自清的修改与润色。

朱自清还向学校提出聘请校外名师、学者来校做报告的建议。方光焘、刘延陵、恽代英、陈望道、杨贤江等都曾应邀来校做过演讲。朱自清本人也积极参与演讲活动，做了《我们对于文学的态度》演讲，其主要观点是主张文学要"表现时代的要求与理想"。

朱自清一到春晖，便"上下午各有课二小时"（俞平伯1924年3月10日日记），以其丰富的中学国文教学经验，驾轻就熟，将课上得生动活泼，情趣盎然，很受学生欢迎。

据当年亲聆朱先生教诲的学生回忆：

> 开始时他为我们选授几课白话时文。他自己念，或叫同学念给大家听。有问题时停下来给大家讲解。学生在轻松愉快中感受五四新文化的新鲜空气。
>
> 从春晖中学至今仍珍藏着的1919年、1921年出版的、由朱自清赠的《新潮》《新青年》杂志可知，他所讲授的"白

---

[1] 李永军：《朱自清上课》，http://449006083qq.home.news.cn/blog/a/0101000A2E490CCF032A09EF.html，2015年10月23日。

话时文"大都选自这些进步刊物。鲁迅先生的《药》《阿Q正传》等是朱先生的"保留节目",学生从中领略了"新文化运动伟大旗手"的风采。

学生知道朱先生的散文写得很好,希望他将已发表的散文《绿》《桨声灯影里的秦淮河》等拿来讲解,他欣然满足了大家的要求。学生们为先生的文笔所感动,都说"读先生的文章真有味",跃跃欲试起来,并纷纷向他讨教使文章写得"有味"的"诀窍"。朱自清一面热情鼓励大家,一面告诉学生:想使描写的景色有味,平时必须多做观察,不能靠罗列"美丽""优雅""风光旖旎"等形容词,而应该让你的文章里"有浓浓的颜色,有清清的音响……味在题材的深处,须细意寻探,才可得着;得着了味,题材的范围与性质却不成问题了。味是什么?粗一点说,便是真的生活,纯化的生活!便是个性,便是'自我'"![①]

随即,他把自己游览温州梅雨潭、南京秦淮河的过程讲给大家听,又介绍如何构思、如何写作的经过,说明有味的文章全得之于生活,并非高不可攀,学生很受启发。学生按照朱自清的话,在写作练习中也注意"细意寻探"生活,努力写出"自我",很有一些成功之作。有的被录用在《春晖的学生》月刊、《春晖》半月刊上,有的投稿给上海的《时事新报》的"学灯"栏和《民国日报》的"觉悟"栏,文风盛极一时。

朱自清的这一教学方法,非常接近于西方先进的写作理念,即创意写作教学法。在创意写作工坊课上,最注重的就是激发学生的创作潜能,要求学生调动起自己的全部感官,写出风景、声音、味道等,要求学生学会"展示",少用"概括"的语言。在西方的创意写作课上,提

---

① 朱自清:《水上》,《春晖》半月刊第33期。

倡作家教学。朱自清以自己的创作经验，来给学生讲授创作技巧，正符合西方创意写作作家教写作的倡导。朱自清以切身的写作和教学实践，有意无意间保持了和西方写作教学的同步，这是非常了不起的。

为了使学生具有坚实的国文基础，朱自清在让学生学习白话时文的同时，建议也学点儿文言诗文。他征求大家的意见，说："文言文、旧诗词经过几千年洗炼，很有些好东西。"大家一致同意先生选出来的"好东西"。因为觉得选择、抄写、印刷都费力，不如选购几本现成的书，再从其中选读一部分。于是他就选了《虞初新志》及《白香词谱笺》两书。对于所选的诗文，朱自清也按其难易程度有不同的教法，有些全由自己讲解，甚至逐字逐句地讲；有的只讲大概，疏通为止；浅显易懂的就只做背诵要求。所以尽管他任教时间不长，学生学到的东西却很多，有几个兴趣特别浓、有钻研精神的学生，时间不长就把先生所选的两本书通读完了。

朱自清的课堂教学组织得非常周密，也非常注重讲课的效果。他常问自己："上课时，个个学生是注意听讲么？有人说话么？有人在桌子底下偷看别的书么？——今天讲的，他们曾如你所嘱地预习过了么？昨日讲的，他们上自修班时曾复习过了么？"正因为重视学习效果，所以他一般课前总布置一些预习题，这些题目每节课开头时一定要进行检查，或诵读，或答问，或板演，充分引起学生对预习的重视。

上课时，朱自清又注意经常改换教学方式。白话文如上所述以读为主，讨论为辅。讨论也非漫无边际，而是由他准备一串题目，这些题目一般都是学生没有发现的或就他们的水平发现不了的，他一提出来，学生就会感到新奇，受到启发，发出"原来其中还有这样的意思"的感慨；解答时，学生的回答也往往粗浅、片面，朱自清便会进一步引导，让学生"跳一跳摘到苹果"，有时做一些点拨，使他们有"茅塞顿开"之感。

由于朱自清采用这种生动的启发式、讨论式的课堂教学，学生的思维十分活跃，课堂气氛紧张而热烈。他的挚友俞平伯于1924年3月10日应邀到白马湖春晖中学，并听他上课，俞平伯在当天的日记中这样评说：

> 学生颇有自动之意味，胜一师（浙江第一师范学校）及上大（上海大学）也。

天下谁人不识君

此时，同在这两所学校任教的有夏丏尊、丰子恺、刘延陵、夏承焘、朱光潜等人，朱自清与他们成为了好友。

其中，他和夏丏尊交往较多。夏是上虞崧厦人，1886年生，大朱自清十二岁，曾在浙江省两级师范学堂执教，和鲁迅同事过，后又在浙江一师教书，1921年在上海中国公学任教时，经刘延陵的介绍而结识朱自清。1924年回家乡上虞白马湖春晖中学任教，同时在宁波四中兼职，教作文课。

朱自清与夏丏尊等人的家接连着，夏丏尊的家最讲究，屋里有名人字画、古瓷、铜佛，院子里种满了花。

夏丏尊很好客，朱自清等便不时地上他家里喝老酒。夏夫人的烹调极好，朱自清常常能美美地混个肚儿圆。大家朝夕相处，宛如一家人。

朱自清还常常到隔壁看夏丏尊用剪刀修枝、提壶浇花。也喜欢在院子里赏花，屋内品画。虽说朱自清酒量不大，但没事也喜欢喝两杯。夏家院子里有一株很好的紫薇，主人常常和朱自清一起在紫薇花旁喝酒。

此中美意，真是只可意会不可言传也。

朱自清和夏丏尊都爱好文艺，常以新作相互交流。同为好友的朱光潜受到他们的影响，也开始了写作。

朱自清也是丰子恺家里的常客。

因为两人同庚（丰子恺生于1898年11月9日，朱自清生于11月22日，两人出生时间相差十三天），并且丰子恺是浙江桐乡石门镇人，而朱自清是扬州人，但实际原籍和鲁迅一样是绍兴，他俩算得上是同乡。

朱自清常常来到丰子恺的住处，一起看日本竹久梦二的漫画集。朱自清颇有感慨，他信心满满地对丰子恺说：你可以和梦二一样，出一本漫画集。

有一天，丰子恺给朱自清四岁的女儿阿采画了一幅画，没想到夏丏尊兴冲冲提笔过来，在上面题道："丫头四岁时，子恺写，丏尊题。"画美，字也好，朱自清爱不释手，后来将其制版，作为散文集《背影》的插页。

在寂静的白马湖畔，在紧张地备课、讲课之外，朱自清常常和夏丏尊、朱光潜他们，来到丰子恺的小屋，一起欣赏他的画稿，给予热情的鼓励。正是在这样的氛围中，《子恺漫画》这本书诞生了。

对于朱自清的人品和才华，丰子恺是十分推崇的。他十分喜欢朱自清的散文，可以说是他的忠实"粉丝"。尤其是朱自清的散文经典《背影》发表后，丰子恺推崇到了百读不厌的地步。

丰子恺的推崇是出乎真心的，他在和自己的子女聊天时，常常称颂这篇杰作的艺术成就。

丰子恺还曾经为朱自清的第一本散文集《踪迹》画过封面。

《踪迹》是朱自清的第一个创作集子，由上海亚东书局出版，共分为上下两辑，第一辑包括三十首诗歌，第二辑收录七篇散文。

这本书的扉页上印了周作人的一首诗《过去的生命》：

> 这过去的我的三个月的生命，那里去了？
> 没有了，永远地走过去了！
> 我亲自听见他沉沉的缓缓的一步一步的，
> 在我床头走过去了。
> 我坐起来，拿了一支笔，在纸上乱点，
> 想将他按在纸上，留下一些痕迹，——
> 但是一行也不能写，
> 一行也不能写。
> 我仍是睡在床上。
> 亲自听见他沉沉的缓缓的，一步一步的，
> 在我床头走过去了。

朱自清非常欣赏周作人的这首诗歌，不然他也不会将其放在第一个创作集的扉页上。当然，这首诗也体现出了这个集子的一些精神特质，是对朱自清过往生活"踪迹"的捕捉与审视。

这本集子是朱自清走向社会和生活所留下的文字的记录，也是江南五年中最重要的收获之一。

对于这本集子，郑振铎在《五四以来文学上的争论》中评价甚高，认为朱自清的《踪迹》是远远超过《尝试集》里任何最好的一首，全集的字里行间，都凝结着朱自清的辛勤汗水，印刻着他过去的生命游踪，人生旅途的青春踪迹。全集"功力的深厚，已绝不是尝试之作，而是用

了全力来写的"。

因为这种艺术上的互相吸引，朱自清和丰子恺等人在白马湖时期结下了珍贵的友谊。

此一时期，朱自清和夏丏尊竭力倡导印行各校校刊。在四中，印行了《四中之半月刊》，大量发表学生文章，而这些习作大都经过朱自清修改润饰的。当时四中文学社团很多，1923年就成立有"雪花社"，朱自清虽未像在杭州浙江一师那样，担任过"晨光社""湖畔诗社"的顾问，但对"雪花社"也做过悉心的指导和关怀。

朱惠民先生在《朱自清在宁波事迹考》中介绍，"雪花社"，原定名为"血花社"，与朱自清在温州十中指点过的"血波社"齐名，因这个名称刺激性太强，遂以"血""雪"谐音，改起为"雪花社"。该社成立于1921年7月，为"五四"新潮推动下产生的。当时的宁波青年有鉴于作社会之改造，人生的联合以祈上进，不可无联络之团体，乃组织"雪花社"。该社虽系松散性组织，但有完善的社章。社章分列名称、宗旨、社约、入社、出社、开会、职员、附则等条款。"雪花社"作为文学研究会宁波分会的外围组织，它的宗旨"本互助之精神，作社会之改造"，便体现出"为人生的艺术"，文学改造人生的精神。据始终其事的张孟闻、潘凤涂回忆，"雪花社最初的宗旨，有改造社会的愿望，介绍新思想、创作新文艺"，该社"自律很严"，"极注意社员的修养"。最初参加者有蒋本菁、谢传茂、潘凤涂、干书稼等七人，后来陆续加入的有宓汝卓、张孟闻、汪子道、王任叔等，几乎荟集了当时宁波一代青年的精英。他们之中多为四中进步学生。"雪花社"作为宁波颇具影响的社团，它的反封建礼教、鼓吹进步思想的活动，和朱自清信奉的"为人生"的文学主张相契合，所以他乐于参加社务活动。"雪花社"编印《宁波评论》及《大风》社刊，宣传民主思想，抨击封建势力，朱自清曾给予具体指导。只要他们需要，朱自清都给予大力支持。这些刊物上的文章进行反旧礼教、旧统治的启蒙，所发进步倾向的文字，锋芒直指宁波缙绅先生们，给予极大的震慑和抨击。[①]

朱自清常和社员热烈地探讨人生。他说："人生以服务为目的，虽然近乎高调，但有机会为人做点有用的事，到底是个安慰。"他以此自勉，亦勖勉"雪花社"同人。他奖掖后学，甘为他们打杂。社员送来一本本的"诗集""散文集"，他或作细批，或约面陈，从未敷衍了事。稿子上满是紫色墨水的批发和圈点，那双圈密点，表示他的赞同与鼓励，那朱笔写的端端正正的蝇头小楷，是批改和评语。[②]

提到学生的写作，朱自清常常是现身说法，以其丰富的实践经验去指导学生。他热情地鼓励他们说："你们不要怕文章写不好，我的第一篇在刊物上发表的长诗《毁灭》，就是投了又退，退了又改，反复四五次才得以录用的。"像《桨声灯影里的秦淮河》，"我每天回家去写一点，有时一天只写一二句，这样慢慢的积成一篇篇东西"。作为新文学的拓荒者，培植文学青年的教育者，朱先生实在称得上一个可敬佩的保姆。

到"春晖"后，他多写散文和议论文。散文有写景的和记事的，如《春晖的一月》《白水漈》《航船的文明》等，议论文大多是有感而发、切中时弊之作，如刊登在《春晖》半月刊中的《刹那》《教育的信仰》《团体生活》等。他告诉学生，写景记事要具体细腻，空泛的话谁都能说，写出"我"的独特感受最难，细细观察加上深入思考才能有好作品；无论记叙议论总要"拆开来看，拆穿来看"，"要看出而后已，正

---

① 《宁波大学学报》(人文科学版)，1989 年第 2 期。

② 同上。

如显微镜一样"。

学生根据他的指导认真练习，写作水平有了很大提高。

遵循朱自清的写作观念和创作手法，一次学生王福茂写了一篇《可笑的朱先生》，对朱自清做了如下描写：

> 他是一个肥而且矮的先生，他的脸带着微微的黄色，头发却比黑炭更黑；近右额的地方有个圆圆的疮疤，黄黄地显出在黑发中；一对黑黑的眉毛好像两把大刀搁在他微凹的眼睫上。讲话的时候，两颗豆一样大的白齿鲜明地露出，他的耳圈不知为何，时常同玫瑰色一样。当他在黑板上写字的时候，看了他的后脑，似乎他又肥胖了一半。最可笑的，就是他每次退课的时候，总是像煞有介事的从讲台上大踏步的跨下去。走路也很有点滑稽的态度……

严禄标在《朱自清在春晖中学》中说，朱自清批改到这篇作文时忍俊不禁，忍不住连着画了许多双圈。第二天即拿到教室里读给大家听，让学生判断所写的是谁。文章读到一半，就有学生在下面议论"是朱先生"，有的笑出声来。朱先生读完全文，问大家写得像不像，大家异口同声说"像"。朱先生就说，此文得到大家的肯定，说明文章是成功的，自己平时教大家要怎样写怎样写，王福茂就给大家一个榜样，这就是描写人要让人读后"如见其人"；当然还要有"如临其境""如闻其声"的感觉。

由于朱自清的教育引导，学生写了许多取材于身边生活的文章，大都内容充实、描写生动。当年《春晖的学生》月刊上刊载的《我所见到的夏先生》（斯尔螽）、《冷静的匡先生》《白马湖的春日》（吕襄宝）、《学友郭秋水君》（张贞黻）、《摇船》（沈寿春）、《晚餐后》（夏蕊华）等无不如此。

"春晖"荡漾白马湖

这一时期，因家眷等依然留在温州，朱自清不得不在宁波和温州间来回奔波。

当时温州正面临战事，朱自清甚是着急，幸有好友马公愚照料其家眷。是年10月，朱自清举家迁往宁波，定居白马湖春晖中学，和夏丏尊成了近邻，两家的前院只隔了一垛短墙。

白马湖春晖中学也对朱自清十分器重，他3月间来兼课时，《春晖》半月刊即登出一则消息：

> 本校本学期添聘的国文教员朱佩弦先生自本月起到校就职。

朱自清在春晖任课多，教学作风民主，常启发学生独立思考，共同讨论。春晖国文教材多选自《新青年》《新潮》《向导》《创造季刊》等杂志，朱自清教这些文章时，通常由自己念一遍，有时也叫学生念，然后进行讲解。

此间，朱自清邀在上海的俞平伯来春晖游玩，甚是尽兴。

那时俞平伯刚辞了上海大学的教席，在杭州闲住着。1924年3月8日，俞平伯搭新江天船到宁波，再从宁波乘火车到百官，雇轿至白马湖。他在春晖待了三天多，朱自清每天都有课，俞平伯在10日那天的日记就记载："佩弦上下午各有课二小时。"他还听了朱自清一堂课，感到他教学认真，课堂气氛亦相当活跃，在日记中他写道："学生颇有自动之意味，胜一师及上大也。"他不无感慨地说："固属春晖的学风如此，而老师的教法亦不能无关，我在这儿愧吾友良多，久非一日矣。"

其实，朱自清在教育上能有这样的成绩，绝非偶然，他对中学教育问题有自己的主张和见解。他十分注重对学生进行全面的人格培养，他曾在《中等学校国文教学的几个问题》一文中，向国文教师提出一系列严峻的问题。他认为学生学习能否认真用功，关键在于教师，"固然要看你们的教法如何，但更重要看你的人格影响如何"。

因此，他决意从自身做起，以严正的态度，对学生进行教育。他批改作业一丝不苟，和以前一样，每个学生都有一张成绩升降表，让他们看到自己学业的进步和退步。他对学生要求严格，对他们说，做学问要认真，半点儿马虎不得，提倡做"窄而深的研究"，反对夸夸其谈，触及一点不及其余的浮夸作风。

他反对学生写些内容浅薄的作品，主张要有"味"，要有生活，他告诉学生们："印在纸上，好像没有神气，念在嘴边，也像没有斤两：这就是没味。"

有一次，在课堂上讲到诗与酒的关系，他极有兴味地说："饮酒到将醉未醉时，头脑中有一种说不出来的滋味和快感，脑筋特别活动，所以李杜能作出好诗来……"说到这里猛然刹住，立即严肃地说，"可是你们千万不要到湖边小酒店里去试啊！"①唯恐学生们受到影响。

春晖在极幽静的乡村，往往终日看不到一个外人。这让久居在"狭的笼的城市里"的朱自清初到春晖时感到十分欣喜，他这样描写白马湖

---

① 李永军：《朱自清上课》，http://449006083qq.home.news.cn/blog/a/0101000A2E490CCF032A09EF.html，2015 年 10 月 23 日。

春晖的山水：

> 走向春晖，有一条狭狭的煤屑路。那黑黑的细小的颗粒，脚踏上去，便发出一种摩擦的骚音，给我多少清新的趣味……山的容光，被云雾遮了一半，仿佛淡妆的姑娘，但三面映照起来，也就青得可以了，映在湖里，白马湖里，接着水光，却另有一番妙景。我右手是个小湖，左手是个大湖。湖有这样大，使我自己觉得小了。……湖在山的趾边，山在湖的唇边；他俩这样亲密，湖将山全吞下去了。吞的是青的，吐的是绿的，那软软的绿呀，绿的是一片，绿的却不安于一片；它无端的皱起来了。如絮的微痕，界出无数片的绿；闪闪闪闪的，像好看的眼睛……①

他把这美丽的乡村自然风光、新颖别致的校舍建筑称为"春晖给我的第一件礼物"——"美的一致、一致的美"。

朱自清很喜欢春晖安逸的乡村生活："我爱春晖的闲适！闲适的生活可说是春晖给我的第三件礼物！"

朱自清对春晖中学的人文环境也很满意，他说在这里：

> 我看不出什么界线，因而也用不着什么防备，什么顾忌，我只照我喜欢的做就是了。这就是自由了。从前我到别处教书时，总要做几个月的"生客"，然后才能坦然。对于"生客"的猜疑，本是原始社会的遗形物，其故在于不相知。这在现社会，也不能免的。但在这里，因为没有层迭的历史，又结合比较的单纯，故没有这种习染。这是我所深愿的！

---

① 朱自清：《春晖的一月》，《春晖》半月刊第 27 期。

在一般的中学，教师与学生之间往往隔着一个无形界线。学生对于教师，"敬鬼神而远之"；教师对于学生，尔为尔，我为我，休戚不关，理乱不闻！春晖中学没有这种情况。无论何时，都可以自由说话；一切事务，常常通力合作。学校里只有协洽会而没有自治会。[①]

春晖中学坐落在白马湖的风景最胜处。

白马湖是许多湖的总名，湖水很清。旱年的夏季，别的湖里都长了草，这里却还是一清如故。

白马湖最大的，也是最好的一个，就是朱自清住过的屋子的门前那一个湖。

那个湖不算小，但湖口让两面的山包抄住了。外面只见微微的碧波而已，想不到有那么大的一片。……白马湖的春日自然最好，山是青得要滴下来，水是满满的、软软的。小马路的两边，一株间一株地种着小桃与杨柳。小桃上各缀着几朵重瓣的红花，像夜空的疏星。杨柳在暖风里不住地摇曳。在这路上走着，时而听见锐而长的火车的笛声是别有风味的。在春天，不论是晴是雨，是月夜是黑夜，白马湖都好。雨中田里菜花的颜色最早鲜艳；黑夜虽什么不见，但可静静地受用春天的力量。夏夜也有好处，有月时可以在湖里划小船，四面满是青霭。船上望别的村庄，像是蜃楼海市，浮在水上，迷离惝恍的；有时听见人声或犬吠，大有世外之感。[②]

---

① 朱自清:《春晖的一月》,《朱自清全集》第四卷，江苏教育出版社 1996 年版，第 123 页。

② 朱自清:《白马湖》,《朱自清全集》第四卷，江苏教育出版社 1996 年版，第 284—286 页。

从春晖走向清华

在春晖中学，朱自清经历了一场学潮。

起因是学生黄源出早操时戴了一顶黑色绍兴毡帽，体育老师令其摘掉，黄源不从，发生争执。学校为此要处分黄源，训育主任匡互生力争无效，愤而辞职。此事激怒学生，罢课抗议。校方毫不示弱，立即开除为首闹事的学生并宣布学校放假。此举引起教师们的愤怒，想以集体辞职了事。匡互生认为春晖中学再也不是实施理想教育的园地了，于是和丰子恺等一些教员集体辞职。在 12 月的一个飘着雪花的早晨，匡互生背着铺盖打着雨伞，黯然离开了春晖中学。同学们纷纷前来站台送别，大家久久不肯离去，哭成一团。离开春晖之后，匡互生租借了华中艺术大学宿舍，在上海创办了立达中学，此即为后来的立达学园。

这次学潮一直延续到次年初。此事影响了朱自清对教育的看法，并产生了离开中学教育界的想法。他在给朋友的信中说：

> 春晖闹了风潮，我们彷徨了多日，现在总算暂告结束了。经过的情形极繁，详说殊无谓。……我仍被留在此，夏先生专任甬事，丰子恺改任上海艺术师范大学事。此后事甚乏味。半年后仍须一走。

朱自清在写给俞平伯的信中进一步透露了脱离教育界的意愿：

> 我颇想脱离教育界，在商务觅一事，不知如何？也想到北

京去，因从前在北京实在太苦了，好东西一些不曾吃过，好地方有许多不曾去过，真是白白住了那些年，很想再去仔细领略一回。如有相当机会，尚乞为我留意。

在另一封和俞平伯谈《我们的六月》稿件及版税等事时，朱自清再次流露想脱离教育界的想法：

弟实觉教育事业，徒受气而不能收实益，故颇倦之。

在此心境下，朱自清参加了在上海成立的立达学会。

朱自清之所以有想脱离教育界的想法，大概是因为和他对中等教育的失望有关。经历了几次学潮，几乎每次都是以学生和教师的失败而告终。对此，他当然是异常失望。从1920年6月到1925年8月的五年时间内，朱自清走马灯般地换了七个学校。这种职业的动荡也影响了他对中等教育的看法。

在长期的中等学校的任教过程中，朱自清形成了自己成熟的教育观。他曾在《中等学校的学生生活》一文中指出：

在中等学校学生生活里，我以为小组织是最有效的组织，是到良善的生活的一条最近的路。他的效力有三层：（一）供给自由运思和练习思想力底机会；（二）供给宣泄感情和培养深厚的同情底机会；（三）供给练习组织能力底机会，并发展民治底精神。[1]

---

[1] 《朱自清全集》第四卷，江苏教育出版社1996年版，第65页。

　　而在《教育的信仰》一文中，朱自清则提出教育并不是一件容易的事，一般教育者只是把教育看作一种手段，而不看作目的。校长教师们既将教育看作权势和金钱的阶梯；学生们自然也将教育看作取得资格的阶梯；于是彼此都披了"教育"的皮，在变自己的戏法！戏法变得无论巧妙与笨拙，教育的价值却丝毫不存。①

　　在《团体生活》一文中，朱自清又谈到了群育思想。他说：一个学校应该是一个团体，而现在的学校却总是"一而二"，教职员与学生俨然为对峙的两个部分！因此造成了许多隔膜、误会，在中等学校，差不多都是这种情形。朱自清认为这是群育上的一个根本的症结，"不除了它，群育是无从讲起，行起的！因为教职员本居于指导的地位，现在却和学生分了家，还有什么指导可言？就是要去指导，自己在学生外面，不明学生生活的真相，又何从措手呢？又何能得着实效，帮助学生生活的进展呢？所以我说中等学校的生活，就是说师生通力合作，打成一片的生活。这实是群育的第一义。"朱自清是不赞成教职员与学生分家的，他相信，必须教职员先自能团结，然后才能使学生们与他们团结。他有两个希望：一、中学校聘请教职员，应该慎重，应该特别着眼于"志同道合"——"对于教育有信仰"——这一点上。二、我们教职员应该看了学校里散漫的情形而自觉，尤其应该看了学生散漫的情形而自觉；自己教育自己，自己培养自己的团体生活的习惯和能力，自己联合起来，再去与学生联合起来；这样，学校便成了有生机的一个团体了。②

　　可见，朱自清对于中学教育是有着完整的一套理念的。可惜的是，他的这些想法并没有得到很好的实现。因此，他对于中学教育是很有些

---

① 《朱自清全集》第四卷，江苏教育出版社 1996 年版，第 140 页。
② 《朱自清全集》第四卷，江苏教育出版社 1996 年版，第 150-151 页。

失望的。

但在事实上，朱自清所想脱离的也唯有中等教育而已。他对高等教育，还是抱有很大希望的。

此时，清华大学正托胡适物色教授，胡适找到了俞平伯，但是俞平伯没有去，他转而推荐了朱自清，得到了胡适的应允。对此，朱自清9月4日致信胡适，对他表示感谢：

> 适之先生：承先生介绍我来清华任教，厚意极感！自维力薄，不知有以负先生之望否！……

就这样，朱自清结束了长达五年辗转不定的生活，到清华大学部任国文教授去了。

由此，朱自清开启了服务高等教育的多彩人生。

第四章 学养清华

前度学子今又来

在离开北京整整五年之后，朱自清又回来了。

虽然几年前曾在北京读书，但正如他自己所说，那时只顾用功学习，根本没有时间去熟悉这座城市。朱自清北大四年，多在城圈子里待着，四年中虽也游过三五回西山，却从没来过清华；说起清华，只觉得很远很远而已，对这座校园依然陌生。加上他在北京举目无亲，这次到清华来，只好先住在朝阳门边一位朋友的家里。

清华大学前身为"清华留美预备学校"，于1911年正式开办，是依据美国国会于1908年通过的所谓退还"庚子赔款"剩余部分的法案创立的，它的任务就是培养留美学生。1909年，作为留美预备学校，时称"游美肄业馆"。1911年初，肄业馆改称清华学堂，1912年更名为清华学校。

　　清华设在北京西北部的清华园，环境幽静，风景优美，原是端王载漪的王府。这位红极一时的王爷，由于支持过义和团的活动，被流放新疆，王府也被充公，后被当局选为校址。1925 年清华进行改革，增设大学部，朱自清就是因此机会而被聘任的。

　　前文说过，朱自清之所以能到清华大学部去任教，当然离不开俞平伯的推荐。起因如前所述，朱自清在春晖厌倦了中学教育之后，给俞平伯写了一封信，欲离开教育界，想在商务馆寻一个差事。正在这时，清华大学正委托胡适物色教授。胡适找到了俞平伯，但是俞平伯没有去，转而推荐了朱自清。胡适慨然应允，朱自清才有机会来到了清华。

　　那时清华大学教务长是张仲述先生，朱自清和他没有见过面，就写信给他，约定第三天上午去看他。写信时他和朋友确认过，十点赶得到清华吗，从朝阳门哪儿？他此前虽然已经来过一次，但似乎只记得"长林碧草"，说不出路上究竟要多少时候。

　　那位朋友劝朱自清八点动身，雇洋车直到西直门换车，免得老等电车，又换来换去的，耽误事。那时西直门到清华只有洋车直达；后来朱自清才知道也可以搭香山汽车到海甸再乘洋车，但那已经是后来的事了。

　　第三天到了，不知是起得晚了些还是别的，跨出朋友家，已经九点挂零。朱自清心里不免有点儿急，车夫走得也特别慢似的。到西直门换了车。据车夫说本有条小路，雨后积水，不通了；那只得由正道了。刚出城一段儿还认识，因为也是去万生园的路；以后就茫然。到黄庄的时候，瞧着些屋子，朱自清以为一定是海甸了；心里想清华也就快到了吧，自己安慰着。快到真的海甸时，问车夫："到了吧？""没哪。这是海——甸。"朱自清这一下更茫然了。海甸这么难到，清华要何年何月呢？而车夫说饿了，非得买点儿吃的。吃吧，反正豁出去了。这一吃又是十来分钟。说还有三里多路呢。那时还没有燕京大学，路上没什么看的，只有远处淡淡的西山——那天没有太阳——略略可解闷儿。好容易过了红桥、喇嘛庙，渐渐看见两行高柳，像穿门一般。什刹海的垂杨虽好，但没有这么多这么深，那时路上只有他乘坐的这一辆车，大有长驱直入的神气。柳树前一面牌子，写着"入校车马缓行"；这才真到了，朱自清心里想，可是大门还够远的，不用说西院门又骗了自己一次，又是六七分钟，才真真到了。坐在张先生客厅里一看钟，十二点还欠十五分。

张先生住在乙所，得走过那"长林碧草"，那浓绿真可醉人。张先生客厅里挂着一副有正书局印的邓完白隶书长联。朱自清有一个会写字的同学，他喜欢邓完白，他也有这一副对联；所以这时如见故人一般。

张先生出来了。他比朱自清高得多，脸也比朱自清长得多。一眼看出是个顶能干的人。朱自清向他道歉来得太晚，他也向朱自清道歉，说刚好有个约会，不能留他吃饭。谈了不大工夫，十二点过了，朱自清告辞。到门口，原车还在，坐着回北平吃饭去。

过了一两天，朱自清就搬行李来了，住进了清华园古月堂。这回却坐了火车，是从环城铁路朝阳门站上车的。[①]

这就是朱自清到清华报到的经过，读来也算是有趣。

对于清华，朱自清是很有好感的。这可以从他写给毕业同学的文章中看出来，他写道：

---

① 原载 1936 年《清华周刊》副刊第 44 卷第 3 期。

　　清华园真是一个好地方。从空气起，到马路止，差不多都好。最觉得出清华的好处的是初来或重来的人，尤其是久住而将离的人。久住的人如"鱼相忘于江湖"，他们原是不觉得什么的，可是一到将离，却回过味来了，他们"舍不得"起来了。尤其是诸位将毕业的同学，四年中在这里辛辛苦苦打下了学业的根基，在这欲去仍留的当儿，想想前头，想想后头，东走走，西看看，便觉得一树一石，一鱼一鸟，都有情致。①

对于北京，朱自清也是喜欢的："北京实在是意想中中国唯一的好地方。"朱自清说，北京第一好在大。北京之所以大，因为它做了几百年的首都；它的怀抱里拥有各地各国的人，各色各样的人，更因为这些人合力创造或输入的文化。北京第二好在深。中国历史、语言、文学、美术的文物荟萃于北京；这几项的人才也大部分集中在这里。北京的深，在最近的将来，是还不可测的。北京第三好是在闲。北京的一切总要一种悠悠不迫的味儿。北京真正的闲人其实也很少，但大家骨子里总有些闲味儿。

总之，北京已经成了朱自清"精神上的家"②。

朱自清最初住在清华园南院单身宿舍，与陈寅恪、浦江清、杨振声等教授为邻。俞平伯之子俞润民回忆：

　　朱自清先生曾住在南院的单身宿舍，距我家很近，因系单身一人，饭食不方便，父亲就请朱自清先生每天来我家共餐。

---

① 《朱自清全集》第十一卷，江苏教育出版社1996年版，第286页。
② 《朱自清全集》第十一卷，江苏教育出版社1996年版，第289—290页。

朱先生一定要付伙食费，父亲当然不肯收，朱自清先生一定要付，最后只好收下，而暗中却又把这钱全部用在给朱先生添加伙食上。朱先生后来渐渐地察觉了丰盛的饭菜是专门为他做的。

后来在西南联大，朱自清以"西郭移居邻有德，南国共食不相忘"的诗句，表达对这段共餐经历的怀念。

一开始，朱自清给清华学校旧制部学生教李杜诗，给大学普通部学生教国文。这一时期，朱自清的生活较为安稳，写了不少名篇佳作，包括脍炙人口的《背影》。正如李广田所说：

> 《背影》一篇，论行数不满五十行，论字数不过千五百言，它之所以能够历久传诵而有感人至深的力量者，当然并不是凭借了甚么宏伟的结构和华赡的文字，而只是凭了它的老实，凭了其中所表达的真情。这种表面上看起来简单朴素，而实际上却能发生极大的感动力的文章，最可以作为朱先生的代表作品，因为这样的作品，也正好代表了作者之为人。由于这篇短文被选为中学国文教材，在中学生心目中，"朱自清"三个字已经和《背影》成为不可分的一体。①

而在叶圣陶看来，朱自清的《背影》简直到了"人不能轻易一字"的地步：

> 你要给它加一个字或者减一个字是很困难的，这无怪许多

① 李广田：《最完整的人格——哀念朱自清先生》，《李广田全集》第五卷，云南人民出版社 2010 年版，第 276 页。

人要把它作范文读了。

在表现亲情时，朱自清的文字中有着千般柔肠；在反击军阀时，朱自清的文字则有着无尽的铮铮铁骨。

风雨如晦听鸡鸣

在清华，朱自清亲身经历了"三一八"惨案。

那天，他从天安门出发，和清华学校的队伍同行，走在大队的最后。走到执政府前空场上时，大队已散开在满场了。这时府门前站着约莫两百个卫队，分两边站着。忽然队伍散动了，许多人纷纷往外退走；有人连声大呼：大家不要走，没有什么事！清华队的指挥也扬起手叫道：清华的同学不要走，没有事！这期间，人群稍稍聚拢，但立刻又散开。清华的指挥第二次叫声刚完，众人纷纷逃避时，朱自清看到一个卫队已经装完子弹。他赶紧向前跑了几步，向一堆人旁边睡下。没等他睡下，上面和后面各来了一个人，紧紧地挨着他。朱自清不能动了，只好蜷曲着。

这时，噼噼啪啪的枪声响起来了，有鲜红的热血从上面滴到了朱自清的手背和马褂上。第一次枪声稍歇，朱自清随着众人奔逃出来，向北躲入马号里，偃卧在东墙角的马粪堆上。不过两分钟，忽然看见对面马厩里有一个兵拿着枪，正装好子弹，似乎就要朝朱自清这边放。朱自清等人立刻起来，弯着腰逃走。这时枪声未歇，东门口拥塞得几乎水泄不通。朱自清隐约看见底下蜷缩地蹲着许多人。朱自清被挤得往后仰了几回，只好竭尽全身之力往前，终于从人堆上滚了下来。朱自清和两个女学生出门沿着墙往南而行，那时还有枪声，朱自清刚想躲入胡同里，墙角上站着的一个穿短衣的人对他们说：别进这个胡同！朱自清他们听了这话，便走到第二个胡同，总算脱了险。

惨案发生不久，朱自清在清华园写下了《执政府大屠杀记》，他在文章中叙述了惨案的全过程后指出：

> 这回的屠杀，死伤之多，过于五卅事件，而且是"同胞的枪弹"，我们将何以间执别人之口！而且在首都的堂堂执政府之前，光天化日之下，屠杀之不足，继之以抢劫，剥尸，这种种兽行……这正是世界的耻辱呀！

为揭露执政者暴行，朱自清还先后写了《哀韦杰三君》和《悼何一弓君》等文。

韦杰三是清华大学部学生，在"三一八"惨案中连中四弹，不治身亡。

何一弓是清华国文系学生、《清华周刊》总编辑、清华戏剧社社长，在惨案中受伤，伤口复发去世。

朱自清在这两篇文章中回忆了与他们的交往，对他们的死表示深切的哀悼。朱自清还担任了清华学生为纪念韦杰三发起成立的课外社团韦社的顾问。

风雨如晦，日月无光。

"三一八"惨案之后，1927 年 4 月 12 日，黄浦江畔响起了罪恶的枪声，工人纠察队被缴械，上海总工会被解散，一切革命机关被封闭。三天之间，三百多人被杀，五百多人被捕，三千多人失踪。

朱自清得知这一消息，非常震惊。朱自清迷茫了，他不知道这个时代将要往哪个方向走，他自己也不知道要到哪里去。

这时，一个朋友栗君来拜访他。栗君是国民党员，他劝朱自清加入进来"一伙儿工作"，他对朱自清说："将来若离开党，就不能有生活的发展，就是职业怕也不容易找着。"

朱自清没有立刻答应他的要求，婉转地说："待我和几位熟朋友商量商量。"他清楚地意识到，这时期"一切权力属于党"，不但政治、军事，而且生活都要党化，"党的律是铁的律，除遵守和服从外，不能说半个'不'字，个人——自我——是渺小的；在党的范围内发展，是认可的，在党的范围外，便是所谓'浪漫'了。这足以妨碍工作，为党所不能忍"。

朱自清几经考虑，决定"不入伙"，不走这条路。他找到栗君说："我想还是暂时超然的好。"

南方政局风云变幻，这给朱自清这样的知识分子带来了无尽的苦恼、忧虑。既不能参加革命或反革命，总得找一个依据，才可姑作安心地过日子。

在此心境之下，朱自清写下了散文名篇《荷塘月色》，表达了"颇不平静"和"惦着江南"的复杂心绪。

在这段时间里，朱自清心里总在惦念远方的朋友，每每想起和他们在一起的那些光辉岁月，朱自清总是感觉特别充实。正所谓"山乡水乡""醉乡梦乡"。一天，朱自清午饭后稍有闲暇，便从书架上抽出一本旧杂志随意翻翻，无意中看到三年前夏丏尊的一封信，思绪万千，就想给远方的朋友写封书信，以表达思念之情。下笔千言，所表达的无非是对动乱时局的不满，以及对老友的真挚感情。

朱自清颇不宁静的心当然还不止这些。他此时多么希望能看清时局，找到一条属于自己的路子：

大约我现在住在北京，离开时代的火焰或漩涡还远的缘故吧，我不能说清这威胁是怎样；但心里常常有一点除不去的阴影，这却是真的。我要找一条自己好走的路；只想找着"自己"好走的路罢了。但哪里走呢？或者那里走呢！

在朱自清的眼里，这十年中，"我们有着三个步骤：从自我的解放到国家的解放，从国家的解放到阶级斗争；从另一方面看，也可以说是从思想的革命到政治的革命，从政治的革命到经济的革命"。同时，朱自清也对自己进行了无情的解剖：

我解剖自己，看清我是一个不配革命的人！这小半由于我的性格，大半由于我的素养……我在小资产阶级里活了30年，我的情调、嗜好、思想、伦理与行为方式，都是小资产阶级的；我彻头彻尾，沦肌浃髓是小资产阶级的，离开了小资产阶级，我没有血与肉。

对外部环境的无能为力，让朱自清开始遁入了书斋：

……我既不能参加革命和反革命，总得找一个依据，才可姑作安心地过日子。我想找一件事，钻了进去，消磨了这一生。我终于在国学里找着了一个题目，开始像小儿的学步。这正是往"死路"上走；但我乐意这么走，也就没有法子。

就这样，朱自清退入了书斋，潜心学术，以围绕着教学的读书、写作和诗学研究为人生的职业，尽可能远离政治和革命。

书斋里的大革命

说是这么说，朱自清在实际行动上还是没有彻底"遁入书斋"。

一方面，无论创作，还是研究，朱自清一直对新文学情有独钟。他为了新文学的发展，付出了许多"实际"行动。

当时的北京，旧文学的市场很广，书店里出售的基本上都是旧文学书籍。朱自清认为应该开发新文学园地，扩大新文学市场，使新文学大众化，他与俞平伯等十人商议，决定每人出一份钱开一个"景山书店"，专门出售新文学书籍、刊物，并请了一个人专门负责经销工作，书店的收入就维持这个人的生活。而出股的十个人都没有收入，纯粹是为推广新文学尽义务。[①]

另一方面，他也在为清华大学中文系草创工作而殚精竭虑。

清华学校改名为国立清华大学之后，杨振声担任了文学院长兼中国文学系主任，他对朱自清的创作十分欣赏。加上他们还是大学同学这层关系，应该说他对朱自清甚为了解，正因为此，他对朱自清的学问和为人都很器重。系中事务，和朱自清商量得最多。

在 1933 年朱自清的日记中，随处可见他与杨振声交往的记录，可以看出他俩确实有着不一般的关系：

1 月 1 日：赴今甫招，座有沈从文君，又有梁思成君夫妇。今甫谈话甚佳，但不免有些做作耳。

---

① 陈竹隐：《追忆朱自清》，《扬州文史资料》第七辑，1988 年 7 月版。

3月26日：赴今甫宴，座有黄晦闻先生，邓叔存、吴鸣岐、梅月涵诸先生。今甫出示邓石如隶书屏四幅，屏共八幅，实已残缺……

8月15日：下午入城看榜，并应今甫茶会，茶会系为《大公报》办副刊事。

8月31日：午今甫、沈从文请便饭，商《大公报》文艺副刊事。沈太太谨慎，推三阻四，殊令人腻味。座有林徽因、郑振铎诸人。

9月9日：昨晚访石荪，承示离婚书并谈吴雨僧事。下午沈从文结婚。今甫谓我精神较好，实在说这些日子精神真坏。

9月13日：早入城，至琉璃厂、隆福寺各书坊搜陶诗，所得不多也。沈从文催稿，约第三期作一篇。

……

仅这一年的日记，朱自清和杨振声来往就如此稠密。两人关系之密切于此可见一斑。

因为清华的留美预备学校的背景，许多留美学生选择了理工、法政两院，对于文学院，感兴趣的则寥寥。文学院的状况一时间很不景气。为了改变这种不利的状况，刚刚上任的杨振声，很想做出一番努力。他到清华的第二天，就去古月堂拜访了朱自清。"午后的阳光从西窗照在朱自清的书桌上，两位北大的老同学，仔细分析了系里的情况，从办学宗旨、培养目标、教师配备、课程设置等各方面，认真商定了中文系的发展方向。"[1]

---

[1] 李生滨、田燕：《远去的背影：朱自清及其诗学研究》，吉林大学出版社2010年版，第114页。

当时各大中文系基本上都存在着两大困惑：一是新文学与古代文学应如何承接；二是如何与外国文学交流。过去，中国文学一直与中外新潮隔绝，如何处理这些难题，一些老师都在观望。

面对中国文学和外国语文分属两系的不利局面，朱自清和杨振声商定了国文的教学计划：

> 除了国文系的教员全体一新外，我们决定了一个国文系的新方向，那便是（一）新旧文学的接流与（二）中外文学的交流。国文系添设比较文学与新文学习作，清华在那时是第一个。国文系的学生必修几种外文系的基本课程，外文系的学生也必修几种国文系的基本课程。
>
> 中外文学的交互修习，清华在那时也是第一个。这些都是佩弦先生的倡导，其影响必会给将来一般的国文系创造一个新前途，这也就是新文学的唯一的前途。

这个教学计划简而言之就是：注重新旧文学的贯通与中外文化的融会。在他们的设想中，文学院课程的设置应该注意：

> 一方面注重研究我们的旧文学，一方面更参考外国的现代文学。为什么注重研究旧文学呢？因为我们文学上所用的语言文字是中国的，我们文学里所表现的生活，社会，家庭，人物是中国的；我们文学所发扬的精神，气味，格调，思想也是中国的。……我们要创造的也是我们中国的新文学……
>
> 为什么更要参考外国现代文学呢？正因为我们要创造中国新文学，不是要因袭中国旧文学。中国文学有它光荣的历史，

但是某一时代的光荣的历史，不是现在的，更不是我们的，只
是历史的而已。①

纸上得来终觉浅，绝知此事要躬行。方针既定，朱自清理当带头实
践。他一口气在一年内开了"歌谣"和"中国新文学研究"两门新课。
这两门课，打破了中国文学原来以文字、声韵、训诂之类为主的格局，
对学生入门之导均以许慎、郑玄之学，使课程中带有浓厚的尊古倾向，
是一个有效的改变。

尽管初入清华园的朱自清教学、研究工作甚为忙碌。他还是为所开
设的新课，而忙于收集材料。这一时期，他非常繁忙：参加清华中国文
学成立大会，并担任负责学术的委员；不久，又当选为清华大学教职员
公会中文书记；同时，被聘为清华校刊特约撰稿员，负责编辑《文学》
增刊。约月余，又加入《大公报》之《文学副刊》撰稿人。

朱自清的"中国新文学研究"课程，是从 1928 年第二学期开始开
设的。他为此编印了讲义"中国新文学研究纲要"。"纲要"分总论、各
论两部分，八章。总论占三章，分别为"背景""经过""外国的影响"
与"现在的分野"。各论分五章，前四章分析"五四"以来的诗歌、小说、
戏剧和散文等创作成就，并介绍种类体裁的理论主张，尤其是重点分析
了各类文体的重要作家作品的思想艺术风格和成就。最后一章"文学批
评"，主要介绍了五四运动以来有社会影响的各种文学见解和主张。这
门课是对五四运动以来文学历史的总结，又是对当代文学创作的评价。

朱自清在讲授这门课时，形成了几个特点：

一是在讲课时特别注重对作家创作风格的研究，从而引导学生关心

---

① 陈孝全：《朱自清传》，北京十月文艺出版社 1991 年版，第 148 页。

现实。

但他在课堂上从来不讲自己的作品，尽管他也是一个著名作家。后来有学生向朱自清提出了让他谈一谈自己的作品的要求，朱自清立刻害羞起来，面红耳赤地说：这并不重要。学生们自然不会轻易放过他，坚持让他讲一讲。朱自清只好严肃地说："写的都是些个人的情绪，大半是的。早年的作品，又多半是无愁之愁，没有愁偏要愁，那是活该，就让他自个儿愁去罢。"

二是特别注重对新人作品的发现。只要有了重要的新作品，总是会立即补充。

比如张天翼的《鬼土日记》和臧克家的《烙印》一出版，他就在课堂上讲授。朱自清是一个十分严谨认真的人，绝对不允许自己在课堂上传授错误的知识，如发现错讹或不妥之处，他一定会在下次课堂上指出来。有一次，他讲到张天翼时说："这是位很受人注意的新作家，听说是浙江人，住在杭州。"发现此说不妥后，他立即在第二次课上声明："请原谅我，我上次说张天翼是浙江人，恐怕错了。有人说他是江苏人，还没弄清楚，你们暂时空着罢。"

三是朱自清备课极其认真。

仅仅这门课的讲义就有三种，一种铅印，两种油印，随时充实修改。所持论点严谨持中，绝不乱下论断。比如在讲"革命文学与无产阶级文学时期"，在介绍创造社与太阳社的文学观点和主张的基础上，对当年的罗普文学创作倾向提出了三点批评意见，所持论点十分公允全面。朱自清上课也是十分认真，在他的课堂上点名是常有的事儿。批改作业也是如此，甚至连一个标点符号也不放过。

不言而喻，"中国新文学研究"课程的开设对于新文学而言具有重大意义。

当时大学中文系的课程还有着浓厚的尊古之风，新文学是没有地位的。朱自清开设这门课程后，受到同学们的热烈欢迎。"中国新文学研究纲要"可以说是最早用历史总结的态度来系统研究新文学的成果。无论就章节体例的安排，或作家作品的取舍，都可以概略地看出朱自清对中国现代文学的发展的观点和评价；它不仅显示了一个五四新文学运动的参加者和早期作家对新文学发展的关心和研究，而且对于今天研究中国现代文学史的专业工作者也仍有启发和参考的意义。

王瑶认为，朱自清的"纲要"可以说是最早用历史总结的态度来系统研究新文学的成果。中国现代文学史今天已经成为大学中文系学生必修的重要课程，它本身也已经成为一门独立的学科，如果我们用历史的观点看问题，朱自清的"中国新文学研究纲要"无论从哪一方面说都是带有开创性的，它显示着前驱者开拓的足迹。

王瑶进而指出，朱自清先生是"五四新文学运动的参加者和现代文学史上的重要作家，一直到逝世，他始终忠于五四精神，忠于民主和科学的理想；他之所以始终关注新文学的成长，正是他忠于五四精神的生动体现。今天的研究者可以不赞同他的某些具体的观点，但作为前驱者的足迹，'纲要'不仅有它的历史价值，而且仍然会给人以新的启发"①。

朱自清经过一段时间的精心准备，选修课"歌谣"在 1929 年度第一学期开设。该课编有讲义《歌谣发凡》和参考资料《歌谣》。《歌谣发凡》收入四章，分别为《歌谣释名》《歌谣的起源与发展》《歌谣的分类》《歌谣的结构》。后又增写了《歌谣的历史》《歌谣的修辞》，改名《中国歌谣》。

① 王瑶：《先驱者的足迹——读朱自清先生遗稿〈中国新文学研究纲要〉》，《朱自清全集》第八卷，江苏教育出版社 1996 年版。

浦江清在《中国歌谣》①"跋记"中评价这门课程说：

> 在当时保守的中国文学系学程表上显得突出而新鲜，很能引起学生的兴味。

对于《中国歌谣》这部著作，浦江清也给予了高度评价：

> 这是部有系统的著作，材料通乎古今，也吸取外国学者的理论，别人没有这样做过，可惜没有写成。单就这六章，已足见他知识的广博，用心的细密了。

"歌谣"和"中国新文学研究"的开设，朱自清准备得非常认真，分析、讨论和讲解都是谨慎、细致而客观的。这两门课的教学，让五四运动以来文学和民间文学成为一门独立的学科，尤其是难以登大雅之堂的"歌谣"，内容十分丰富。这在向来比较保守的文学系中显得特别新鲜突出，也引起了学生们的浓厚兴趣。

有了上述理念和实践作为基础，1930 年秋，朱自清开始代理中文系系主任职务之后，顺理成章地提出"科学化""现代化"的办系理念，以"批判地接受旧文化，创造并发展新的进步文学"为中文系的使命，主张"中外文合系"，沟通中西文化。

此时，朱自清变得更加忙碌了，除了要做好教学和学术研究，他的很大一部分精力都放到了系务方面。

朱自清对于中文系的使命有着清醒的认识，他说：

① 作家出版社 1957 年版。

　　中国各大学的国学系，国文学系，或中国文学系的课程，范围往往很广：除纯文学外，更涉及哲学、史学、考古学等。他们所要造成的是国学的人才，而不一定是中国文学的人才。对于中国文学，他们所要学生做的是旧文学研究考证的工夫，而不及新文学的创进。我们并不看轻旧文学研究考证的工夫，但在这个时代，这个青黄不接的时代，觉得还有更重大的使命：这就是创造我们的新文学。……现在中国社会还未上轨道，大学是最高的学术机关，她有领导社会的责任与力量。创造新文学的使命，她义不容辞地该分担着。①

　　朱自清就是这样为着新文学学科和大学中文系教育而殚精竭虑地思考着，践行着。他像一头老黄牛一样，永不知疲倦，永远躬身向前。

学问之道有张弛

　　按照清华大学条例，朱自清可以休假一年。鉴于这一段时期特别忙碌，身心一直处于高度紧张状态中，朱自清决定于 1931 年 8 月赴英国访学，一方面借此机会做一个身体上和学术上的休整；另一方面也可以开开眼界，以便养成世界性眼光。因此此次访学，朱自清是想全面考察英国文化和欧洲文化，并重点了解小说、诗歌、戏剧、音乐、绘画等文化艺术门类。

---

① 　朱自清：《中国文学系概况》，载《清华周刊》第三十五卷第十一、十二期合刊"向导专号"。

本来朱自清先是到皇家学院办理的上课手续，但学校规定要选修四门课，且须主课，他稍作权衡，决定不在这所学校进修。这才到了伦敦大学，没想到出奇的顺利，很快就办理好全部手续，可以入学上课了。他研修的是语言学与英国文学，每周二、四、五下午都有课，周一下午还要听演讲。

朱自清是一个善于做计划的人，他把全天的时间做了一个安排：早上念英文生词，读报；下午上课；晚上写信或访问朋友。

他还定了每阶段的读书计划，其涉及面极广，包括圣经、欧洲文学历史、神话故事、各类型的现代作家作品，包括小说家贝内特、哈代、劳伦斯、韦尔斯、康拉德、尼瑞第斯，诗人梅斯菲尔德、瓦特·德拉穆尔、豪斯曼，剧作家萧伯纳、巴里、高尔斯华绥，散文家斯特雷奇、贝洛克等人的作品。

在英国学习期间，朱自清遇到的最大困难就是令他头疼的语言问题。首先是语言听力问题。他在 1931 年 11 月 4 日的日记中写道：

> 晚上去皇后音乐厅，花一个先令买了份节目单。尽管节目里对每段音乐的内容作了介绍，但我还是听不懂。

在 9 日和 11 日的日记中依然如此：

> 晚上参加甘地先生的演讲会，没有按时回来，对冯失了约，很抱歉。甘地先生的演讲，确实发音清晰，表达有力，但我的听力还是跟不上。[1]

> 费兹先生把作业还给我时，说我用语生僻，跟他们的习惯

---

[1] 《朱自清全集》第九卷，江苏教育出版社 1996 年版，第 68 页。

用法很不一样。他不要我更正，而要我重写。想想吧，这是你的致命毛病！①

对此，朱自清自己心里也很清楚。他在 13 日的日记中写道：

> 在会话课上，由于我说话不流利，戴维斯夫人两次劝我在家里多作替换词汇表上的练习。不过我觉得自己的主要问题不在于说，而是在于听。我的耳朵太迟钝，大概不适于学音乐和外语，特别是人到了中年更难学。在失望的打击下丧失了信心，真的毫无信心！②

听力不好，发音自然也不规范。在 15 日和 18 日的日记中，朱自清写道：

> 当我和萨科威茨先生走在一起的时候，就跟他谈话。可是他听不大懂我讲的话，甚至连我的单个字母发音也不懂。这真使我太难堪了。
>
> 费兹先生纠正我发浊辅音 L 的发音方法，我觉得这个音很难发准确。在写作课上，费兹先生告诉我，我的作文不很好。课后在火炉里烧废纸，那个讨厌的德国人说："瞧你，在烧文章了。我看这倒是个作文题目，就叫'论烧文章'吧！"我告诉他我根本没烧作文，不过是把一些报纸放在炉子里罢了。他用这种讥讽来刺我，真是恶毒！③

---

① 《朱自清全集》第九卷，江苏教育出版社 1996 年版，第 69 页。
② 《朱自清全集》第九卷，江苏教育出版社 1996 年版，第 70 页。
③ 《朱自清全集》第九卷，江苏教育出版社 1996 年版，第 72—73 页。

因为语言的障碍，朱自清英语阅读情况自然也不容乐观：

> 我在阅读英语方面的进展实在太慢了，不知道该怎样办才好。看来得做更多的工作，比现在每天做的要多得多。去听德拉马尔先生的讲课，这次比上星期能多听懂一些了。①

语言的障碍自然也影响到了朱自清的英语写作：

> 当贝克尔博士的课快要开始时，我的作文还没完成，怎么也写不下去了。听课时几乎心不在焉，不过我还是听懂了大部分内容。……我会使用罗杰特所编的《英语辞典》了，对此我很高兴。②

这种情况，更加加深了朱自清的谨慎心理。他参加茶会，当其他人高谈阔论时，他几乎总是默不作声。有一位陈先生谈话伶俐，但有点儿尖刻。朱自清错误地用"猪肉"这个英文词去代替"猪"一词，引起一阵哄堂大笑，感到非常丢脸。③

朱自清用错单词的情况经常出现：

> 高尔街上的快捷奶制品店不好，他们的饮食使我很不满意，特别是烤饼，烤得那么匆忙，甚至端上来的时候，饼里的牛油还是凉的。今晚我被这家店里的女侍者嘲笑了一番，因为我用

---

① 《朱自清全集》第九卷，江苏教育出版社 1996 年版，第 73 页。
② 《朱自清全集》第九卷，江苏教育出版社 1996 年版，第 75—76 页。
③ 《朱自清全集》第九卷，江苏教育出版社 1996 年版，第 78 页。

错了词，我应该说"all right"，可是我却用了个"yes"！①

对此，朱自清也有反思。他在 12 月 2 日的日记中写道：

> 费兹先生发还给我音标练习本，里面有许多地方我都做错了。这些错误中一部分是我的粗心大意所致，因为我做作业时很仓促。②

朱自清意识到自己读发音课本时特别困难，在场的其他学生中恐怕没有比他更困难的了。当一起学习的黑格小姐告诉他总结这两年读了很多书时，朱自清告诫自己"记着点儿，这是个挑战"！他以前没有扎扎实实地阅读，但现在得下决心去读了。"这一点是很关键的，不能再错过机会了！"③

一个月之后，朱自清的听力有了一些进步。12 月 10 日傍晚，他去听德拉马尔的讲课，比上星期能听懂的多了。④

此时，费兹先生对朱自清伸出了援手，对朱自清说若他继续留在大学里，就和朱自清交换教学：他教朱自清英语，朱自清教他中文。对此，朱自清自认为是一笔好交易。不过他又担心"我不知道要是我下学期上发音课了，他是否还愿意这样交换"。⑤

这种情况一直持续了 1932 年年初。朱自清穷于应付老师和指导教

① 《朱自清全集》第九卷，江苏教育出版社 1996 年版，第 79 页。
② 《朱自清全集》第九卷，江苏教育出版社 1996 年版，第 79 页。
③ 《朱自清全集》第九卷，江苏教育出版社 1996 年版，第 83 页。
④ 《朱自清全集》第九卷，江苏教育出版社 1996 年版，第 84 页。
⑤ 《朱自清全集》第九卷，江苏教育出版社 1996 年版，第 86 页。

师留下的家庭作业。他感到把那么多的时间花在作业上未免有点儿冤。朱自清认为"现在急需的是提高阅读能力和扩大词汇量。再说,这位指导教师是个能力平常的人,尽管他发音不错,但这个人对他自己国家的语言知道得并不多"①。

尴尬的事依然不断:

中午,朱自清去银行兑款,晚了五分钟,银行已经下班了。因急等钱用,朱自清进去后没道歉就把签写好的支票递给一位办事员。办事员冷冰冰地说:"先生,你来得太晚了。"朱自清答道:"很抱歉,我想你们是一点钟下班。"办事员反驳说:"可是门已经关了。"朱自清本来想说"I thought"(我以为)却说成了"I think"(我想)。这使他很窘,所以就不吭声了。②

而在 2 月 15 日的日记中则有另一则记载:

> 在帝国饭店吃午饭。我因在谈话中讲不好英语而胆怯不
> 安,这使我感到很尴尬。③

在英国待了半年有余,除了学习,当然也有其他乐趣。

学习之余,朱自清也会到马戏场去看旅行团的歌舞演出。这是一种新的配乐喜剧。女演员与剧中的农村姑娘差别不大,使他好像置身于故事发生的场合。朱自清感觉能听懂很多,但他信心不足,因此怀疑"可能我的判断是错的"④。

---

① 《朱自清全集》第九卷,江苏教育出版社 1996 年版,第 104 页。
② 《朱自清全集》第九卷,江苏教育出版社 1996 年版,第 112—113 页。
③ 《朱自清全集》第九卷,江苏教育出版社 1996 年版,第 113 页。
④ 《朱自清全集》第九卷,江苏教育出版社 1996 年版,第 77 页。

此外，朱自清在英国期间还遍访了伦敦博物馆、国立美术馆、科学博物馆、莱斯特美术馆、海德公园等。

除了参观，朱自清这一时期最多的活动就是观看戏剧演出。

从 9 月底在伦敦大学办完入学手续以后，他先后观看了高尔斯华绥剧作《银盒》，配乐诗剧《一个农村姑娘》，话剧《轰动一时》，莎士比亚《仲夏夜之梦》《罗密欧与朱丽叶》《奥赛罗》《李尔王》《凯撒大帝》《第十二夜》《皆大欢喜》《威尼斯商人》，歌剧《船夫们》和《修改者》，喜剧《皇家禁卫军》《圆求方问题》《巴雷茨》《桔黄色的秋天》，芭蕾舞剧《灰姑娘》，戏剧《白马客栈》，歌剧《海伦》和《蝴蝶夫人》，萧伯纳剧作《伤心之家》《她屈从于征服者》，歌德话剧《浮士德》，还听了甘地的演讲等。

对于朱自清来说，这次到欧洲休假的时间是非常宝贵的。朱自清在学习以及必要的应酬之余，抓紧一切时间去探幽访胜。古老的伦敦，文化气息十分浓郁，名人故居众多。朱自清和专门从巴黎到伦敦游览的李健吾一起去参观了约翰生的住宅，去凭吊在市北汉姆司台德区的济慈故居——诗人恋爱、写诗的地方。据说，诗人的名篇《夜莺颂》就是在屋后大花园里的一棵老梅树下写成的。可惜的是，这棵老梅树已经枯死了。幸运的是，朱自清在这里拜读了《夜莺颂》的复制件。他还去了泰晤士河旁切尔西区访问维多利亚时代初期的散文家加莱尔的旧宅以及坐落在热闹地区的狄更斯故居……

除了拜访名人故居，朱自清还经常光顾伦敦的旧书店，寻访旧文学书。其中，朱自清最感兴趣的是在大不列颠博物馆附近小街上的一家诗铺。诗铺位于一座建筑物地下室里，要花很大功夫才能找到。这家有名的诗铺是诗人赫罗德·孟罗于 1912 年创办的，其意图在于让诗歌与社会发生切实的联系。为达到这一目的，除开办书店，孟罗还创办杂志，办读诗会，每周都有一场。许多诗人都曾经在这里读过诗。

这样的诗会，朱自清去参加过两次。

1932年5月，朱自清偕友人奔赴巴黎，由此开始了为期两个月的出游法国和欧洲各国的旅行。

在法国期间，朱自清仍然以文化考察为主，先后游览了巴黎圣母院、卢浮宫、卢森堡博物馆、凡尔赛宫、克卢内博物馆、火炮博物馆、罗丹博物馆、巴黎歌剧院、雨果故居、国家图书馆、格雷维因博物馆、维尔兹博物馆、皇家艺术博物馆等。

同样，在荷兰、德国、瑞士等国家，也是如此。

在柏林，朱自清偶遇青年诗人冯至。冯至很喜欢朱自清的作品，他读过朱自清的《雪朝》，评价很高，认为中国新诗如果能够沿着这一条路发展下去，也许会少走许多弯路。冯至此时住在柏林西部。他邀请朱自清到他的寓所小花园里喝咖啡。几天后，又陪他到柏林西南的波茨坦游览无忧宫等。

在瑞士时，爱好风景名胜的朱自清，自然不会放过世界闻名的少女峰雪山。朱自清感觉在这里逛山比游湖更有味道。瑞士的山水真是秀美，朱自清流连其中，甚是快意。除了"游山玩水"，朱自清还去了日内瓦，游览了国际联盟以及历史、艺术博物馆。

爱情事业双丰收

欧洲访学期间，朱自清虽然在学业方面有诸多苦恼，但他的心情却是十分愉快的。因为这期间，他心里一直住着一位他喜爱着的女子。她就是陈竹隐。

众所周知，朱自清很早就结婚了。他在十九岁时，与父母包办的女子武钟谦结婚。婚后十二年，武钟谦给朱自清生下三男三女。可惜武钟谦未能陪伴他长久，不幸因肺病离世。看着爱妻辞世，朱自清异常难过，曾发誓不再娶。其后的一年内，六个孩子让他劳心劳力万分，他觉得一个人的力量真是不够，于是在思想摇摆一段时间后，还是去相了亲。对方就是小他五岁的女子陈竹隐。

陈竹隐是一位成都姑娘，1903年出生于成都的一个清寒之家，十六岁父母双亡，从小经历了丧父丧母的痛苦。自四川省立女子师范学校毕业后，她就远赴北平深造，并以优异的成绩考入北平艺术专科学校。陈竹隐是齐白石的弟子，工书画。她长相清秀，大眼睛，双眼皮，性格很活泼，与武钟谦是两种类型的女子。

记得相亲那天，朱自清穿一件米黄色的绸大褂，戴一副眼镜，看起来还不错。可偏偏脚上穿了一双老款的"双梁鞋"。就是这款"双梁鞋"让陈竹隐的女同学取笑了半天，说坚决不能嫁给这个"土包子"。然而陈竹隐没有流俗，她并没有因此而去否定一个才华横溢的人，当朱自清再次约她时，她欣然前往赴约。两人往来逐渐稠密起来。

对此，朱自清之子朱思俞回忆说，他们一个在清华，一个住城里、中南海，来往也不是特别方便。那个时候清华有校车，每天从清华发到城里头再回来，要来往的话就靠校车这么交往，没有来往的时候，就靠信件，所以那个时候写信写得比较多。保存下来的朱自清写给陈竹隐的情书有七十一封。

这次欧洲访学归来，朱自清与陈竹隐在上海杏花村酒楼举行了婚礼，此时他们正好相识两周年。

简单而隆重的婚礼之后，朱自清和陈竹隐就到浙江普陀度蜜月去了。

朱自清不顾旅途疲倦，也无暇消受新婚蜜意，一边在和陈竹隐度蜜月，一边开始了紧张的写作生活。为了能安安静静地写作，他们特意住在普陀的一个小寺院里。所谓新婚燕尔，春风得意，朱自清难得地在此度过了一段怀抱美人、相伴写作的无比美好的幸福日子。

二人世界如此甜蜜，写作读书教学如此惬意，朱自清不想再去主持费心费力的清华系务了。待9月初清华开学，朱自清向冯友兰请辞中文系主任一职，结果未能如愿，只得正式任系主任。

此时，闻一多从青岛大学辞职，任清华大学教授，两个人一个是清华老教员，一个是新来者；一个是系主任，一个是普通教授。而且闻一多年龄只比朱自清小一岁，一个三十四岁，一个三十五岁，都是风华正茂的年纪。两个人同时又都住在清华大院，朱自清住的是北院9号，闻一多住的是新南院72号，可以说两家离得很近。在性格上，朱自清谦和，闻一多热烈，形成很好的互补。在治学态度上，两个人都很严谨。

朱自清和闻一多由此开始了共事论学的深刻友谊，两个人经常在一起讨论学术，交换对时局的看法。

朱自清就任中文系主任以来，在此后的十余年中，除因健康原因而短期卸任外，基本上都一直兼任着这一职务，加之其地位高、影响大、资望厚，即便其不在系主任职务上，亦对先后出任系主任的刘文典、闻一多、浦江清和李广田有过影响，间接地影响到系内的运作。因此，自1930—1948年，长达十八年的时间里，中文系都基本上可称为"朱自清时代"。如果说冯友兰是老清华"首席院长"的话，那么，称朱为清华文科的"首席系主任"似亦不为过。在这十余年时间里，他与杨振声、闻一多、王力、陈梦家、浦江清、余冠英、俞平伯、刘文典、沈从文、李广田等名师一起，构筑了清华中文系的辉煌。在此十余年中，其对中文系用心良苦，用力既勤，贡献亦巨。

朱自清的学风和人格，深得师生拥戴。对此，杨振声描摹得恰如其分："（朱自清）那么诚恳，谦虚，温厚，朴素而并不缺乏风趣。对人对事对文章，他一切处理的那么公允，妥当，恰到好处。他文如其人，风华是从朴素出来，幽默是从忠厚出来，腴厚是从平淡出来。"

在整个中文系中，朱自清与闻一多、俞平伯、浦江清相处得极好，为全系的发展营造了良好的环境。在这一时期，前清华国学院毕业生王力自法国获博士学位归来，也开始加盟清华国文系。至此，众多硕学云集一处，强强联手，戮力同心，开始打造民国国文教育中的清华学派。

朱自清主政清华中文系十余年，参与了系内的几乎所有重要决策。其中，多数教师进入国文系，都是在其任内实现的。如果说浦江清、刘文典、杨树达、闻一多、俞平伯的加盟尚与之相涉无多的话，那么名手硕学如陈梦家、余冠英、许骏斋、沈从文、李广田、吕叔湘，后起之秀王瑶、季镇淮、何善周、范宁、朱德熙、高华年、吴宏聪等人，则都是由于朱自清的直接关心而进入该系的。而其中后一部分年轻学者，又构成了二十世纪后半叶文学研究界之中坚。

作为中文系一员的朱自清，其担任的重要的角色不是作家不是学者，甚至也不是系主任，而是教师、是教授。自入主清华园始，朱自清就再未离开过三尺讲台，除在 1931 年至 1932 年的旅欧进修和 1940—1941 年度在国内休假研究外，他在讲台上度过了整整二十一个春秋。其中，每个学期都亲自开设课程，少则二门，多至四门，反响颇佳，甚至有些学生就是冲着朱自清而报考清华中文系的。

朱自清的学生吴征镒在《缅怀朱自清老师》一文中说，朱自清给学生的第一个印象是一位十分严肃，一丝不苟的"君子"，个头不高，但穿着十分整洁，小分头下面略微带方的脸上有一双黑而不浓，"削"得很齐的眉毛，并在前端略有几根"寿"毫，那下面却是在金丝眼镜后面澄澈如水，炯炯照人的眸子。讲起来有"一大堆扬州口音"，却也很喜欢说那北京人最喜欢说的"一会儿、一堆儿、聊天儿"等等的那个"儿"字。原来他不单是文学大师，却也同时是中国语言大师，后来看到他有许多"论""说""谈"的散文，分析中国语言文字的语法常常细致入微，让人越嚼越有味儿。他的文章一字不苟，确实文如其人，"风华从平淡中来，幽默从忠厚中出"①。

俗语说"知父莫如子"，同样，"知师莫如生"，评价老师，最有资格的就是学生。吴征镒的评价，让我们看到了作为教师的朱自清之伟岸。

朱自清亲自讲授"国文""中国新文学研究"。新设的"中国新文学研究"在国内大学中，第一次将新文学作为专题来讲授，对此，甚至朱自清本人都没有什么经验。为踢好这"头一脚"，朱自清特地编写了讲义"中国新文学研究纲要"。此举在当时亦极富开创意义。对此，朱自清的关门弟子王瑶如此评价："当时距'五四'已有十年，新文学运动已经历了它的倡导和开创的时期，各种文学体裁都出现了许多作者和作品，赢得了读者的爱好，产生了广泛的社会影响。但当时还没有人对这一阶段的历程作过系统的回顾和总结，更没有人在大学讲坛上开过这类性质的课程。……因此朱先生的'纲要'可以说是最早用历史总结的态度来系统研究新文学的成果。当时大学中文系的课程还有着浓厚的尊古之风，所谓许（慎）郑（玄）之学仍然是学生入门的先导，文字、声韵、训诂之类课程充斥其间，而'新文学'是没有地位的。朱先生开设此课

---

① 清华大学校友网《缅怀朱自清老师》，http://www.tsinghua.org.cn/publish/alumni/4000380/10025820.html，2017 年 9 月 15 日。

后，受到同学的热烈欢迎，燕京、师大两校也由于同学的要求，请他兼课；……如果我们用历史的观点看问题，朱先生的'纲要'无论从哪一方面说都是带有开创性的，他显示着前驱者开拓的足迹。"

或许，这一时期的朱自清是最为惬意的，生活上有陈竹隐的照料，事业上也取得了很好的成就。可谓是事业爱情双丰收。

文学教育的延伸

这一时期，除了正常的教学和研究以外，朱自清还担任了好几个刊物的编辑工作。

1934 年 1 月，朱自清任编辑的《文学季刊》创刊，该刊由郑振铎等人主编，编辑人除朱自清外，还有郭绍虞、俞平伯、吴晗、李长之、林庚等。李长之说：这时期虽然不太长，可是因为每一星期（多半是星期六的晚上）大家都要在郑先生家里聚谈，并且吃晚饭，所以起码每一星期总是有一个很充分的时间会晤的。因为朱先生的公正拘谨，我们现在也不大记起他什么开玩笑的话，同时别人也不大和他开玩笑。只记得他向郑先生总是全名全姓地喊着"郑振铎"，脸上发着天真的笑意的光芒，让我们感觉他是在友情里年轻了。[1]

在担任《文学季刊》编辑期间，朱自清和郑振铎等人结下了深厚的友谊。

不久，朱自清又出任了《清华学报》的编辑。一年后，又担任了编辑委员会主任（主编）。

---

[1] 李长之：《杂忆佩弦先生》，收入俞平伯、吴晗等编《最完整的人格——朱自清先生哀念集》，北京出版社 1988 年版，第 110 页。

《清华学报》创刊于 1915 年，是民国时期最具代表性的文理综合性高校学报之一，具有很高的学术地位，吸引了梁启超、王国维、陈寅恪、赵元任、陈达、杨树达、朱自清、闻一多、冯友兰等众多学术大师在上面刊发创论，也是张荫麟、吴晗、吴其昌、周培源等一大批著名学者学术生涯的起点。仅在 1924 年至 1948 年，就有三十余位国学大师及学界名流在此发表了九十余篇代表作。其中有梁启超二篇，王国维三篇，陈寅恪十七篇，胡适三篇，金岳霖六篇，马寅初一篇，顾颉刚三篇，王力三篇，赵元任一篇，冯友兰十篇，闻一多十篇，朱自清八篇，俞平伯四篇，钱穆二篇，张岱年一篇，朱光潜一篇，梅贻琦二篇，叶企孙六篇，吴有训一篇，丁文江、翁文灏一篇，顾毓琇一篇，周培源一篇，钱伟长三篇，张维一篇，张光斗一篇。这些作品引领了当时的学术潮流，构筑了旧中国罕见的学术高地，其中不少为所在学科的奠基之作或代表作，或曰"国学"原创性作品。

是年 4 月，林语堂主编的《人间世》半月刊在上海创刊，朱自清和阿英、老舍、沈从文、郑振铎、夏丏尊、叶圣陶、俞平伯等四十八人被列为该刊"特约撰稿人"。9 月，由陈望道主编的《太白》半月刊在上海创刊，朱自清和郑振铎、曹聚仁、叶圣陶、郁达夫等十一人担任编辑委员。

除了上述刊物，朱自清对于《大公报》"文艺副刊"也很尽心，多次应邀撰稿，并参加副刊同仁的聚会。

从 9 月开始，朱自清开始兼任清华大学图书馆系主任。不久，又当选为本学年清华大学教授会书记。

虽然手头的事务性工作越来越多，但朱自清仍旧孜孜于文学创作与学术研究。

1935 年 6 月，他开始为编选《中国新文学大系·诗集》做准备工作。

这个诗集本来是请郭沫若来做的，他是"五四"时代第一个最有贡献的诗人。但由于郭沫若在1927年写过《请看今日之蒋介石》的文章，为国民党审查委员会所坚决不容，诗集的编选者不得不另请他人。经过商谈，并请教了茅盾和郑振铎之后，才改请了朱自清。

在朱自清自己看来，这个工作轮到他也是"实在出乎意外"的。他猜测大概是因为自己教过文学研究的功课的缘故吧。其实，作为当时的一个颇有些名气的诗人和研究家，由他来担任诗集的编选者是再合适不过的。在当时，像朱自清这样既是诗人，又是学者，还是教育者的复合型人才很少，可以说是凤毛麟角。而这，恰恰是朱自清的优势所在。

因为对这项工作特别重视，教学研究之外，朱自清全身心地投入到了诗集的编选中。一开始拟的规模大得多，想着有集子的都要看；期刊中《小说月报》《创造季刊》《周报月刊》《诗》《每周评论》《星期评论》《晨报副刊》《时事新报·学灯》《民国日报·觉悟》等，也都要看。为编好诗集，朱自清广泛搜集资料，清华大学图书馆收的新诗集不少，朱自清全部借了出来。朱自清还访问了周作人等名家。

但算来算去，照这个规模，恐怕至少也得三五个月。于是朱自清变更了计划，决定用自己的讲义作为底子，扩大范围，凭主观选出若干集子来看，期刊只用《诗》月刊等。

朱自清做事一向认真，仅仅为了写好诗集的导言，他就用了三天时间。就是这样，朱自清在写导言的时候，还担心空话多，不敢放手，"只写了五千多字就打住"。本诗集共选了五十九家、四百零八首诗。对此，朱自清说：

> 本来想春假里弄出些眉目的，可是春假真是一眨眼就过去了；直捱到暑假，两只手又来了个"化学烧"，动不得，耽误

了十多天。真正起手在七月半，八月十三日全稿成，经过约
一个月。①

虽然用时不长，但朱自清对这个诗选集确实是非常重视的。

对于编辑工作，朱自清一直是情有独钟的。他把编辑工作看作是文
学教育的延伸，是文学教育中不可或缺的部分。在担任各种杂志编委的
同时，他还是"大公报文艺奖金"的评委，出席该奖金审查委员会会议，
评出卢焚小说集《谷》、何其芳散文集《画梦录》和曹禺话剧《日出》。

1937 年 4 月，朱光潜主编的《文学杂志》创刊，朱自清和杨振声、
沈从文、周作人、俞平伯、林徽因等人担任了编委。

闻一多创办《语言与文学》杂志，朱自清也是尽力支持，担任该刊
编委。复员以后，为了纪念闻一多，这本刊物又重新办起来，朱自清为
此专门写了"《语言与文学》发刊的话"。

作为编辑的朱自清，是很值得我们认真梳理、研究的。这是朱自
清研究中的重要部分。对于朱自清来说，编辑工作并不是单纯的文学工
作，还是教育理念传达、文学理想实现的重要手段，也是民主斗争的重
要阵地。

投身于民主运动

清华时期的朱自清，除了治学、研究、写作、编辑之外，还参加了

---

① 朱自清：《选诗杂记》，《朱自清全集》第四卷，江苏教育出版社 1996 年版，第
379 页。

许多爱国民主运动。

　　1935年12月9日，为了抗议冀东汉奸政府和变相伪政权"冀察政务委员会"的设立，北平各大、中学校的学生举行了爱国游行示威。学生们高喊"打倒日本帝国主义""反对自治运动"等口号，提出"停止一切内战，共同对外"的要求。一周后，学生举行更大规模的游行示威，同军警发生冲突。清华大学学生冲破军警阻拦，由西便门入城。朱自清与吴有训等人奉命赶到西便门劝阻学生返校。但等他们到时，学生们正努力冲城。在此情况下，朱自清等人没有发言。因担心学生安全，朱自清随学生队伍进了城，深感"最近二次游行中，地方政府对爱国学生之手段，殊过残酷"。

　　朱自清并没有沉默。14日，《立报》以《北平消息》为题，发表了朱自清写给谢六逸的信，其中有言：

　　　　记者先生：……这回知识分子最为苦闷，他们眼看着这座文化的重镇，就要沦陷下去，却没有充足的力量挽救它。他们更气愤的，满城都让些魑魅魍魉白昼捣鬼，几乎不存一分人气。他们愿意玉碎，不愿意瓦全。

　　学生参加学潮，势必耽误功课。由于学期末未能进行大考，清华教授会在1936年2月19日临时决议，要进行补考。其背景是国民政府颁布的《维持治安紧急治罪法》中明确提出的解散救亡团体的要求，清华校方遵照这一规定，拒绝学生提出的"非常时期教育方案"，且不考虑学生因参加一二·九运动耽误功课的实际情况，要求学生补行期末考试。朱自清在日记中谈及当时的情形是：

学生于路旁广贴标语，且群拥至科学馆门口，高呼口号，时余等正在三楼举行会议。教务长出外宣告补考决议后，彼等拥进走廊，欲入教室。教授会旋即决定总辞职。但学生不允散会退席，吁请不再辞职，及停止补考，强调师生间合作团结之必要。继而仅要求撤回辞呈，但皆遭拒绝。相持约一小时，学生退去，余等始自由。后由会中推举七人负责发表宣言，写辞职书，及对外发表消息等事。

朱自清和冯友兰、俞平伯、萧公权、潘光旦、张奚若等人被推举为辞职宣言委员会委员，张奚若为召集人。不几日，学生同意补考，师生关系缓和，教授会遂收回辞呈。

就在学生如期进行补考时，军警闯入学校逮捕学生。2 月 29 日晚，二十九军士兵突入清华，逮捕二十一名学生。韦君宜等六名学生藏在朱自清家里，幸免于难。

朱自清此时非常愤怒，直斥军警无法无天。此举更加深了他对当局的失望。

本年 6 月，爱国组织中国文艺家协会成立，协会由郭沫若、茅盾、王任叔等四十三人发起，一百一十一人签名参加。这是一个多方联合的作家团体。朱自清加入了该协会，并在《中国文艺家协会宣言》上签名。该协会发起人还有傅东华、叶圣陶、夏丏尊、郑振铎等四十人。在该协会成立后的临时动议中，有好几位会员同时喊出："我们要争取言论自由，要极力设法援助那些被摧残的作家。"最后，一致有两个动议："发电报慰问苏联文豪高尔基的病，派代表慰问敬爱的鲁迅的病。"

鲁迅在病中，这个消息大家是知晓的。但没想到的是，10 月 19 日，鲁迅先生逝世了！朱自清对此感到很震惊。

第二天，朱自清就进城访鲁迅夫人朱安，对鲁迅的逝世表示哀悼。

对于鲁迅，朱自清是非常尊重的。1932 年，鲁迅因探母病来北平，朱自清曾两次请鲁迅来清华演讲，但均被鲁迅谢绝。谈及此事，朱自清对学生吴组缃说：“他不肯来，大约他对清华印象不好，也许是抽不出时间。他在城里有好几处讲演，北大和师大。”停停又说，“只好这样罢，你们进城去听他讲罢。反正一样的。”

10 月 24 日，清华中国文学会在同方部举行鲁迅追悼会，朱自清参加并做演讲。朱自清说鲁迅先生近几年来的著作看得不多，不便发什么议论，于是就只说了几点印象。最后朱自清提到了《狂人日记》中的那句“救救孩子”的话，他说这句话在鲁迅不是一句空话，而是终生实行着的一句实话。在他的一生中，他始终帮助青年人，所以在死后青年人也特别地哀悼他。

约月余，朱自清再次进城访朱安，“承告以鲁迅一生所经之困难生活情形”。

与此同时，朱自清在《平津文化界对时局的宣言》(发表时改为《教授界对时局意见书》) 上签名。该宣言对国民政府的软弱表示强烈不满，宣言中有言：

> 去秋以来，情势更急，冀东叛变，津门倡乱，察北失陷，绥东危机，丰台撤兵，祸患联骈而至，未闻我政府抗议一辞，增援一卒，大惧全国领土，无在不可断送于日人一声威吓之中。

朱自清的爱国绝不是仅仅流于签名等形式，他是一个行动派。

是年 11 月，日军策动伪蒙军进攻中国政府管辖的绥远省。中国军队在绥远省主席傅作义率领下奋起反击，取得红格尔图战斗的胜利，并一举收复伪蒙军占据的百灵庙，取得中国军队自 1933 年抗日同盟军长城抗战以来的首次胜利。全国军民为此欢欣鼓舞，掀起援助绥远抗战、慰劳抗日将士的群众运动。

作为清华教职员的代表，朱自清与清华学生代表以及燕京大学代表组成了清华燕京师生代表赴绥慰问团，赴绥东前线慰劳抗日战士。

在绥期间，朱自清会晤省政府秘书长，接受英国记者采访，举行记者招待会，到野战医院慰问伤兵，赴城外参观防御工事，并到中学演讲，吁请学生切实接受军事训练并养成组织力。

回清华后，朱自清又不顾旅途劳累，出席由冯友兰主持的清华教职员公会演讲会，向与会者讲述绥远劳军情形。后又写了散文《绥行记略》，发表在《国立清华大学校刊》上。

西安事变爆发后，朱自清出席了清华教授会临时会议，讨论西安事变问题。会议议决发布《清华大学教授会为张学良叛变事宣言》，并成立由朱自清、冯友兰、张奚若、吴有训、陈岱孙、萧公权、闻一多等七人组成的通电起草委员会，朱自清担任了该委员会召集人。

该宣言发表在《清华大学校刊》。

第五章

联大烽火

硝烟中的慢生活

北平沦陷后，清华大学迁至长沙，与北大、南开合并组成长沙临时大学。于是，朱自清奉梅贻琦之召南下长沙。

据《国立西南联合大学校史》记载，之所以选择长沙作为临时大学校址，是从办此新校的物质条件出发的。在卢沟桥事变前两年，为了给预测的应变做准备，清华大学曾拨巨款在长沙岳麓山山下修建了一整套的校舍，预计在 1938 年即可全部完工交付使用。此外，为南迁所做的另一准备是，在卢沟桥事变前两年的冬季，清华大学从清华园火车站，于几个夜间秘密南运好几列车的教研工作所急需的图书、仪器，暂存汉口，可以随时运往新校。

从北平走的那天，朱自清戴着一副眼镜，提了一个讲课用不显眼的旧皮包，加上他个子不高，没有引起日本人的注意，躲过了搜查。顺利到达长沙后，学校工作千头万绪，一切工作均为草创急就。临时大学本部设在长沙小东门外韭菜园圣经学校。临时大学共设四个学院，十七个学系。经由长沙临时大学第五次常委会推定，朱自清担任了临大中文系教授会主席（系主任）。不久，朱自清又被推选为临时大学贷金委员会召集人，负责办理学生贷金事宜。文学院各系教授会合组文学院院务委员会，朱自清又被推选为召集人。

当时临时大学的文学院在南岳圣经书院，这座校舍正处于南岳衡山的脚下，距南岳有三四十里，背靠衡山，门前有一条小河。大雨过后，小河常会变成一个小瀑布。这个地方四周尽是松树花草，堪称胜地。附近有白龙潭、水帘洞、祝融峰等名胜，还有王船山归隐处等古迹，风景优美，闻不到战火的气息。虽说外面炮火连天，但在这样暂无干扰的环境中，朱自清的生活又慢慢安定下来了。用闻一多的话说就是："南岳是个偏僻的地方，报纸要两三天以后才能看到。世界注意不到我们，我们也就渐渐不大注意世界了，于是在有规则性的上课与逛山的日程中，大家的生活又慢慢安定下来。"[1]

生活节奏变慢并不意味着学习的松弛。冯友兰在文章中回忆这段生活时写道：

> 我们在南岳底时间，虽不过三个多月，但是我觉得在这个短时期，中国的大学教育，有了最高底表现。那个文学院的学术空气，我敢说比三校的任何时候都浓厚。教授和学生，真是打成了一片。有个北大同学说，在南岳一个月所学底比在北平一个学期

---

[1] 闻一多：《八年的回忆与感想》，参见 http://www.guoxue.com/wk/000489.htm，2008年10月26日。

还多，我现在还想，那一段的生活，是又严肃，又快活。[1]

朱自清是临大文学院院务委员会的书记，与委员会主席吴俊升，委员冯友兰、叶公超等两三日聚会一次，讨论有关院务工作。分校教学条件极差，既无图书，也缺教材，开学之初，连小黑板也不能满足供应。教授随身带出的参考书不多，有时须到南岳图书馆去寻找必要的资料。讲课时只能凭借原有的讲稿，做些修订补充。朱自清也经常到南岳图书馆搜集资料，写他的古典文学批评的论文。

在南岳这个地方，钟爱名胜古迹的朱自清常常偕同友人忘情于山水。这也是他调整紧张生活节奏的一种方法。南岳的日子是一种不同于此前的新生活。当时虽是避难的生活，但的确是"新"生活：集体的生活，两人一间寝室，恢复学生时代的生活方式。没有人手头有够用的书，学校图书室也没有建好，除了上课，大家都是集体的"上""下"，"上"是上山：半山亭、南天门、上封寺、方广寺、藏经殿、虎跑泉等等，有时在寺中留宿，看日落日出；"下"是到山脚下的小镇买买日用必需品，或在小馆子里吃湖南腊肉就白酒。

南岳这一短暂时期的经历，对于朱自清等人来说是很难忘的。

再度迁徙苦中乐

1937 年 12 月，日寇侵占了南京。蒋介石指示，临时大学要迁往昆明，理由是云南群峰叠嶂，易守难攻，加之有滇越和滇缅公路，易于搬迁，国民党政府批准了这个计划。

[1] 高翔宇：《短暂难忘的"临大"岁月》，《人民政协报》2017 年 11 月 2 日。

1938 年 1 月 20 日，学校举行第四十三次常务会议，为了能够把学校继续办下去，决定将学校迁至昆明。2 月 5 日，南岳文学院师生回长沙，与其他三院师生会合。

此次西迁，昆明的西南临时大学决定分为三路：一路乘火车赴广州，转香港，经安南（越南）海防，由滇越铁路去昆明。一路由长沙乘汽车经桂林、柳州到南宁，出镇南关（今友谊关）经越南河内，再沿滇越铁路前往昆明，这一路由朱自清任团长。第三路是由三百三十六人（一说二百八十四人）组成的"湘黔滇旅行团"，于 2 月 19 日启程，徒步向昆明进发。

何谓好的大学？什么是真正的教授？真正好的大学是不会放过任何一次让学生体验生命、学习生活的机会的。西迁昆明的西南联合大学就是这样做的。比如加入步行团的教授和学生，分别成立了各种沿途考察的组织，民间歌谣组就是其中之一。闻一多是参加步行团的教授之一，他担任民间歌谣组的指导，而且沿途对少数民族的习俗、语言、服装、山歌、民谣、民间传说亲做调查。他亲自指导同行的原南开大学学生刘兆吉沿途搜集民歌民谣，到昆明后整理成《西南采风录》，并亲自为之作序。①

刘兆吉在书的前面有一篇文字，记载了有关这次徒步旅行中搜集采录民歌的种种细节以及他个人关于民歌的一些观点。作为西南联大中文系主任的朱自清先生，也为刘兆吉的《西南采风录》一书写了序言，从与闻一多不同的角度，高度评价了刘兆吉的采风成果。朱自清说"（刘兆吉）以一个人的力量来做采风的工作，可以说是前无古人"。这评价并不为过。朱自清指出了他采风的特点是：

---

① 马学良：《记闻一多先生在湘西采风二三事》，《楚风》1982 年第 2 期。

与五四以后新文化运动初期北大歌谣研究会的前辈不同，那时一方面行文到各省教育厅，请求帮助，另一方面提倡私人搜集，这些人的采集，大概是请各自乡里的老人和孩子，由于是同乡，不存在语言和习惯的隔膜。而刘兆吉的采风，却是在外乡、外民族，遇到的问题和困难更多。但他同时搜集了湘、黔、滇一部分地区的民歌，不仅对认识民歌的源流与变迁，而且对认识社会风尚，特别是抗战歌谣所提供的民众对日本侵华的非正义战争的认识和民族精神的坚守，提供了弥足珍贵的历史资料。[①]

可见，朱自清对于这种学习和研究方法还是非常认可并赞许的。

此次迁徙，可谓一路艰辛一路歌。

艰苦的长途跋涉，让朱自清感受颇深，他在日记中写道："做一噩梦。在梦中我几乎死去。"但也有苦中作乐的时刻。此次大规模长途跋涉，朱自清等一路流连于山水之间，饱览了祖国大好河山。联系到这一路风尘，朱自清不禁百感交集，他在《漓江绝句》中写道：

> 招携南渡乱烽催，碌碌湘衡小住才。
> 谁分漓江清浅水，征人又照鬓丝来。

这一路，朱自清边走边看，写了几首绝句，还有写漓江风景的律诗，这些诗句看起来是描写山水，其实也是在感叹时局，寄寓着他深深的家国情怀。

---

① 《三千里路云和月——闻一多、朱自清、刘兆吉与〈西南采风录〉》，http://www.cssn.cn/wx/wx_hdht/201509/t20150916_2345627.shtml，2015 年 10 月 23 日。

边城蒙自聚离合

长沙临时大学迁往昆明以后，改组为国立西南联合大学，联大内部保留清华、北大、南开三校建制。由于校舍不够，文法学院暂时设在了边城蒙自，此地离昆明约四百里地。蒙自很小，小至城里只有一条大街，几间店铺，即便是穿城而过，也花不了多少时间，不消几趟就走熟了。看惯了大城的人，见了蒙自的城圈儿会觉得像玩具似的。但朱自清觉得"蒙自小得好，人少得好"。

小城蒙自四五月间苍蝇多，有一位朋友在街上笑了一下，一张口便飞进嘴里一个。联大的学生曾经为此来过一次灭蝇运动，运动之后，街上的许多食物铺子，也都备了冷布罩子，虽然简陋，但也算是一种进步吧。

朱自清抵达蒙自后，忙于联大校舍及教师住所的安排。联大文学院当时租借了蒙自海关和东方汇理银行，算是蒙自最好的地方。海关里有高大的油加利树和一片软软的绿草。树上有许多白鹭，北方叫作"老等"。在一个角落里有一条灌木林的甬道，夜里月光从叶缝里筛下来，很有趣。另一个角落里长着些芒果树和木瓜树，虽然果实结得不肥，但沾着点儿热带味，也叫人高兴。银行里花多，遍地的颜色，随时都有，不寂寞。最艳丽的要数叶子花，花是浊浊的紫，脉络分明活像叶，一丛丛的，一片片的，真是"浓得化不开"。

朱自清住在海关平房，是一个独间，面积约十平方米，只放一张床铺、一张方桌、一张小书桌、一张竹书架、一张藤椅和几张凳子，已经摆得满满当当。迎面是几扇窗户，室外是个大院子，庭中枝藤丛绕，夹杂着许多叫不出名字的自生自长的鲜花。不久，朱自清又搬迁到了东方汇理银行 307 室，仍旧住一单间。

在蒙自期间，朱自清的一大乐趣就是与友人饮酒清谈。

蒙自开远一带盛产"杂果酒"，刚开始时朱自清他们还能喝到三五年的陈酒，随着需要的增加，市面上能买到的就只有甜而不香的新酒了。有时候从本地仕绅那里得到十年以上的陈酒，喜出望外的朱自清和友人照例携着得来的酒，一次饮完。

除了盛产"杂果酒"，蒙自还有独具特色的火把节。关于这个节日，朱自清在《蒙自杂记》里写道：

> 那晚上城里人家都在门口烧着芦秆或树枝，一处处一堆堆熊熊的火光，围着些男男女女大人小孩；孩子们手里更提着烂布浸油的火球儿晃来晃去的，跳着叫着，冷静的城顿然热闹起来。这火是光，是热，是力量，是青年。四乡地方空阔，都用一棵棵小树烧；想象着一片茫茫的大黑暗里涌起一团团的热火，光景够雄伟的。①

朱自清十分喜欢这样的热闹场面，尤其是在抗战时期，觉得这样能够鼓舞人们的精神，意义非常重大。

蒙自很偏僻，报纸总是要晚好几天才到。而朱自清又是一个十分关心时局的人，抗战的消息是他尤其关注的。他和学生相处得很好，有空的时候常到学生的宿舍走走看看，有时候还会请他们到自己家闲聊。

"烽火连三月，家书抵万金"，朱自清常和学生一起聊聊家书中传来

---

① 《朱自清全集》第四卷，江苏教育出版社 1996 年版，第 398—401 页。

的消息，尤其是关于老家扬州方面的。更多的时候他和学生聊起的是有关抗战的情况，他们互相交换对时局的看法，有时还拿出地图一起对照一城一镇的位置。

此一时期，中华全国文艺界抗敌协会会刊《抗战文艺》创刊，朱自清和茅盾、郁达夫、叶圣陶、郑振铎、丰子恺等人当选编委会委员。朱自清还和闻一多一起担任了由联大蒙自分校中、外文系学生组织的南湖诗社导师。对于诗社学生的习作，朱自清总是认真地阅读，提出意见，一起讨论新诗的创作与诗歌研究等问题。朱自清还为学生组织的高原文学社成员上课，谈汉语中的隐喻与明喻。

在离乱的时代，没有什么比家人的团聚更让人倍加珍惜的了。朱自清到达蒙自不久，陈竹隐也携子女来到了这里，这对于朱自清而言，自然是一件天大的喜事。

陈竹隐是和北大清华的部分教授家属——冯友兰夫人、王化成夫人等一起结伴南下的。她回忆说：

> 那时日本人的吉普车在城里横冲直撞。在告别北京时，我差一点叫日本人的车撞上，结果我坐的三轮车翻了，车夫受了伤，我的脚也崴了，我就是一瘸一拐地启程南下的。在南下的船上，我们还遇到日本人的搜查。日本兵把全船的人都轰到甲板上，排成一队，挨个检查。他们认为可疑的人便用装水果的大蒲包把头一裹就拉走，完全不由分说。看着这蛮横的情景，真使人体会到亡国的痛苦。
>
> 船快到越南的海防时，又遇到了台风。大风大浪打得船上下颠簸。大家都翻肠倒肚地吐呀，吐呀！放在格子里的暖瓶全摔碎了，人也根本无法躺在床铺上。我的大女儿在隔壁舱里边

吐边哭喊着："娘啊！我冷啊，冷啊！"而我身边还有两个小孩子，我在舱里死死用两手抓住栏杆，用脚抵住舱壁，挡着两个孩子不让他们掉下来。听着隔壁女儿的哭喊声，我心里真是难受极了。大风浪整整折磨我们一夜，第二天风浪小了，可厨房里的盘碗餐具都打碎了，大家都只好饿肚子。

船到海防靠了岸，佩弦等人都已在那儿焦急地等着我们了。那地方风景可真美呀！到处都是绿树，绿叶中间花儿是那么红，红得艳极了。可那时越南是法国殖民地，这美丽的土地是在殖民主义者铁蹄的践踏下，越南人也饱尝着亡国的痛苦。越南老百姓连房子开个窗户都要经过法国人批准。在码头上，穷苦的搬运工人为了生活拼命地抢着搬行李。在旅馆里，法国有钱的人常常用鞭子抽打这些穷人。佩弦有时见到这情景，便气愤地制止说："你不要抽他，他是中国人！"佩弦很动感情地对孩子们讲："我们要亡了国，也会像他们那样！"①

陈竹隐南下这一路，可谓是惊涛骇浪，险象环生。

陈竹隐到达蒙自没多久，朱自清迁居至蒙自城内大井巷，与王化成、孙国华同寓。朱自清一家在蒙自待的时间不长，但蒙自留给他们的印象很深刻，这里的风俗人情令人难忘。对此，朱自清曾经深情地回忆：

我在蒙自住过五个月，我的家也在那里住过两个月。我现在常常想起这个地方，特别是在人事繁忙的时候。②

---

① 陈竹隐：《追忆朱自清》，《扬州文史资料》第七辑，第 13 页。
② 朱自清：《朱自清自传》，江苏文艺出版社 1997 年版，第 179 页。

不久，联大在昆明西北三分寺附近购置了一百多亩土地，盖了一百多间教室和宿舍，限于战时条件简陋，均以茅草筑顶，泥坯筑墙。不管怎么说，校舍是有了。校方决定将文学院从蒙自分校迁到昆明。

西南联大新气象

朱自清随学校迁往昆明以后，很快投入到更紧张的教学和管理事务，包括：担任国立西南联合大学新增设的师范学院国文系系主任；编写由教育部教育委员会委托编写的教科书《经典常谈》；担任西南联大"编制本大学校歌校训委员会"委员；担任西南联大改组后的"战区学生救济及寒苦学生贷金委员会"委员；担任清华 1938 年度教授会书记；当选 1938 年度联大校务会议教授、副教授代表……

在前所未有的忙碌中，新学期开学了。朱自清除了指导学生选课，他在这学期还开设了"文学批评"，为此他花了很长时间来准备材料备课。朱自清是一个极其认真的人，在创作上是如此，在教学上更是如此。联大的办学条件虽然十分艰苦，但朱自清在教学上从未有过半点儿马虎，兢兢业业永远是他身上的特质。他几乎每天晚上都是在十二点以后才休息，对学生要求也很严格。

一次，他肚子不舒服，连续拉了几次。陈竹隐那时还在他身边，劝他多休息，他却以"已经答应明天给学生发作业"为由，继续工作。陈竹隐没办法，只好在他批改作业的桌旁放一个马桶，朱自清边拉边改，一夜间拉了十多次！第二天他仍旧坚持上课，脸色蜡黄，眼睛凹陷深窝。

尽管事务繁忙，朱自清还是挤时间参与了许多文艺界的活动。

1938 年底，朱自清出席了文协云南分会为茅盾洗尘的晚宴。

茅盾是应新疆学院院长杜重远之邀就任该院艺术系主任，赴任途中路经昆明的。在昆明期间，茅盾由顾颉刚陪同拜访朱自清。朱自清又喊来吴晗等人，一起聊天。

茅盾说到外来文化人与本地文化界如何联络感情加强团结的问题，认为当地文化界的力量由于历史条件的限制，相对来说比较薄弱，他们欢迎外来的文化人帮助他们工作，但是，往往合作之后却发生矛盾，甚至闹得很紧张。

吴晗说：昆明也存在这个问题，我们很少与当地的文化界联络，因此社会上也有些风言风语，责任还在我们。

朱自清说：我们这些人在书斋里待惯了，不适应那种热闹场面，有人就说我们摆教授架子，其实本地的刊物约我写文章，我就从不推脱。茅盾由此说到参加抗战文化活动要有一个统一的组织，使大家的步调能够一致。

茅盾逗留昆明期间，朱自清主持了文协云南分会，并做简短发言。茅盾应邀做"从反面观点看问题"的演讲，分析了抗战文学的数量和质量、文学大众化、读诗运动、活报剧等抗战文艺问题。

可以看出，朱自清对茅盾很有好感。

为祝贺茅盾从事文学活动二十五周年暨五十岁诞辰，朱自清还专门写了《始终如一的茅盾先生》，文中有言：

> 茅盾先生并且要将自己和后进打成一片，他竭力奖掖后进的人。我就是受他奖掖的一个，至今亲切地感到他的影响。我的文学工作是受了他的鼓励而发展的。

在出席文协昆明分会举行的庆祝茅盾创作二十五周年暨五十寿辰纪念会时，朱自清在致茅盾贺函上签名，并在贺词中再次强调："我佩服你是一位能够将批评与创作、文艺与人生打成一片的人。"

1939 年 4 月，中华全国文艺界抗敌协会在重庆举行年会，朱自清和郭沫若、茅盾、叶圣陶、郑振铎、郁达夫、巴金、老舍、丁玲、张天翼、吴组缃等四十五人当选为第二届理事会理事。不久，文协昆明分会正式成立，朱自清和杨振声、雷石榆等人具体负责分会工作。

这一时期，朱自清还为聘请沈从文为联大师院国文系讲师而积极奔走。到了西南联大 1939 年度第二学期，朱自清开设"国文读本"两种，其中一种就是与沈从文合开的。

作为联大中文系系主任，朱自清有太多的事务性工作要做，这也影响了他的身体状况。朱自清的胃一直不太好，尤其是在西南联大时期，条件艰苦，更加加剧了这种情形。因为健康原因，1939 年 10 月，朱自清写信请辞联大中文系主任和师院国文系主任，其原因是因为"这些年担任系务，越来越腻味"。朱自清在致吴组缃的信中写道："去年因胃病摆脱了联大一部分系务，但还有清华的缠着。行政不论范围大小，都有些麻烦琐碎，耽误自己的工作很大。我又是个不愿马虎的人，因此就更苦了自己。"[①]

朱自清之所以这样说，是有原因的。朱自清在 1939 年 11 月 13 日的日记中提到与一个学生周贤模起冲突的事情：周贤模要求朱自清同意他注册为二年级生，以便让注册处发还文凭。朱自清答应他第二天上午值班时写一张便条。但周贤模坚持要朱自清亲自把条子送到注册处

---

① 《朱自清全集》第十一卷，江苏教育出版社 1996 年版，第 181 页。

去，朱自清断然拒绝了他，并要求他设法端正自己的思想。他说："那是我自己的事！"朱自清说："那好，你走吧，明天上午九点钟到办公室找我。"于是周贤模就发起火来，说："我的朋友告诉我你过去是个穷学生，现在到了社会最上层，就像刘邦登上皇位后，不愿听到自己青年时代的清寒一样。你讨厌我，你知道刘邦是个市侩！"此时朱自清警告他，他在侮辱教师，要写报告给最高校务委员会处罚他。但他说："好！我也要给他们写！"这时，他放肆地问朱自清："你通知我将转入三年级，为什么我来后把我放在二年级？你们大学规定每个学生每年的学分是四十分。为什么你答应给我四十三分？"朱自清说不愿意回答他的问题并请他出去。但他悍然拒绝。办公室的李其同让他保持办公室安静，就进行干预，他心犹不甘，最后离去，并说："黑暗！黑暗！等着瞧吧！我要让你看看颜色。"朱自清把整个事件回想了一下，感到问心无愧，除了有一次对他过于苛刻。于是，朱自清花了两个小时给学生注册处和最高校务委员会写了信。第二天，就听说周贤模被勒令退学的消息。后来，朱自清接到周贤模的一封信，他失眠了。他在日记中写道："这可以说是咎由自取，仅仅留下一段梦罢了。"①

虽说周贤模是咎由自取，但朱自清还是为此耿耿于怀很长一段时间。

在其他方面，朱自清也是有苦说不出。他在 1942 年 7 月 30 日的日记中提道：闻一多患病，写信托他向梅贻琦校长借车进城，但梅贻琦没有司机。闻一多又请雪屏向蒋校长借车，蒋以汽油不足为由加以拒绝。闻一多只好乘人力车归。恰好在当天下午开清华教授会，会上选出九名评议委员：叔玉、福田、明之、培源、之恭、访熊、信忠、子卿、武之。叔玉提名选朱自清，但在第一批朱自清仅得五票。朱自清说"这揭示出

---

① 《朱自清全集》第十卷，江苏教育出版社 1996 年版，第 60—62 页。

我已失去人心"[①]。

　　这表明朱自清已经下定决心辞去系主任这一职务了。

文学教育新主张

　　朱自清辞去联大中文系系主任时，推荐罗常培接任系主任一职。按照常理，上一任推荐下一任时，一般会推荐和自己教育理念相近的人。奇怪的是，虽然朱自清推荐了罗常培，但在中文系的办学定位方面，朱自清的看法和罗常培并不完全一致。在联大中文系的迎新茶话会上，他们就因此发生过争执。据刘北汜《自清先生在昆明的一段日子》一文回忆，在他刚考进西南联大中国文学系之后，系里曾发给每一个新生一份表格，调查他们的兴趣和家庭情况，他在"课外阅读书籍"项下填的是"爱读新文艺作品，讨厌旧文学"。不料这一条引起了罗常培先生的不满，在系里举行的迎新茶话会上，他站起来说："有一个学生（未提刘北汜的名字，只提了学号）的思想需要纠正。他说他讨厌古文学，这是不成的，中国文学系就是研读古文的系，爱新文艺的就不要读中国文学系！"罗常培很激动。此时，朱自清和杨振声都站出来替刘北汜说话，他们的意见相近，都认为中国文学系应着重研究白话文。为此朱自清很愤激地说：

　　　　我们不能认为学生爱好新文艺是要不得的事。我认为这是好现象，我们应该指导学生向学习白话文的路上走。这应是

---

① 《朱自清全集》第十卷，江苏教育出版社 1996 年版，第 189 页。

中文系的主要道路。研读古文只不过便利学生发掘古代文化遗
产，不能当作中文系唯一的目标！①

虽然朱自清倡导学生爱好新文艺，但他并不因此反对古典文学。事
实上，他本人在这一方面也取得了巨大的成就。无论是古代文学的教
学，还是研究，朱自清都做出了自己的探索。其中《诗言志辨》最为著
名，这本书是朱自清先生的诗论专著。该书爬梳上至春秋战国时的"诗
言志"说，下至汉代的"诗教"说，从"比兴"到"正变"，贯穿四条
诗论发展的历史，着重从理据角度阐明了"诗言志"的中国诗学传统。
朱自清在书中引用大量诗篇及诗论原著，内容丰富，资料翔实，文字清
隽，论证缜密，被公认为中国现代学术经典之作。而他的另一本《经典
常谈》，则是对古代典籍的概论性著作。两书对现代的古典文学研究影
响深远。

正是因为打通了古典文学和近现代文学，朱自清才更加清楚大学
教育的需求。对于中文系的办学方向，朱自清是有自己的一套成熟想法
的。自新文学运动以来，在大学中新旧文学应该如何接流，中外文学如
何交流，这是必然会发生的问题，也是必然要解决的问题。朱自清是最
早注意到这问题的人之一。他和杨振声一起商量的中国文学系课程总说
明，其中有言：

　　……我们的课程的组织，一方面注重研究我们的旧文学，
一方面更参考外国的现代文学。为什么注重研究旧文学呢？因
为我们文学上所用的语言文字是中国的；我们文学里所表现的

---

① 《文讯》第九卷第三期，1948 年 9 月 15 日。

生活，社会，家庭，人物是中国的；我们文学所发扬的精神，气味，格调，思想也是中国的。换句话说，我们是中国人；我们必须研究中国文学。我们要创造的也是我们中国的新文学，不过是我们这个时代的中国新文学罢了。

为什么更要参考外国现代文学呢？正因为我们要创造中国新文学，不是要因袭中国旧文学。中国文学有它光荣的历史，但是某一时代光荣的历史，不是现在的，更不是我们的，只是历史的而已。

……

不但如此，外国现代文学经时间上的磨练，科学哲学的培养，图画，音乐，雕刻，建筑等艺术的切磋，在内容及表现上都已是时代的产儿了。我们最少也是时代的追随者——这是极没出息的话，应当是时代的创造者。对于人家表现艺术的——文学大部是表现艺术的——进步，结构技巧的精致，批评艺术的理论，起码也应当研究研究，与自己的东西比较一下。比较研究后，我们可以舍短取长，增益我们创造自己的文学的工具。这也与我们借助于他们的火车，轮船，飞机是一样的。借助于他们的机械来创造我们的新文学。

根据以上的理由，所以我们中国文学系的课程，一方面注重于研究中国各体的文学，一方面也注重于外国文学各体的研究。……①

朱自清重返清华以后，曾在《国文月刊》上发表过一篇《关于大学

---

① 杨振声：《为追悼朱自清先生讲到中国文学系》，收入俞平伯、吴晗等编《最完整的人格——朱自清先生哀念集》，北京出版社 1988 年版，第 178—179 页。

中国文学系的两个意见》，该文支持李广田、闻一多等人提出的在大学里传授新文学和中外文系合并的建议，并进一步从操作上就中外文系如何合并提出了自己的想法。该文和闻一多的文章见诸报端后，引起学术界的广泛讨论，《国文月刊》就此展开了专题研究。杨振声说：

> 闻朱二先生的文章揭载之后，很引起文学界的重视。其中如徐中玉、陈望道、吕叔湘、陈子展、朱维之、程俊英诸先生都有精密的讨论（皆见三十七年自一月至五月《国文月刊》）。大体上多赞成闻先生的建议，尊重朱先生的意见。浦江清先生在《论大学文学院的文学系》（《周论》第十四期）一文中，也赞成闻朱二先生的意见。①

在朱自清主持清华中国文学系时，定位的方针是用新的观点研究旧时代文学，创造新时代文学。但这也不能立刻就做得合乎理想。

"联大三绝" 苦自知

在西南联大时期的日记中，常见朱自清向学校或友人借款的记录，其原因一方面是家累重，另一方面是因为为支持抗战，教师工资未能足额领取。

这里有一个国立西南联合大学员工薪俸表（1938 年 7—9 月），可以看出当时教员的主要收支情况：

---

① 杨振声：《为追悼朱自清先生讲到中国文学系》，《文学杂志》第三卷第五期，1948年 10 月。

名单	薪俸（每月）	实支（每月）	职称
朱自清	360	267	教授
陈寅恪	480	351	教授
刘文典	380	281	教授
闻一多	380	281	教授
罗常培	400	295	教授
郑奠	380	281	教授
罗庸	380	281	教授
魏建功	340	253	教授
王力	320	239	教授
唐兰	240	183	副教授
浦江清	280	225	讲师
许维遹	160	127	教员
余冠英	120	99	教员
陈琴嘉	120	99	教员
李嘉言	110	92	助教
杨佩铭	60	57	助教
马学良	30	30	助教

从图表可以看出，所有的教授薪金都不是足额发放的。和其他著名的教授一样，朱自清实际领取的薪金要比应该领取的少得多。因为开销太大，西南联大时期的朱自清生活困顿到了让人难以想象的的地步。

1942 年冬天是昆明十年来最寒冷的一冬。朱自清的旧皮袍已经破烂得不能再穿了，但他又做不起棉袍，便在大街上买了一件赶牲口人披的便宜的毡披风，出门时穿在身上，睡觉时当褥子铺。这在西南联大教授中绝无仅有，与潘光旦的鹿皮背心和冯友兰的八卦图案的黄布包袱皮一起，被称为"联大三绝"。

对此，李广田回忆说：

（民国）三十年年底，我也到了昆明西南联大，到达后在街上遇到的第一个熟人，就是朱先生，但这次我却几乎不认识他了，因为他穿了一件赶马的人穿的毡斗篷，样子太别致，我看到街上有好多人都注意他，他却昂首阔步，另有意趣。

沈从文也多次谈到过朱自清，在他的印象中，朱自清这位严谨而清寒的学者，缺食少衣，除了参与联大和同事的活动外，生活的确有点儿寂寞：

> 就在那么一种情形下，《毁灭》与《背影》作者，站在住处窗口边，没有散文没有诗，默默地过了六年。这种午睡刚醒或黄昏前后镶嵌到绿荫窗口边憔悴消瘦的影子，同时住七个老同事记忆中，一定终生不易消失。

因为生活清苦，朱自清不得不兼任大绿水河私立五华中学教员，兼教一班国文。

当时，他已经从司家营搬出，住到了昆明北门街71号单身教员宿舍里。虽然朱自清的住所离学校很远，但他从来没有因为风雨或事故误过课。

有一次因为联大临时开会不能分身，在昆明又没有电话或工友可以利用，他一早就大老远地亲自到中学去请假，这种情形在一般中学教员那里也是很少有的。要知道，此时的朱自清作为著名的新文学家和教授，肯教中学语文，确系稀奇。这一方面是因为经济上的原因，另一方面也和他对中学教育的关注有关。他毕竟曾经做过六年的中学老师，对中学生以及中学教育还是有一些感情的。正因为此，他像对待大学教职一样，以无比认真负责的态度对待中学语文，定期要改学生作文，改大堆卷子，绝无例外。

作为著名的学者和作家，朱自清治学与作文都以严谨著称，而作为西南联大中文系教授的他，无论在生活上还是在教学上，都是学生和同事眼里一位一丝不苟的老师。这期间，朱自清专门开设了研究春秋战国时代游说家之辞的"文辞研究"这门课程。由于这门课程相对枯燥，最后选修的只有两个学生。尽管如此，朱自清依然按时上课，照例考试，耐心地解疑释惑，并且从不缺勤，认真履行着自己作为教师的职责。

由于这门课程在当时还是一门新学科，所以没有教材可依。为此，朱自清每次都必须做大量的准备工作。他尽可能多地搜集资料，然后把它们摘抄到卡片上，上课的时候再把这些内容抄到黑板上。根本不像是对着两个学生上课，就像对着许多学生讲课一样。

季镇淮是朱自清当时的两个学生之一，据他回忆，有一次考试，让标点两篇古文，他有几处没有读太懂，几天后卷子发下来，错误及不懂之处已经被详细标注出来。但过了不久，他们在路上相遇，朱自清告诉他，在某某处的一个标点没有标错，还是原来那个好。季镇淮事后回忆这件事时说：

> 朱先生阅学生作业不仅认真、细心，而又非常虚心，并不固执己见，对学生作业即使是一个句读符号，也要几番考虑，唯善是从。①

朱自清还为新同学讲"大一国文"，对于新生的课程，他采用的是

---

① 韦明铧、汪杏莉：《君家旧淮水 水上到扬州》，参见：http://www.yznews.com.cn/yzwzt/2014-11/13/content_5415761.htm，2014 年 11 月 13 日。

循循善诱的教学方法。这吸引了不少学生来听课，一个新生被别人怂恿着去听朱自清讲鲁迅的《示众》后回忆道：

> 上课铃才响，朱先生便踏进教室——短小精悍，和身躯比起来，头显得分外大，戴一副黑边玳瑁眼镜，西服陈旧而异常整洁——匆匆走到教案旁，对我们点了点头，又点过名，便马上分条析理地就鲁迅及《示众》本文的思想内容和形式技巧各方面提出问题，逐一叫我们表示意见，而先生自己则加以补充，发挥。才一开始，我的心在卜卜乱跳，唯恐要在这许多陌生的同学前被叫起来，用还没有学好的国语艰涩地道出我零乱的思想来。然而不多一会，我便忘掉一切，顺着先生的指引，一步一步的终于看见了作者的所见，感受到作者的感受……就这样的，我听完先生授毕预定讲授的大一国文教程中的白话文。①

在如今的西南联大纪念馆，收藏着几篇朱自清先生批改过的作文。尽管这几篇七十年前批改的作文也许只是朱自清批改过的无数篇作文中极少的一部分，却也能让我们见微知著，感受到朱自清作为一位教师的细致、严谨、一丝不苟。其中的一篇标题为《我这个人》，尽管只有千余字，朱自清先生批改之处却多达四十余处，错字、错词之处和写得出色之处均以不同的符号一一标出，令人不得不赞叹他的耐心和认真。②

① 李永军：《朱自清上课》，http://blog.people.com.cn/article/2/1370354884668.html，2013 年 6 月 4 日。
② 李永军：《朱自清上课》，http://449006083qq.home.news.cn/blog/a/0101000A2E490CCF032A09EF.html，2015 年 10 月 23 日。

"新中国在望中"

尽管此一时期困难重重，朱自清仍旧为西南联大做了大量的工作。

在他的奔走协调之下，西南联大师范学院国文系创办了《国文月刊》，其办刊宗旨为"促进国文教学以及补充青年学子自修国文的材料"。联大师院国文系并入文学院以后，《国文月刊》面临着停刊和私人接办的困境。经朱自清反复努力，开明书店以及文学院反复协调，同意由开明续办。

朱自清还和叶圣陶合作编写了《精读指导举隅》，作为四川教育科学馆"国文教学丛刊"之一由四川省政府教育厅印行。[①]不久，两人又合作编写了《略读指导举隅》，与《精读指导举隅》同为中学国文教师参考用书。

朱自清一如既往地关心、爱护、支持学生。对于西南联大的学生爱国活动，每有邀约，朱自清都会欣然前往支持。在1944年中文学会主办的"五四"文艺晚会上，朱自清发表了题为"新文艺中散文的收获"，与会联大学生甚多，加上闻讯而来的云南大学、昆明师范学院学生，共有三千余人。这一年的"五四"，被联大学生称为"精神复兴的一天"。朱自清还应邀赴粤秀中学做"人和我"演讲。文协昆明分会、联大五文艺团体和云南大学学生自治会在云南大学举办鲁迅逝世八周年纪念晚会，朱自清在会上做了"鲁迅先生对写作的态度"的演讲。同时演讲的还有闻一多等人。文化界和大中小学生约四百余人参加了纪念晚会。

---

① 该书1942年由商务印书馆出版。

　　无论顺境逆境，朱自清从未犯过政治立场上的错误。事实上，他平时对政治并不热情，倒是政治常常要主动找上他。1942年昆明学生发生倒孔运动后，国民党大批拉拢大学教授入党。闻一多提议朱自清和他一道去登记参加国民党，朱自清以"未收到邀请为理由拒绝"。因为他的拒绝，两人才都没有加入。此时，和朱自清一样，闻一多的生活也相当困顿不堪，在此逆境之下，他们仍旧保持着知识分子独有的清醒意识，殊为可贵。闻一多擅长金石篆刻，联大教授们都劝他挂牌治印，由浦江清作骈体文《闻一多金石润例》，朱自清等人在上面签了名。

　　尽管多灾多难，但朱自清从未对中国失去过信心。1944年，朱自清写过一篇《新中国在望中》的文章，对于新中国寄予了很大希望：

　　　　中国要从民主化中新生。贤明的领袖应该不坐在民众上头，而站在民众中间；他们和民众面对面，手挽手。他们拉着民众向前走，民众也推着他们往前走。民众叫出自己的声音，他们集中民众的力量。各级政府都建设在民众的声音和力量上，为了最大多数的最大幸福而努力。这是民治民有民享。①

　　从朱自清对民主和民众的认识可以看出，朱自清的思想是很深刻的。他一向都是以国家民族大业为重，以人民福祉为根本追求，以思想独立为最终旨归。

　　日本投降，为促进国共两党和谈，由张奚若发起，朱自清起草了《为国共商谈致蒋介石毛泽东两先生电》一文并签名。该电文发表时题为《国立西南联合大学张奚若等十教授为国共商谈致蒋介石毛泽东电

① 《朱自清全集》第四卷，江苏教育出版社1996年版，第436页。

文》。电文写道："以为一党专政固须终止，两党分割亦难为训。敢请先生等立即同意召集包括各党各派及无党无派人士之政治会议，共商如何成立容纳全国各方开明意见之联合政府。再定一联合政府于最短期内举行国民大会代表之选举，定期召开国民大会，以制定根本大法，以产生立宪政府。必如此，一切政治纠纷乃可获致圆满之解决，而还政于民之口号乃不至徒托空言。"[1]

电文相当严厉地指责了国民党政府和蒋介石的独裁腐败统治：

> 惟十余年来，政治上之种种弱点，如用人之失当，人民利益之被漠视，以及贤者、能者之莫能为助，其造因为何？诚宜及时反省。今后我国无论采用何种政制，此一人独揽之风，务须迅予纠正。[2]

电文由此呼吁成立联合政府，召开国民大会，并从政制、人事、军队、惩罚伪官吏等四个方面提出了改革措施。发表该电文的《民主周刊》在配发的短评《十教授致蒋毛电文》中指出，他们"都是以教学为业，精研笃究，卓著声誉的学者。内中没有一个是共产党员或曾是共产党员，年龄也都在四十以上，绝没有年轻气盛容易被人利用的分子在内。他们的意见应该可以说纯粹自发的，纯粹基于国家民族立场的，超出党派利害立场的意见，也就是代表了整个人民的意见"。

"我欲将心向明月，奈何明月照沟渠"，知识分子的一腔热血，换来的却是军警的暴力枪声。

11 月 25 日晚，西南联大、云南大学、中法大学和英语专科学校师

---

① 《朱自清全集》第四卷，江苏教育出版社 1996 年版，第 452—453 页。
② 《朱自清全集》第四卷，江苏教育出版社 1996 年版，第 453 页。

生及市民五千人齐集联大图书馆前"民主广场"，召开反内战时事讲演会。不料军警包围联大，并开枪放炮以示威胁。昆明学生联合会为此宣布总罢课，以抗议国民党军队开枪开炮对学生进行威胁。朱自清出席了联大评议会会议，议决就军警以枪炮威胁学生事件向地方当局进行抗议，并致电教育部。

29日，朱自清赴清华大学办事处出席联大1945年度第二次教授会会议，与冯友兰、张奚若和闻一多等人一起当选为"国立西南联合大学全体教授为十一月二十五日地方军政当局侵害集会自由事件抗议书"起草委员会委员。该抗议书于当天起草并油印散发。抗议书指出：

> 集会言论自由，载在约法，全国人民，同应享受，大学师生，自无例外，且断非地方军政当局所得擅加限制者。乃本月25日晚，方本大学学生，与云南大学、中法大学及英语专修学校学生，在本大学举行晚会之时，竟有当地驻军，在本大学四围，施放枪炮，断绝交通。际此抗战已告结束，举国方以进入宪政时期，而地方军政当局，竟有此不法之举，不特妨害人民正当之自由，侵犯学府之尊严，抑且引起社会莫大不安。兹经同人等于本日集会，全体一致决议，对此不法之举，表示最严重之抗议。

抗议未果，"一二·一"惨案爆发。闻一多在《一二·一运动始末记》（《联大八年》，西南联大学生出版社1946年7月版）写道，12月1日九时到下午四时，"大批特务和身着制服，佩戴符号的军人，携带武器，分批闯入云南大学、中法大学、联大工学院、师范学院、联大附中等五处，捣毁校具，劫掠财物，殴打师生。同时在联大新校舍门前，暴徒们于攻打校门之际，投掷手榴弹一枚，结果南菁中学教员于再先生中弹重伤，当晚十时二十分，在云大医院逝世。同时在联大师范学院，正当铁棍、石头飞舞之中，大批学生已经负伤倒地，又飞来三颗手榴弹，中弹重伤的联大大学生李鲁连君，仅只奄奄一息了，又在送往医院的途中，被暴徒拦住，惨遭毒打，遂致登时气绝。奋勇救护受伤同学的联大学生潘琰小姐已经胸部被手榴弹炸伤，手指被弹片削掉，倒地后，胸部又被猛戳三刀，便于当日下午五时半在云大医院的病榻上，喊着'同学们团结呀！'与世长辞了。昆华工校学生张华昌君，闻变赶来救援联大同学，头部被弹片炸破，左耳满盛着血液，血色的鲜血上浮着白色的脑浆，这个仅只十七岁的生命，绵延到当日下午五时在甘美医院也结束了。此外联大学生缪祥烈君，左腿骨炸断，后来医治无效，只好割去，变成残废。总计各校学生重伤者十一人，轻伤者十四人，联大教授也有很多人痛遭殴辱"。

事件发生以后，朱自清心情悲愤异常，他亲自到西南联大图书馆，在死难者灵前致敬。此时的朱自清，心里是有一些矛盾的。他作为西南联大的老师，当然从内心里支持学生们的正义斗争，但作为一个理性的人，他更希望学潮事件能够尽快得到妥善解决。只有如此，才能保护好学生，只是在"偌大个中国，容不下一张安静的书桌"的时代，学生们又怎么可能教室里去读书学习呢？为此，朱自清和西南联大教授反复开会商讨，想找到一个解决问题的办法来。这一段时间，朱自清的心情"常在紧张和疲惫中"，他在1945年12月12日致叶圣陶的信中说：

> 学潮事，关（指昆明警备司令关麟征）停职后，甚盼学生能先行复课。学校照此意做去，不知能办到否？弟等就学校言学校，自望伸张正义与保全学校并行不悖，青年看法似不如此，夹缝中做人，真不大易耳。

朱自清矛盾复杂的心情于此可见一斑。

朱自清对于学生运动的看法以及他对学生的关爱，陈竹隐是十分了解的。她在回忆朱自清的文章中写道：

> 佩弦是个感情内向的人，平日话不多，但内心是很热的。他不仅牵挂着自己的妻子儿女，而且时时关心着国家的命运，关心他的学生。1935年冬天，北京爆发了有名的"一二·九"运动。12月16日，北京三万多学生举行了大规模的示威游行，反对日本帝国主义进一步侵略华北，反对冀察政务委员会的成立。头天夜里，佩弦对我说，他很担心学生又要流血。想起过去反动政府的种种暴行，他很为学生的安全忧虑。但是他很痛恨日本帝国主义的侵略，他认定学生的行动是爱国的、正义的。第二天，他便同学生一道进城参加了游行。当听说许多学生在城里受伤时，他深感反动政府的残酷，很难过。①

难过的岂只有朱自清一人？千千万万的有良知的知识分子此时都有万念俱灰之意。

知识分子两条路

在此时期，朱自清频繁参加烈士公祭仪式。虽然此时的他没有闻一

---

① 陈竹隐：《追忆朱自清》，《扬州文史资料》第七辑，第11页。

多那样破门而出和学生并肩战斗在第一线的豪气，但"一二·一"惨案强烈地震撼着他的心灵，爱国群众和学生奋不顾身斗争的精神促使他不断反思自己："余性格中之懦弱，必须彻底革除，此亟需决心。"①

在朱自清参加的联大教授会议上，通过了"国立西南联合大学教授会为此次昆明学生死伤事件致报界之公开声明"，并通过教授会法律委员会起草的"国立西南联合大学教授会为控告伤人罪犯李宗黄、关麟征等呈国民政府军事委员会告诉状"和"国立西南联合大学教授会呈重庆实验地方法院告诉状"，依法控告关麟征、邱清泉、李宗黄等人。朱自清在致叶圣陶的信中说："昆明学潮，弟等常开会，心境恒在紧张与疲惫中……"对于学潮，朱自清既愤慨于国民党的倒行逆施，又担心学生的课业。在关麟征停职后，他"甚盼学生能先行复课"。但他又担心"学校照此意做去，不知能办到否"？朱自清本以为"就学校言学校，自望伸张正义与保全学校并行不悖"，但"青年看法似不如此"。这让朱自清深感"夹缝中做人，真大不易耳"。可见，在学潮之后，朱自清是希望学生尽快复课的。他也为此做了不少工作，按照联大教授会的决议，会见本系学生，劝其复课。在朱自清和联大教授会的努力下，学生们终于恢复了正常的上课。

学潮平息内战依旧，新年伊始，朱自清和闻一多、张奚若等一百九十四人在《昆明教育界致政治协商会议代电》上签名。代电提出"立即停止军事冲突"，"开放言论、出版、通讯、集会、结社及其他基本自由"，"取消一切特务组织，立即释放一切政治犯"，"组织联合政府"等七项要求，反映了昆明广大教育工作者的心声。

朱自清曾经说过：知识分子的道路有两条：一条是帮闲帮凶，向上爬的，封建社会和资本主义社会都有这种人；一条是向下的。知识分子

---

① 朱自清 1946 年 3 月的日记。

是可上可下的，所以是一个阶层而不是一个阶级。

联大九年，他一直以一种向下的知识分子情操恪守气节，创造了流芳百世的历史功绩。

此时，闻一多以及冯友兰等人都主张朱自清再次担任中文系主任，均被朱自清坚决拒绝。但校方仍旧力主朱自清接任，无奈之下，朱自清重新就任了清华中文系主任一职。对此，冯友兰在文章《回念朱佩弦先生与闻一多先生》中说：

> 一多又同我说，他的政治上底关系，必然使学校当局增加困难。因此他愿意辞去清华中国文学系主任，专任教授。主任一职仍由佩弦担任。佩弦为人，向来是不轻然诺底。我为这个事，又与佩弦长谈了许多次，梅月涵先生又亲身劝驾，才把这个担子又放在佩弦身上。[①]

此时的闻一多，确乎如他所说，在言论上确实为学校当局增加了不少"困难"。他甚至在联大校友话别会讲演时说憎恨母校，这让梅贻琦有些震怒，甚至想因此解聘闻一多。朱自清当即对此表示反对。在国文学会会议上，学生发表各种批评言论，都是闻一多所提议的。对此，朱自清一方面予以保护，另一方面也适当地予以纠正其偏颇之处，试图以此缓和闻一多与学校及当局的关系。尚土在文章《味如橄榄的朱自清教授》中说：

> 联大结束时，在全系师生话别会上，闻一多说："平常总是

---

① 《文学杂志》第三卷第五期，1948 年 10 月。

我们说，同学们听，我想今天的教育总应该改变一下，还是多听听同学们对于大学教育的意见。"于是同学们相继发言七八位，颇多激昂恺切之辞。朱自清平静地说："青年人有青年人的好处，火力大，勇敢，进取，创造。但中年人也有中年人的好处，有经验、稳健。两下合作起来，才能办事，假如都照你们那样说，也未必全对吧。"①

于此，不难看出闻一多的激昂猛进和朱自清的冷静稳健。尽管两人性情相差甚远，但在大是大非的问题方面，其立场基本上都是一致的。

此时，闻一多的"革命"早已引起了国民党当局的"震怒"。就在西南联大准备迁回北京办学之际，1946年7月15日，闻一多在昆明遇刺身亡，其子闻立鹤也身受重伤。得悉这一噩耗，朱自清异常悲愤，但却毫无办法。他能做的是当即致信闻一多夫人：

今日见报，一多兄竟遭暴徒暗杀，立鹤也受重伤！深为悲愤！这种卑鄙凶狠的手段，这世界还成什么世界！……学校方面我已有信去，请厚加抚恤，朋友方面，也总该尽力帮忙。对于您的生活和诸侄的教育费，我们都愿尽力帮忙。一多兄的稿子书籍，已经装箱，将来由我负责，设法整理。②

在同一天的日记中，朱自清这样写道：

此诚惨绝人寰之事。自李公朴被刺后，余即时时为一多兄

①《人物杂志》第三年第一期，1948年1月。
②《朱自清全集》第十一卷，江苏教育出版社1996年版，第207页。

安全担心，但绝未想到发生如此之突然与手段如此之卑鄙！此成何世界！

一个又一个惨烈的事实，让朱自清看清了黑暗现实的真相。虽然烈士们倒下了，但他们英勇无畏的战斗精神照亮了朱自清的心灵，使他有了更大的觉悟。他对陈竹隐说：以后中间路线是没有的，我们总要把路线看清楚，勇敢地向前走去。

在西南联大校友 21 日于昆明召开的闻一多先生追悼会上，朱自清难以抑制自己的愤怒，他说：

闻一多先生在昆明遭遭暗杀，激起全国的悲愤，这是民主主义运动的大损失，又是中国学术的大损失。

朱自清在追悼会上详细总结了闻一多在学问上的巨大贡献，并突出地强调了闻一多在学术上的伟大功绩。他这样说的目的，是要让人们认清反动派杀害的是一个多么有价值的学者，以此激起人们对敌人更大的愤恨。

对于闻一多的学术成就，朱自清是发自内心地钦佩的。他在《〈闻一多全集〉编后记》中谈到在西南联大时期，他从成都回来后，和闻一多一起住在司家营清华研究所的情形：

我和闻一多先生全家，还有几位同事，都住在昆明龙泉镇司家营的清华文学研究所里，一住两年多。我老是说要细读他的全部手稿，他自然答应。可是我老以为这些稿子就在眼前，就在手边，什么时候都成，不想就这样一直耽搁到我们分别搬回昆明市，到底没有好好读下去……在文科研究所住着第二年，他重新开始研究《庄子》，说打算用五年工夫在这部书上。
古文字的研究可以说是和《诗经》《楚辞》同时开始的。他研
究古文字，常像来不及似的；说甲骨文金文的材料究竟不太多，
一松劲儿就会落入人家后边了。他研究《周易》是二十六年前
在南岳开始；住到昆明司家营以后，转到伏羲、神话上。①

朱自清和闻一多同为二十世纪三四十年代文坛璀璨的双子星座，人
们常以"闻朱"并称。他们是一对名副其实的诤友。从 1932 年 9 月闻
一多离开青岛大学，重返清华园任教时开始，两人很快就成了知交。在
《〈中国新文学大系〉诗集导言》中，朱自清选了闻一多二十几首诗歌，
对闻一多做了很高的评价："他又是个爱国诗人，而且几乎可以说是唯
一的爱国诗人。"在抗战时期写的《新诗杂话》中朱自清又指出："我们
愿意特别举出闻一多先生，抗战以前，他差不多是唯一有意大声歌咏爱
国的诗人。"由此可以看出，朱自清对闻一多是发自内心的尊重和肯定。

朱自清不但在学术上十分钦佩闻一多，在政治道路上更把他作为自
己的向导。每遇政治风云变幻，或有关于民主运动的宣言、文件要他签
名，朱自清就先问别人："闻先生签了名没有？"在当时，闻一多往往
是许多知识分子的楷模。正如费孝通所说："在那白色恐怖的年代，形
势多变，斗争尖锐，书生气常不免犹豫多虑。每当有重大争论分歧时，
多以他马首是瞻。"政治上的进一步融洽，更加深了两人的友谊。②

闻一多遇难之后，朱自清忙于出席各种社会组织召开的闻一多追
悼会，在追悼会上做演讲，并撰写了纪念文章和新诗。《中国学术界的

① 《闻一多全集》，湖北人民出版社 1994 年版。
② 李生滨、田燕：《远去的背影：朱自清及其诗学研究》，吉林大学出版社 2010 年版，
第 180 页。

大损失——悼闻一多先生》介绍了闻一多在文学创作和学术研究上的贡献，文章最后说：

> 他有着强大的生命力，常跟我们说要活到八十岁，现在还不满四十八岁，竟惨死在那卑鄙恶毒的枪下！有个学生曾瞻仰他的遗体，见他"遍身血迹，双手抱头，全身痉挛"。唉！他是不甘心的，我们也是不甘心的！

然而，"不甘心"的闻一多还是被杀害了！他把自己的"不甘心"留给了同时代的朱自清们。

新诗《悼一多》是朱自清搁笔近二十年来第一首新诗创作，诗的最后一节写道：

> 你是一团火，
> 照见了魔鬼；
> 烧毁你自己，
> 遗烬里爆出新中国！

为了让火光延续，照耀整个中国，朱自清几乎马不停蹄地宣讲着闻一多的事迹，传播着闻一多的思想，传承着闻一多的文脉。

临返京前，朱自清还到蓉光大戏院出席了成都各界人士举行的李公朴、闻一多追悼大会并介绍闻一多生平事迹。讲完朱自清就先行退场了，返家收拾行李。在开追悼会之前，就有传闻说那天要出乱子，有许多人都不敢去参加追悼会。而朱自清不但去了，而且还做了演讲。他的演讲博得了全场多次掌声，让听众纷纷落泪。

不仅如此，朱自清还先后接受了《大公报》《新华日报》《民生报》的记者采访，谈闻一多生平。《新华日报》发表了记者采访录《清华大学朱自清教授谈闻一多教授生平——闻先生的一生分三个阶段，他的一贯精神是爱国主义》。

朱自清在访谈中说：

> 最近两年，闻先生参加了民主运动，为中国的民主而奋斗。他没有政治野心，不想升官发财，仅仅为了民主运动，而遭惨死。……闻先生的一生中，有一个贯穿的精神，这就是他的爱国精神。①

更为让人感佩的是，朱自清为了闻一多遗著的出版，付出了巨大的心血。

闻一多没了，但他的书稿还在，只要书稿在，思想的火炬就不会熄灭。朱自清对学生王瑶说：

> 一多先生之死，令人悲愤，其遗稿拟由研究会所同仁合力编成，设法付印。此事到平再商。

返京不久，朱自清即主持召开了"纪念闻一多先生遗著委员会"第一次会议。该委员会成员有雷海宗、潘光旦、吴晗、浦江清、许维遹和余冠英，朱自清被梅贻琦聘为召集人。会后，朱自清即投入到了整理闻一多遗稿的任务之中。不久，在"纪念闻一多先生遗著委员会"会议上，

---

① 朱自清：《谈闻一多教授生平》，《朱自清全集》第四卷，江苏教育出版社1996年版，第462页。

通过了《闻一多全集》的目录。

值得注意的是，尽管事务繁忙，又处于多事之秋。但总体来看，西南联合大学时期，是朱自清著作的多产期。其原因大概有四：

一、在此期间，有六七年，作者（朱自清）辞去了中文系主任等本兼各职，摆脱了行政事务，集中力量于著述；

二、生活的极端艰难，入不敷出的窘迫，使他不得不拼命多写；

三、西南联大汇聚了当时全国许多著名学者，浓厚的学术空气，尖锐的竞争环境，也使他不甘落后，不顾健康状况日益恶化，不顾严重的病痛，咬着牙迎头赶上；

四、他感到了时代正在发生巨变，并努力跟上变革的时代和迎接新时代。这是作者（朱自清）生命最后几年自觉"要多写些，写得快些"的重要原因。①

除了上述四个原因，朱自清这一时期的多产也和他的年龄有关。任何学术的研究都是需要积累的。这个积累一方面是知识上的储备——朱自清此一时期正是学术积累的最好时期；另一方面也是人生阅历的积累——经历了大时代的变迁和家庭的变故，让朱自清对自己生命和学术研究有了更新的认识。虽然西南联大时期的外部环境并不理想，但正是这种不理想，给朱自清带来了观念上的冲击和人生态度之转变。反映在学术上，就成为了他的多产期。

---

① 《朱自清全集》第十卷编后记，江苏教育出版社 1996 年版，第 519 页。

第六章

重返清华

大时代中见风骨

抗战胜利以后的北平依然不平静。

1947年2月17日，北平警备司令部、宪兵团、警察局、国民党市党部及有关机构共八千人，对全市进行户口大检查，逮捕工人、店员、学生、市民两千人，清华一名学生也被抓走。为表示抗议，朱自清在《抗议北平当局任意逮捕人民宣言》上签名。这就是当时所谓的"十三教授宣言"。

宣言在平津各大报纸刊出后，引起社会强烈反响。宣言指出：

> 政府以清查户口之名，发动空前捕人事件，使经济上已处水深火热之市民，更增恐惧。同人等为保障人权计，……对此种搜捕提出抗议，并向政府及社会呼吁，将无辜被捕之人民从

速释放。……并保证不再有此侵犯人权之举。

宣言在报上发表时，朱自清的名字是第一个。国民党发动了各家反动报纸拼命地诽谤朱自清，攻击他和其他签名的教授。国民党特务也三次"光临"到朱家。一位好心的朋友告诉陈竹隐：他在燕京大学看到国民党的黑名单，其中第一个就是朱自清。陈竹隐把这个消息转告给朱自清，朱自清只是轻蔑地应道："不用管他！"陈竹隐说："怎么，你准备坐牢吗？"朱自清说："坐就坐！"①

政治环境很严峻，经济环境更不容乐观。此时北平物价飞涨，民不聊生。北平大中学生三万人举行反饥饿反内战示威游行，遭到军警殴打，多人受伤，朱自清担忧不已。为此，朱自清在一份呼吁和平宣言上签名，该宣言指出：

> 今日一切纷扰现象，根源俱起于经济危机，而经济危机则又为长期内战之恶果。一切工潮、学潮均为当前形势下必然之产物。

朱自清还在《为反内战运动告学生与政府书》上签名。该宣言针对政府对学生的污蔑，对学生的正义行为给予了高度评价和理解：

> 青年们的情绪热诚，精神勇敢，行动严整而有规律，至其动机天真纯正，……尤值得予以同情而不容稍加曲解或诬衊。我们下一代的青年有这样优秀进步的表现，堪为国家民族的远

① 陈竹隐：《忆佩弦》，《新文学史料》第一辑，人民文学出版社1978年版。

景欣慰。……要求温饱是自然的人情，争取和平乃今天的国是。民苦饥饿，几濒危亡，青年学子乃至各阶层的广大群众于此紧急的时刻，作此迫切的呼吁，理属当然，事有必要。

宣言对政府的行径表示了深深的不满和严正的斥责：政府"今竟纵任暴徒凶殴，动员警宪逮捕，喋血于都市，逞威于青年，并进而禁止请愿，封闭报馆，自毁法纲，自毁道德，民主何有，宪法云何"？

学生的行动和知识分子的呼吁显然是无效的。1948 年 4 月 8 日深夜，国民党特务暴徒持枪闯入北平师范学院殴打学生，捣毁学生自治会及各系会办公室，逮捕学生八人。为此，师院、北大、清华等校学生为要求释放被捕学生向北平行辕请愿。谁知请愿未果，当局又加大了恐怖力度。4 月 11 日，国民党特务及所雇佣的流氓袭击北大红楼、北大东斋教职员宿舍，肆意捣毁家具什物，又至师院大打出手，并扬言要捣毁清华大学、燕京大学。这两次事件引起了知识分子和教育界的愤慨。12 日，朱自清出席清华教授会会议，决议为抗议国民党暴徒袭击师院和北大的暴行，于明日罢教一天，并发布致教育部长朱家骅电，朱自清等三人被推为"抗议电"起草委员。该电指出：

此二次事件之发生，一则于深宵戒严之时，一则于光天化日之下，国家之法纪何在！社会之秩序不保！同人等均列庠序，同深愤慨。既痛学府之被残，复感自身之受胁。除于四月十三日罢教一日以示抗议外，特请严饬北平治安当局严查滋事责任，即日逞凶，向被害学校道歉，赔偿公私损失，切实保证以后不再有类似事件，以维国家法纪而保师生安全。

抗议是没有用的，请愿更是无力，但手无寸铁的知识分子又能做什么呢？唯有继续抗议、请愿而已！在威权的恐怖时代，是容不得异见的。

一生挚友闻一多

重返清华之后，朱自清除了教学和研究之外，其中一个重要任务就是继续整理《闻一多全集》。他担任着"纪念闻一多先生遗著委员会"的召集人，主持召开了委员会通过《闻一多全集》目录之后，又请中文系十二位同仁集体校对闻一多遗稿，重新编排《闻一多全集》目录。

在讨论闻一多的大量未完成遗稿时，大家认为这些遗稿颇有价值，但整理完成至少需要两三年的时间，为了尽快让"全集"面世，这部分待整理稿就不编入"全集"了。对此，朱自清感到"一切均甚仓卒，恐不能做得很好。但环境又需早日出版，也实无他法"。

为了这部书，朱自清花费了差不多一年的时间，搜集遗文，编缀校正。朱自清在写给叶圣陶的信中说：

> 一多集正在赶编，只好一集一集交吴公转奉。因为弟实在忙，这编的事又得自己过目。最费时间的还是抄写、校对和搜寻文篇。但弟竭力赶办。两三周内，打算将大部分课余时间用在这上头。[1]

在另一封通报情况的信中，朱自清说：

---

[1] 《朱自清全集》第十一卷，江苏教育出版社 1996 年版，第 108 页。

闻稿除《诗经通义·邶》正在抄写外，尚有《诗经通义·周南》一篇。《周南》一篇发表于北平图书馆《图书季刊》新六卷第三四合期，上海金屋书店出版。如尊处可以购得，此间即可不抄。望决定告知。又关于中文外文系（即闻一多的《调整大学文学院中国文学外国语文学二系机构刍议》）一篇，亦可加入全集，此外决不再加文篇矣。关于中文外文系一篇附奉，即请嘱人录列入全集。①

在朱自清的领导下，动员了中国文学系全体同仁，分抄分校，分别整理这集子以外的许多著作。吴晗认为，如果没有朱自清的劳力和主持，这集子是不可能编集的。为了一篇文章、一句话、一封信，为了书名的题署，为了编纂人的列名，以及一切细微末节，朱自清总是写信来同吴晗商量。吴晗说："只有我才能完全知道你对亡友著作所费的劳力，心血。"②

在整理过程中，朱自清让吴晗把"全集"拟目交给天津《大公报》、上海《文汇报》发表，并告知读者。这里收的著作并不全是完整的，但是大体上可以算是完整的了。有些文章是编辑委员会没有的，由读者提供了许多，由闻一多先生的学生何善周专管找人抄稿。因为大家都很忙，所以工作不能够太快，只能做到在闻先生被难的周年祭之前，将"全集"抄好交给家属去印。"全集"约一百万字，抄写费前后花了近一百五十万元。最初请清华大学津贴一些，后来请家属支付一半，用遗稿稿费支付一半。拟目分为八类，文稿的排列按性质不按年代。拟目里有郭沫若的序言，还有季镇淮所写的年谱等。

---

① 《朱自清全集》第十一卷，江苏教育出版社 1998 年版，第 110 页。
② 吴晗：《悼朱佩弦先生》，《中建》第三卷第六期 1948 年 8 月 20 日。

朱自清对闻一多的遗稿十分珍惜，保管很严，有时候甚至到了严苛的地步。7月中旬，北大学生准备举办闻一多遗著展览，他们请闻一多的弟弟闻家驷提供资料。闻家驷知道闻一多的文稿全部在清华，由朱自清亲自保管。闻家驷到清华找朱自清商量，朱自清将一部分遗稿拣出来，写好目录，郑重地在后面写道："家驷先生经手借给北大同学举办的一多先生周年纪念遗著展览用。"递给闻家驷之前，还要他签字。朱自清这种认真负责的态度，让闻家驷非常感动。

《闻一多全集》编好，朱自清写了编后记和序言，在后记中介绍了全集的编辑缘起和过程。朱自清说：闻先生是个集中的人，他的专心致志，很少人赶得上。研究学术如此，领导行动也如此。他在云南蒙自的时候，住在哥胪士洋行的楼上，终日在做研究工作，一刻不放松，除上课外，绝少下楼。当时有几位同事送他一个别号，叫作"何妨一下楼斋主人"，能这么集中，才能成就这么多。半年来我读他的稿子，觉得见解固然精，方面也真广，不折不扣超人一等！对着这作得好抄得好的一堆堆手稿，真有些不敢下手。可惜的是从昆明运来的他的第一批稿子，因为箱子进了水，有些霉得揭不开；我们赶紧请专门的人来揭，有的揭破了些，有些幸而不破，也斑斑点点的。幸而重要的稿子都还完整，就是那有点儿破损的，也还不妨碍我们的编辑工作。①

在序言中，朱自清分析了闻一多作为诗人、学者和斗士的三个人生时期：

> 大概从民国十四年参加《北平晨报》的诗刊到十八年任
> 教青岛大学，可以说是他（闻一多）的诗人时期，这以后直到

---

① 《朱自清全集》第四卷，江苏教育出版社1996年版，第497—498页。

三十三年参加昆明西南联合大学的"五四"历史晚会,可以说是他的学者时期,再以后这两年多,是他的斗士时期。学者的时期最长,斗士的时期最短,然而他始终不失为一个诗人;而在诗人和学者的时期,他也始终不失为一个斗士。[①]

朱自清高度评价了闻一多诗人、学者和斗士三者合一的人格,指出:

闻先生对于诗的贡献真太多了!创作《死水》,研究唐诗以至《诗经》《楚辞》,一直追求到神话,又批评新诗,抄选新诗,在被难的前三个月,更动手将《九歌》编成现代的歌舞短剧,象征着我们的青年的热烈的恋爱与工作。这样将古代跟现代打成一片,才能成为一部"诗的史"或"史的诗"。其实他自己的一生也就是具体而微的一篇"诗的史"或"史的诗",可惜的是一篇未完成的"诗的史"或"史的诗"!这是我们不能甘心的!

由此评价可以看出,朱自清对于闻一多确乎是非常敬佩的。为了让闻一多的遗稿能够早日出版,朱自清也确乎付出了很大的心血。即便是在病逝前夕,朱自清还参加了清华学生自治会举办的闻一多遇害两周年纪念会:

这一天很热,我们同坐在第一排。电灯关了,两枝烛光,背后是栩栩如生,长髯飘拂,含着烟斗的一多画像,你(朱

---

① 《朱自清全集》第十一卷,江苏教育出版社1996年版,第320页。

自清）站在台下，用低沉的声调报告《一多全集》编纂和出版的经过。①

两年以来，朱自清无时不在为闻一多先生的遗作操心。去世前一天，他把闻一多的手稿都分类编目，一共是二百五十四册又二包，都存在清华中文系，目录在校刊上公开发表。朱自清去世后，王瑶在他的书桌上看见一个纸条，是朱自清在住院之前写的：闻集补遗：（一）现代英国诗人序。（二）匡斋谈艺。（三）岑嘉州交游事辑。（四）论羊枣的死。王瑶由此判断，朱自清又搜集到四篇闻一多的作品了。②

可以说，朱自清是以极其认真的态度对待闻一多遗作的。对于朱自清的认真负责，李广田在文章《最完整的人格》中说：

> 凡是认识朱先生的，同朱先生同过事的，都承认朱先生是最"认真"的人，他大事认真，小事也认真，自己的私事认真，别人或公众的事他更认真。他有客必见，有信必回，他开会上课绝不迟到早退。凡是公家的东西，他绝不许别人乱用，即便是一张信笺，一个信封。学校里在他大门前存了几车沙土，大概是为修墙或铺路用的，他的小女儿要取一点儿去玩玩，他说不许，因为那是公家的。闻一多先生遗著的编辑，自始至终，他交代得清清楚楚。③

---

① 吴晗：《悼朱佩弦先生》，《中建》第三卷第六期，1948 年 8 月 20 日。
② 王瑶：《悼朱佩弦师》，收入俞平伯、吴晗等编《最完整的人格——朱自清先生哀念集》，北京出版社 1988 年版，第 53 页。
③ 俞平伯、吴晗等编《最完整的人格——朱自清先生哀念集》，北京出版社 1988 年版，第 65 页。

前面提到有一次北大同学要举行闻一多遗著展览，请闻家驷找朱自清提供一些资料。展览结束以后，手稿由北大同学交给清华同学，清华同学也要举行一个同样的展览。清华同学举办完活动，依照闻家驷的嘱咐，把展览的资料直接送还给了朱自清。不久以后，闻家驷收到朱自清先生的一封信，里面是那张经手签字的目录。闻家驷当时非常感动，觉得朱自清真正是一个认真的人。[1]

认真而谦虚的人

朱自清的认真是出了名的。吴组缃在清华求学选修了朱自清的三门课，他在文章《敬悼佩弦先生》中提道：朱自清所讲的，若发现有错误，下次上课必严重地提出更正，说："对不起，请原谅我。……请你们翻出笔记本改一改。"但往往他所要更正的，我们并未记下来，因为在我们看来，那实在不重要。吴组缃举出前文已经提到的例子，朱自清有一回讲解小说家张天翼的籍贯时发生了一些错讹，第二次上课时他赶紧更正道："请原谅我，我上次说张天翼是浙江人，恐怕错了。有人说他是江苏人，还没弄清楚，你们暂时空着罢。"

对于别的作家的作品，朱自清是非常认真的，唯恐有所遗漏；而对于自己的作品，朱自清却非常的谦虚，能不讲就不讲。在朱自清的课上，有一天同学发现他漏了自己的作品，因而提出质疑。只见朱自清面红耳赤，非常紧张而且不好意思。半晌，他才镇静了自己，说："这恐怕很不重要，我们没时间来讲到，而且也很难讲。"有些同学不肯罢休，

---

① 　闻家驷：《我所认识的朱自清先生》，收入俞平伯、吴晗等编《最完整的人格——朱自清先生哀念集》，北京出版社 1988 年版，第 167 页。

坚持让他讲。他看推不掉，就想了想，端庄严肃地说："写的都是些个人的情绪，大半是的。早年的作品，又多是无愁之愁；没有愁，偏要愁，那是活该。就让他自个儿愁去罢。"①

朱自清的话，表面上看是谦虚，好像是在说笑话，但其实在他的内心深处，也是这么想的。他的谦虚不是装出来的，而是发自内心的谦虚。

在《背影》的序言中，朱自清这样写道：

> 我是大时代中一名小卒，是个平凡不过的人。才力的单薄是不用说的，所以一向写不出什么好东西。我写过诗，写过小说，写过散文。……短篇小说是写过两篇。现在翻出来看，《笑的历史》只是庸俗主义的东西，材料的拥挤，像一个大肚皮的掌柜；《别》的用字造句，那样扭扭捏捏的，像半身不遂的病人，读着真怪不好受的。我觉得小说非常地难写；不用说长篇，就是短篇，那种经济的、严密的结构，我一辈子也学不来！②

你看，朱自清是多么谦虚的人！

对于自己的写作，朱自清当然有着很清醒的认识。他曾经写过一篇《写作杂谈》的文章，他在文章中说，自己的写作大体上属于朴实清新一路：

> 一方面自己的才力只能作到这地步，一方面也是国文教师的环境教我走这一路。我是个偏于理智的人，在大学里学的

---

① 吴组缃：《敬悼佩弦先生》，收入俞平伯、吴晗等编《最完整的人格——朱自清先生哀念集》，北京出版社 1988 年版，226 页。
② 《朱自清全集》第一卷，江苏教育出版社 1996 年版，第 33 页。

原是哲学。我的写作大部分是理智的活动，情感和想象的成分都不多。虽然幼年就爱好文学，也倾慕过《聊斋志异》和林译小说，但总不能深入文学里。开始写作的时候，自己知道对于小说没希望，尝试的很少。那时却爱写诗。不过自己的情感和想象都只是世俗的，一点儿也不能超群绝伦。我只是一个老实人。或是一个乡下人，如有些人所说的。——外国文学的修养差，该也是一个原故。……后来丢开诗，只写些散文；散文对于自己似乎比较合宜些，所以写得也多些。……国文教师做久了，生活越来越狭窄，所谓身边琐事的散文，我慢慢儿也写不出了。恰好谢谢清华大学，让我休假上欧洲去了一年。回国后写成了《欧游杂记》和一些《伦敦杂记》。……我常和朋友说笑，我的散文早过了时了。既没有创新的力量，我只得老老实实向客观的描叙的路走去。

谈到自己的写作经验，朱自清觉得有两点：一是不放松文字，注意到每一词句，我觉得无论大小，都该从这里入手。控制文字是一种愉快，也是一种本领。……二是不一定创作，……写作的青年能够创作固然很好，不能创作，便该赶紧另找出路。[①]

总结清华时期的朱自清，无论是学术研究，还是文学创作，"朱自清都是清华中文系历史上最认真和最敬业的教授"。就此，有研究者提出，他立足于现代，回溯传统的诗学研究，不仅提升了他的课堂教学，而且促进了西南联大和整个二十世纪四十年代的学术发展。这种影响所及，在中华人民共和国成立后王瑶、季镇淮等学生弟子的研究中也有

---

① 《朱自清全集》第十一卷，江苏教育出版社 1996 年版，第 105—109 页。

所体现。2002 年，清华大学还专门建立了"朱自清荣誉讲座"，可见其功绩和影响。

第一，就教学方面来说，早在联大期间，朱自清开设的课程就有"宋诗"、"陶渊明诗"（"陶诗"）、"大一国文"、"中国文学批评研究"（"文学批评"）、"散文研究"、"文辞研究"等多门课程。1938 年，朱自清开设了"中国文学批评"。1939 年，朱自清开设了"宋诗"这门课程，1942 年，朱自清开"文辞研究"一门课，主要讲古代散文研究，以春秋时的"行人"之辞和战国时代的游说家之辞为主。

第二，就创作和学术研究而言，联大期间，朱自清就结集了《诗言志辨》《语文零拾》《经典常谈》《语文影及其他》《新诗杂话》《古诗十九首释》《伦敦杂记》《论雅俗共赏》等著作。加上 1948 年出版的《标准与尺度》，朱自清从 1940 年到去世前，其著述的勤奋，是一般人所无法想象的。

如今，朱自清这个名字和清华大学已然融为一体。谈起朱自清，就不能不谈起清华。朱自清的性格和气质与清华大学的秉性天然地合二为一了。

扭秧歌与拒美援

当然，清华时期的朱自清的生活并不单调，除了学术研究和文学创作之外，他也留下了一些轶事。

1947 年 10 月 24 日，清华中国文学会召开迎新大会，朱自清出席了这次活动并和学生一起扭起了秧歌。在师生们进三步退一步的秧歌队伍里，瘦弱的朱自清像一个小老头似的，迈着不自然的步子，扭得非常起劲。朱自清略有些滑稽的样子惹得师生们哈哈大笑。对此，朱自清在当天的日记中写道：

> 晚参加中国文学会之迎新会，学扭秧歌，晚会甚有趣。

扭秧歌这样的事，在当时是十分新鲜而又时髦的。朱自清的参加引起了不少的议论。对此，周华在《由哀悼死者想起》一文中谈到，有一位文学大师，在听到朱自清和学生一起扭秧歌时，表示这是很可笑的、"无法明了"的事。"当然，在我们初想到这样一个瘦瘦的五十岁的人，挤在男女学生一起，也进三步退一步地舞起来，似乎觉到不很习惯。可是只要我们不肯停顿在这最表面浮浅的看法，只要我们还有一点理智来明了这中年人的精神，那么当我们看到这种向一个新时代学习的态度，这种对人生负责的严肃态度，应该不胜钦敬罢。但是，落到轻佻者的眼里，就只能当作取笑的资料了。"①

1948年，朱自清已经五十一岁了。新年第一天，朱自清到余冠英处出席中文系新年晚会，再一次与学生扭起了秧歌。柏生在《纪念朱自清师逝世二周年》一文中说：

> 当时从解放区带过来的秧歌，已在清华园里流行。那天的晚会主要节目就是扭秧歌。自清老师带着病，但是还兴致勃勃地和同学们在一起热烈地扭起来。同学们给他化了装，穿上一件红红绿绿的衣服，头上戴了一朵大红花。他愉快地兴奋地和同学们扭在一个行列里，而且扭得最认真。他这种精神使许多

---

① 《大公报》副刊《大公园地》第304期，1948年8月30日。

师生受了感动。①

不可否认，扭秧歌在当时是一种很时髦的行动。如果联系到延安时期扭秧歌运动，以及新中国成立后这一活动的流行，或许我们可以对朱自清这两次扭秧歌做出多种评价和阐释。抛开政治不谈，一个病入膏肓的文化老人，为何要加入到青年学生扭秧歌的队伍中去？笔者认为，这恰好是朱自清热爱生活的表现。在朱自清那里，在一个身体不好的老人那里，或许再也没有比扭秧歌这一来自群众的娱乐方式更好的表达方式了。

在内心里，朱自清愿意和年轻人在一起，愿意和他们一起扭秧歌，他愿意沉浸到火热的生活中去。多少年来，他很少有如此放松的时刻。生活好不容易稳定下来，朱自清可以闲适起来了。但时代环境还不允许他过一种悠然的生活，时代政治还没有海晏河清。

二战后美国政府给日本提供了大量的战余物资，企图重新扶植日本。此举激起了中国人民的强烈愤慨。

1948 年 5 月，上海学生展开反美扶日的集会和游行签名运动。美国驻上海总领事卡宝德连续发表演说，攻击学生受了"奸人"的迷惑，是"忘恩负义"云云。6 月 4 日，美国驻华大使司徒雷登又发表声明，攻击学生行动是"阴谋""错误"和"歧途"，恐吓说："鼓励与参与反美抗日政策，……必须准备承受行动之结果。"

6 月 9 日，北平各校学生冲破国民党军警的封锁阻挠举行了抗议示威游行。清华进步教师也站出来声援学生并表明自己的立场。6 月 18 日，朱自清签名抗议美国扶植日本并拒绝领取美援面粉宣言。尽管"此事每月须损失六百万法币，影响家中甚大"，但朱自清"仍决定签名"。因"余

---

① 《人民日报》副刊《人民文艺》第六十一期，1950 年 8 月 13 日。

等既反美扶日，自应直接由己身做起，此虽为精神上之抗议，但决不应逃避个人责任"。

据当时找朱自清签名的吴晗在《关于朱自清不领美国"救济粮"》一文中披露，这个声明的具体内容是这样的：

> 为反对美国政府的扶日政策，为抗议上海美国总领事馆卡宝德和美国驻华大使司徒雷登对中国人民的诬蔑和侮辱，为表示中国人民的尊严和气节，我们断然拒绝美国具有收买灵魂性质的一切施舍物资，无论是购买的或给与的。
>
> 下列同人同意拒绝购买美援平价面粉，一致退还配购证，特此声明。
>
> 三十七年六月十七日

吴晗说，朱自清签名的时候，胃病已经很沉重了，只能吃很少的东西，多一点儿就要吐。他面庞削瘦，说话声音低沉。他有大大小小七个孩子，日子过得比谁都困难。但是他一看了稿子，毫不迟疑，立刻签了名。他向来写字是规规矩矩的，这次，他还是用颤抖的手，一笔不苟地签上他的名字。①

拒领美国"救济粮"，朱自清是经过深思熟虑的。当天晚上，朱自清在日记中写道：

> 在拒绝美援和美援面粉的宣言上签了名，这意味着每月使家中家中损失六百万法币，对全家生活影响颇大；但下午认真思索的结果，坚信我的签名之举是正确的。因为我们既然反对美国扶持日本的政策，就应采取直接的行动，就不应该逃避个人的责任。

---

① 吴晗：《关于朱自清不领美国"救济粮"》，《人民日报》1960 年 11 月 20 日。

朱自清在为《闻一多全集》作序说闻一多先生为民主运动贡献了他的生命，他是一个斗士；但是他又是一个诗人和学者。这三重人格集合在他的身上，因时期不同而或隐或现。而朱自清先生自己，又何尝不是如此呢？！

许杰认为，从民国三十三年的"五四"历史晚会起，——至少，也得从昆明惨案及李闻惨案发生时候起，一直到了现在，到朱自清临死的时候为止，他已经慢慢地显出他那斗士的人格的一面了。许杰说：

> 这并不是一种附会，近几年来他自己所写的作品，就是最有力的佐证。诗人与学者的良心，早就成为他那内在的动力，在他心中酝酿；而这个时代与社会，抗战以来他自己所受的经历，他所看到的一切，以及无声手枪的威胁与压迫，这还不催促他走上更积极的更进步的路吗？①

朱自清是一个标准的中国知识分子。他的性格中，有软弱的地方，但在大是大非面前，他却总是能够保持住知识分子的气节与良知。他曾经在清华做过一次"谈气节"的演讲。他在演讲中指出：气节是我国固有的道德标准，现在还用这个标准来衡量人们的行为，主要的是所谓读书人或士人的立身处世之道。他联系历史情况，对传统知识分子的处世之道，即气节的标准，进行分析批判，着重肯定了现代知识青年大无畏的精神。他把这次的演讲内容整理成文章，发表于《知识与生活》杂志上。

关于知识分子的问题，朱自清还写过《论书生的酸气》和《论不满

---

① 许杰：《朱佩弦先生的路》，收入俞平伯、吴晗等编《最完整的人格——朱自清先生哀念集》，北京出版社 1988 年版，第 79 页。

现状》等文章。他在文章中严肃地批判了历代知识分子的清高意识，肯定了五四运动以后的知识分子"脚踏实地地向前走去"的精神。尤其是在《论不满现状》中，朱自清直截了当地指出：老百姓本能地不顾一切地起来了，他们要打破现状。知识分子应该从象牙塔走向十字街头。

朱自清生前参加的最后一次政治活动是出席北平《中建》半月刊举行的"知识分子今天的任务"座谈会。朱自清在发言中说：要许多知识分子每人都丢开既得利益不是容易的事，现在我们过群众生活还过不来。这也不是理性上不愿接受；理性上是知道该接受的，是习惯上变不过来。所以我对学生说，要教育我们得慢慢地来。

但吴晗认为，朱自清"走得并不慢"：

> 事实上，几年来他确实是在向青年学习，他出席每一次学生所主持的文艺座谈会，讨论《李有才板话》《赵家庄的变迁》《王贵和李香香》，提出极精到的意见。他发表《标准与尺度》一文，指出今天文学的道路。在同样的场合，领导朗诵诗，亲自参加集体朗诵。并且，还参加本系师生新年同乐会，化装扭秧歌。朗诵诗和扭秧歌在青年人也许是家常便饭，但是，一个五十岁的老教授，一个学系的主持人，意义就不同了。他走在时代的前面，和青年人肩并肩，走得并不慢。①

而在李广田看来，朱自清总在不断地进步中，他不但赶着时代向前走，他也推着时代向前走，他不但随同青年人向前走，他也领导青年人

---

① 吴晗：《悼朱佩弦先生》，俞平伯、吴晗等编《最完整的人格——朱自清先生哀念集》，北京出版社1988年版，第38页。

向前走。[①]

在吴晗去朱自清家里接他参加这次活动的路上，因为身体的原因，朱自清走一会儿，停一会儿，断断续续地对吴晗说：你们是对的，道路走对了。不过，像我这样的人，还不大习惯，要教育我们，得慢慢地来，这样就跟上你们了。

这次会议，因为身体虚弱，朱自清只参加了半天。虽然只有半天，但他却说出了自己作为一个正直知识分子的心声：

> 知识分子的道路有两条：一条是帮闲帮凶，向上爬的，封建社会和资本主义社会都有这种人；一条是向下的。

作为朱自清自己，他用生命证明了一生所走的道路是正确的，是发乎内心的选择。

一代宗师驾鹤去

此时的朱自清，身体已经极度虚弱。吴晓铃在文章《佩弦先生纪念》中提到他 1948 年 8 月 4 日见到朱自清的情形：

> 我看见朱先生坐在一张帆布床上，他向我招手。但我仍旧规规矩矩地去按门铃，好久没有人答应，这才和弟弟不客气地闯了进去，一直走到他坐在帆布床上的屋子，那是他的书房。书房里的陈设依旧，木板钉成的沙发是我们在昆明居住时候的

---

① 李广田：《最完整的人格》，收入俞平伯、吴晗等编《最完整的人格——朱自清先生哀念集》，北京出版社 1988 年版，第 72 页。

发明，沙发前面的矮凳上搁着最近出版的《观察》和《知识与生活》等等期刊，非常整齐。靠墙有几架子书，我只注意到那部破了皮子的《国学基本丛书》本的《一百二十回水浒》。（这部《水浒》是同文书店刘景超先生的，我翻看过多少次，却被朱先生摆在书架上了。刘是我介绍给朱先生的，没有几次的交易，他们就搞成很好的友谊。朱先生欣赏刘的爽直与热情，刘说朱先生不摆教授架子；并且告诉我说，卖给朱先生的书都不赚钱，这，我绝对相信，我相信朱先生更会相信。朱先生有的时候逛市场缺了款子付不出书账，便去向刘借贷；有几次刘跟我发牢骚："这么一个大学者，谁弄得他只能带着几十块钱出来！"）朱先生用手势让我们坐在那个用木板钉成的沙发上。

"又病了！"他的发音低暗而含混。

"还是老毛病？"

"嗯。"

……

"您今年休假，可以出去换换环境。"

"走不动哇！经济也不许可，环境也不许可！"

吴晓铃写道：听了这话，我的悲哀引起共鸣，精神假如也和驱壳一样的话，那么我的精神就似乎已经陷入窒息状态。我没有话好安慰他，只剩下了沉默。①

8月6日凌晨四时许，朱自清胃部突然剧痛，呕吐不已。陈竹隐送他到校医处检查，十时转北大附属医院，诊断为胃溃疡穿孔。下午二时

① 俞平伯、吴晗等编《最完整的人格——朱自清先生哀念集》，北京出版社1988年版，第28页。

开刀，历时四十分钟，经过手术，情形正常。谁知三天后，并发肾炎，出现轻微尿中毒症状。后又出现肺部并发炎症，病情愈加严重。8 月 12 日中午十一时四十分，朱自清先生逝世了。没有留下一句话，没有留一句遗言。就这样结束了他的一生，从入院到逝世只有六天。他去世时钱包中的余款只有七万法币，在当时连一个小烧饼都买不起。

下午三时，朱自清的学生王瑶同陈竹隐和朱乔森照应着把朱自清的遗体移到医院后的停尸房，下面搁着冰，朱自清平静地躺在洋铁的床架上。和平常一样，除了面色苍白，眼睛闭着外，安闲端静，像睡了一样。陈竹隐坐在旁边的一个小凳子上不停地哭，王瑶含着泪对不少的新闻记者叙述着朱先生的生平、著述和学校的善后办法。

第二天，天下着雨。

八点多钟来给朱自清先生送行的人就挤满了北大医院的院子，朱自清先生的学生、同事以及清华、北大的许多人都来了。"先是瞻仰遗容，随后一具薄棺，简单地，或者说是草率地，立刻就入殓了。接着便抬上了卡车，送葬的人坐了几辆汽车，一直开向了阜成门外的广济寺下院，在那里举行火葬。就在这个荒凉的古寺里，将棺木安置在那个嵌着'五蕴皆空'的匾额的砖龛中，用泥和砖封起前面来，龛顶上有一个烟囱；在冯友兰先生主祭，大家举行了一个简单的仪式以后，开始在下面举火了。前面肃立着一百多人，啜泣的，失声的，烟一缕缕地从龛顶上冒出，逐渐多也逐渐浓了。就这样完结了一个人的最后存在；那在社会上活动了多少年，产生了多少成果的形体。骨灰是要两天后才能来取的；朱太太和他的孩子，仍由她的朋友暂时陪着住在城里。我和很多的清华同事们，疲惫地凄凉地拖回了清华园。"[1]

---

[1]　王瑶:《十日间》，收入俞平伯、吴晗等编《最完整的人格——朱自清先生哀念集》，北京出版社 1988 年版，第 121 页。

　　隔了一天，十五日早晨，王瑶一早就进了城，买好香烛祭物和盛放遗骨的瓷罐，陪着陈竹隐和朱自清三子乔森、四子思俞一起坐车到广济寺去领取骨灰。十一点钟，到了古寺，一切都和前两天离开的情形一样，只是更凄凉了。和尚把泥封的龛门打开，里面什么都没有了，只剩下一些灰。陈竹隐号啕大哭。和尚用铁筛把骨灰筛过一次，剩下的倒在屋檐下，大家开始拣取遗骨。烧得很干净，很碎，很少有长到两寸的大块。大家耐心地拨来拨去，不放过一个微小的碎片。

　　朱自清的骨灰从广济寺运回以后，供奉在他平日辛勤笔耕的书房。书桌的玻璃板下压着他的手迹："但得夕阳无限好，何须惆怅近黄昏。"书桌抽屉里有他一篇未完稿《论白话》。书桌上有一张纸条，写的是编辑《闻一多文集补遗》的资料目录。物在人亡，倍增凄清……

　　关于朱自清先生的逝世，有许多猜测。据王书衡文章《朱自清先生死了！》披露，在他刚看到这个消息的时候，他听两位同学谈，朱自清刚进医院时没有病房，经梅贻琦等人写去一封信，而后不知怎么便又有了一个病床，动手术的也不是最好的大夫，于是，医治之后，又发生了肺炎和肾炎，数日之间，竟而死去。王书衡说：

　　　　我不懂医学，也不知道上述谈论是否确切，不知道朱先生这次发病是否还可以不死。然而我想，人命不是小事，特别是在这世界上有几个朱自清！[1]

　　王瑶在《悼朱佩弦师》中也发出了自己的疑问：

---

① 俞平伯、吴晗等编《最完整的人格——朱自清先生哀念集》，北京出版社1988年版，第12页。

朱先生真的患了不治之疾吗？这病已拖了十几年，为什么没有及早治疗？如果不是这多少年生活的颠沛和艰苦，朱先生是绝不会死的。三十四年在昆明，胃病也曾严重地发过一次，暑假他去成都，打算在成都四圣祠医院根治，但八一五的胜利到了，他写信告诉作者说："胃病已暂平复，胜利既临，俟到北平再为根治。"谁想回到北平的日子，精神物质，比抗战时期都难过呢！报上也常看见患胃病割治的要人，医术也并非束手；但他却只能拖到胃上穿了大洞才借钱入医院，而体力已衰弱得不能支持了。一代学人得到如此的遭遇，这是国家的损失；这是谁的责任？①

关于朱自清的胃病，确实如王瑶文中所说，早在云南西南联大时期就埋下了严重的病根。那时，朱自清独自一人住在司家营，因为时局动荡，生活颠沛流离，身体已经非常不好。他的胃病时常发作，加上收入不高，家用开支不小，经济十分的拮据，可谓是捉襟见肘。且朱自清又不善于照顾自己，此时他孑然一人，跟着大伙一起吃大厨房。大厨房的米都是糙米不说，油水也少得很。朱自清实在受不了时，就从城里带回一块面包或者两三个烧饼，要不就是整天喝稀饭。这样的窘境，让他的身体每况愈下，胃病也是越来越严重。胃病像魔鬼一样不停地侵蚀着他的身子，使他不能正常吃饭。尽管朱自清一再小心翼翼，但还是防不胜防。

有一次，午饭他吃得特别小心，可到了晚饭后他便感到胃中不适。睡下后，在床上辗转反侧，难以入睡，只得起床到楼下呕吐。

---

① 王瑶：《悼朱佩弦师》，收入俞平伯、吴晗等编《最完整的人格——朱自清先生哀念集》，北京出版社1988年版，第57页。

胃病不见好转，还一再加剧，让朱自清很紧张。1945年暑假，朱自清回成都休假，时常胃疼，口吐酸水，身体日渐虚弱。吴组缃路过成都，从叶圣陶那里打听到朱自清的住处，便特地到报恩寺来看他，当朱自清出现在吴组缃眼前时，吴组缃惊呆了！朱自清衰败得如此厉害！这让吴组缃非常意外。他在悼念朱自清的文章中这样写道：

等到朱先生从屋里走了出来，霎时间我可愣住了。他忽然变得那等憔悴和萎弱，皮肤苍白松弛，眼睛也失了光彩，穿着白色的西裤和衬衫，格外显出了瘦削劳倦之态，十一年没见面，又逢着这艰苦的抗战时期，变，是谁也要变的，但朱先生怎样变成这样了啊！我没有料到，骤然吃了一惊，心下不禁沉甸甸的。……我看到他多么疲乏，他的眼睛可怜地眨动着，黑珠作晦暗色，白珠黄黝黝的，眼角的红肉球凸露了出来；他在凳上正襟危坐着，一言一动都使人觉得他很吃力。

从吴组缃的描述可以看出，朱自清的身体在那时已经很虚弱了。

朱自清在成都名义上是休假，但实际上却十分忙碌。由于休息不好，胃病几番发作。他本想去成都四圣祠医院治疗，但要花去一大笔费用，他当时的经济能力是难以承受的。他和陈竹隐商量，现在抗战胜利了，等学校回到北平后，再做治疗吧。

在安排各校迁回北平的有关事宜时，朱自清的胃病再次发作，身体更加虚弱。5月3日晚，竟又夜间呕吐。早晨起来，又吐了许多酸水，疲惫不堪。但他仍坚持工作。因为胃病没有得到及时的治疗，随着时间的推移，朱自清的病情愈加严重。直到最后，不舍地离开了这个人世。

关于朱自清的胃病，刘宜庆有一段极为精到的描述，但如今读来，却让人颇感辛酸和无奈：

> 　　读朱自清日记中关于饮食和食物的部分，隐约觉得，朱
> 自清多食，是免于饥饿的恐惧。但也有生活习惯的成分。也许
> 在他的潜意识中，吃得饱，吃得好，这不仅是每个人的生活本
> 能，更是有精力授课、做学问、写文章的保障。朱自清作为大
> 学教授收入不薄，但扛不住飞涨的物价，朱自清夫妇多病，又
> 出身贫寒之家，子女多，家累，负担重。生活质量无法保证，
> 有时他吃一块又黑又粗的面包，蘸点盐就是一顿。接受宴请
> 时，遇到丰美的佳肴，自然会多吃一点。朱自清总归是一介寒
> 儒，在昆明的几年，辗转流离，箪食瓢饮，弦诵笳吹，潜心向
> 学，孜孜不倦。[①]

　　读罢这段文字，怎不令人扼腕！在风雨飘摇的年代里，像朱自清这样的知识分子竟然会时时面临饥饿的恐惧！这是时代的悲哀，还是知识分子的悲哀？

　　朱自清逝世的消息震惊了清华园，震惊了北平，震惊了全国，社会各界纷纷发表纪念诗文，一时间形成一个影响极大的文化事件——这样的文化事件可以说是鲁迅之后极少出现的：

　　清华园破天荒地为本校一位教授的去世降半旗致哀；

　　在校长梅贻琦的主持下，学校迅速成立了由教务长兼人类学系主任吴泽霖、训导长兼生物学系主任李继侗、文学院长兼哲学系主任冯友兰、外文系主任陈福田、中文系代主任浦江清、中文系教授余冠英等人

---

① 　刘宜庆：《朱自清的饮食与胃病》，《绝代风流——西南联大生活录》，北京航空航天大学出版社 2009 年版，第 46—47 页。

组成的治丧委员会；

追悼大会在清华大学同方部礼堂举行。

8月16日这天，人神共哭，天地同悲。苍翠的柏枝和花朵在清华大学同方部门上随着风儿摇动，两块木牌竖在大门左右两边，一边是学生自治会编辑的纪念专页，一边贴着全国各地发来的吊唁电文。会场旁边的一院第一百号教室，陈列着朱自清的部分遗物，如《欧游杂记》《语文零拾》《踪迹》手稿等三十余种，近作有跟陆志韦合写的《论白话》等。身份证上写的是："朱自清，字佩弦，民前十三年十月九日生，江苏江都人，妻陈竹隐，北京大学文学士。"还有一只烟盒，里面还有七支香烟。

追悼会由冯友兰主持。他说："数十年来，朱先生对于中国文艺的贡献，对于学术的贡献，太大了！他的死，直接为生活的不良，间接受时局的影响。他一直在做研究工作，从不休息，下半年本该轮到他休假了，可是他竟未及休假遽尔长逝了！"

清华大学校长梅贻琦接着致词，指出："朱先生不仅是一位好教授，也是我们的好同事。他为学校努力工作，不计身体，不考虑困难。为学校，忘了健康，忘了自己。我不愿想这些，想起了会更增加我不能补偿的悲痛。"

最后清华的学生代表和北京大学教职员代表也分别致了唁词。

朱自清巨幅墨画遗像前摆满了花圈，朱自清生前好友和同学们送的挽联挂满了遗像两侧的整面墙。在这些挽联中，有老友冯友兰的，也有李广田的，还有许德珩的……

老友冯友兰写道：

人间哀中国，破碎河山，又损伤背影作者；

地下逢一多，辛酸论话，应惆怅清华文坛。

李广田写道：

如师如友如父如兄，忘形竟然到"你我"；
是真是假是梦是幻，伤心不敢觅"踪迹"。

许德珩写道：

教书三十年，一面教，一面学，向时代学，向青年学，生能如斯，君诚健者；

生存五十载，愈艰苦，愈奋斗，与丑恶斗，与暴力斗，死而后已，我哭斯人。

……

在所有的悼念文字当中，陈竹隐的祭文最为令人动容：

呜呼佩弦，中道惨殂，生者何堪，死者何苦。儿女天涯，散而难聚，稚子无知，依依索父。呜呼佩弦，相以迄今，一十七年，甘苦患难，历久弥坚。方期白首，共证前缘，如何撒手，永别人天。忆君平生，肝胆相照，忠恕廉直，热肠古道，哀哉斯人，天胡不吊，摧我琴瑟，丧我先导。值君之幼，奔走四方，及君既长，诸苦备尝。家道艰虞，锐身独当，尽瘁学术，竟以病殇。呜呼佩弦，秋风泱泱，愁思茫茫，楚些有恨，韮露无常，东西南北，魂兮何往，诚其可通，来格来尝。

呜呼哀哉，尚飨！ [1]

8月30日下午四时，上海文协和清华同学会上海分会联合举行了朱自清追思会。上海文化界的一些知名人士和朱自清生前的好友纷纷发言……

胡风说："我和朱先生不认识。我是代表上海文协出席这次活动，说一说个人的感想。朱先生属于五四文学革命后出现的第一批人物，我受过他的影响。记得他在《我们的七月》写了一首诗，这诗使我们的生活得到勇气。朱先生另一实际工作是文艺教育。他把新文艺创作和进步的思想教育结合起来，在中学和大学讲授，使新文学成为一门研究人生斗争的课程。朱先生对于大学青年的影响不是偶然的。他始终与青年接近，理解时代，走在时代前面。"

鲁迅夫人许广平说："我从追悼文字中，发现朱先生两句话，一句是他死前说的：'不要忘记，我是签字拒绝美援的。'这表示他保持中国士大夫富贵不淫、贫贱不移、威武不屈的高风亮节。还有一句话是：'我要向青年学习，但时间不许可。多给我时间，慢慢地来。'这是说，他并不夸张，切实，肯跟年青人一起前进，是有前途的。"

最后，朱先生的弟弟朱物华和孩子朱采芷表示了谢忱。[2]

呜呼，一代宗师，从此驾鹤西去！

---

[1] 转引自姜建《大地足印——朱自清传记》，江苏教育出版社1993年版，第300—301页。
[2] 陈漱渝：《朱自清去世前后》，参见 http://www.dubaocankao.com/html/news/shgc/2014/0921/5357.html。

余论

（一） 婚姻爱情朋友圈

有悲有喜择偶记

朱自清是朱家长孙，顶门立户、延续香火，自然是他的责任。寻访一门姻缘，选择未来的儿媳，自然是家里人最关心的事。

关于自己的婚姻，朱自清写过一篇《择偶记》，文章详细地记叙了家里人给他说亲的经过。文章说自己是长子长孙，所以不到十一岁就说起媳妇来了。那时候他对于媳妇这件事很茫然，不知怎么一来就已经说上了。女孩是朱自清曾祖母娘家人，在江苏北部的一个小县城的乡下住着。每年那边有人来，偶然也和家里人提到那位小姐，大概比朱自清大四岁，个儿高，小脚。想不到的是，十二岁时，那边捎信来，说小姐染痨病死了。

朱自清的父亲在外省做官，母亲颇为朱自清的亲事着急，便托了常来做衣服的裁缝做媒。为的是裁缝走的人家多，而且可以看见太太小姐。主意并没有错，裁缝来说一家人家，有钱，两位小姐，一位是姨太太生的，他给说的是正太太生的大小姐。他说那边要相亲，朱自清的母亲答应了，定下日子，由裁缝带着朱自清去了茶馆。母亲特地让朱自清穿上枣红宁绸袍子，黑宁绸马褂，戴上红帽结儿的黑缎瓜皮小帽。相亲的人看得很细，不住地打量朱自清，问了些念什么书之类的话。让对方看过之后，该这边看对方了。朱自清的母亲派亲信的老妈子去。她回来报告说大小姐比朱自清大得多，坐下去满满一圈椅；二小姐倒是苗苗条条的。朱自清的母亲教裁缝说二小姐，那边生了气，这次说媒就黄了。

朱自清的母亲在牌桌上遇见一位太太，她有个女儿，透着聪明伶俐。隔了些日子，托人探探那边的口气。那边做的官比朱自清的父亲要小，那时正是光复的前年，还讲究这些，所以对方很乐意做这门亲。事情就要做成时，忽然出了个岔子：母亲从本家叔祖母家的一个寡妇老妈子那里打听到那小姑娘是抱来的。母亲心冷了。过了两年，听说她生了痨病，吸上了鸦片烟。

光复那年，朱自清的父亲生了伤寒病，请来的医生中有一位武先生。负责请这位先生的听差回来说，医生家有位小姐。母亲便和父亲商量，托朱自清的舅舅问医生的意思。接着便是相亲，还是那个亲信的老妈子去。这回报告说不坏，就是脚大些。事情基本定下来了，母亲教轿夫回去说，让小姐裹上点儿脚。这位小姐就是武钟谦。

1916 年 12 月 15 日，遵照父母之命，朱自清在扬州琼花观朱宅与武钟谦举行了婚礼。据专门负责扬州朱自清故居的李东轩女士考证描述：

> 琼花观 22 号，这处住宅很大，建筑面积约有 1000 平方米。

前门在琼花观东首，后门通银锭桥小巷。前门南向入内就是一
个果木深浓荫致的大院子，院子后面有东西两处房宅，中间隔
着墙。东边有三进房屋，第三进为楼房，是房主张嘉瑞家与房
客孙姓人家居住；西边房宅一厅两进是朱自清家租住，与房主
家同一个大门进出。客主两家很是投缘，相交甚好。特别是朱
自清的母亲为人随和，与张家主妇感情极好。还收了张家次子张
世璘为干儿子。两家相处亲如一家。朱自清比张家长子张世琦小
两岁，两人一同入江苏省立八中，上学同去，放学同归，感情甚
好。后又一同赴京考北京大学。琼花观这处住宅不仅居住宽敞，
偌大的院落更是孩子们天然的游乐场，也是读书的好地方。①

1916 年 12 月 15 日，大院的西宅里，管弦声声，红烛高照，最传
统的一场婚礼正在进行。虽然订婚五载，新郎官也是第一次见到自己的
新娘。但朱自清比鲁迅和郭沫若快乐，因为他的父母给他定下的这位姑
娘，端庄秀丽，温婉柔顺。②

夫唱妇随贤内助

武钟谦身上有着中国传统妇女的美好品德，相夫教子，夫唱妇随，
婚后和朱自清的感情很好。在短短的十二年婚姻生活里，武钟谦几乎把
所有的时间都放在了抚养孩子身上。与武钟谦相比，在对待孩子这方
面，朱自清是缺少耐心的。住在杭州一师的时候，两岁半的阿九特别爱
哭，又特别害怕陌生人，只要没看到武钟谦，或是有客人来时，就哇哇

① 李东轩：《朱自清与扬州》，扬州广陵书社 2008 年版，第 13 页。
② 李生滨、田燕：《远去的背影：朱自清及其诗学研究》，吉林大学出版社 2010 年版，
第 45 页。

大哭。那时候学校住着许多人，朱自清担心孩子哭闹影响他们，非常恼怒。有一次，他将武钟谦骗出屋子，关了门，将阿九按在地上痛打了一顿。武钟谦知道了，责怪他下手太狠了，到底还是两岁多的孩子啊。朱自清后来想想，也是黯然后悔。

全家迁到台州以后，阿采更小，才刚过周岁，还不大会走路，也是为了缠着母亲的缘故，朱自清将她紧紧地按在墙角里，一直哭了三四分钟，"因此生了好几天病，妻说，那时真寒心呢！但我的苦痛也是真的"。

孩子多了，难免会发生摩擦。

每天午饭和晚饭，如同两次潮水一般。先是孩子们你来我往地到厨房与饭厅里查看，一面催着父亲母亲发"开饭"的命令，急促繁碎的脚步，夹着笑嚷，一阵阵袭来，直到发出命令为止。每到开饭的时候，便立刻来回地抢着搬凳子。于是这个说："我坐这儿！"那个说："大哥不让我！"大哥却说："小妹打我！"每到这个时候，朱自清只得给他们调解，说好话。但有时候孩子们很固执，使他不耐烦了，便呵斥他们。呵斥不管用，便动起手来。

相对于朱自清的"粗暴"，武钟谦就"温柔"多了。

除了孩子，武钟谦的心里只有朱自清，为了帮助朱自清支付学费，武钟谦卖了自己的金镯子。为了朱自清，她在婆家和娘家两头受气，但她一直都忍着。组建小家庭以后，自小娇生惯养的武钟谦不得不做起了家庭主妇，什么都得干一两手。朱自清从扬州辞职之后，武钟谦和孩子便回到娘家，可她娘家又是怎样的境况呢？她很早就没了母亲，父亲又另娶了个女人。自从她带着孩子回到娘家，后母的冷嘲热讽就没停止过，家中冷得像个冰窖子。可她还得赔着笑脸，硬着头皮住下去。直到三个月后，朱自清将她和孩子们接去杭州。朱自清说她在短短的十二年里操的心比人家一辈子都多。

温暖的日子总是少之又少。

朱自清在浙江时，武钟谦随着他过了一段太平日子。他们先是来到了台州，过了一个寒冷但却十分温馨的冬天。武钟谦朴素、娴静，每天都要送朱自清到大门，一直到看不见背影才回屋。有客人来时，她总是忙里忙外，殷勤招待。武钟谦把家务操持得井井有条，洗衣烧饭带孩子，把小家庭打理得像模像样。因为是外地人，当地的朋友和熟人很少，除了去学校上课，朱自清基本上在家里待着。武钟谦也习惯了这些，只和他守着，悉心地经营着这个温暖的小家庭。

1923 年 3 月，朱自清带着武钟谦和儿女，来到温州省立第十中学教书。朱自清在离学校不远的大土门租了一处房子，不巧的是，大土门发生火灾，只好又迁到朔门西营堂 34 号。

这里是一座老式的平房，前后都有院子，四周有围墙，靠大门有两间厢房，外面一间当卧室，后面一间，前半部分做了书房。朱自清从学校借来一张学生的自修桌，放在前门下。在靠墙的一点儿空隙，又放了一张旧藤椅。这就是一个简易的书房了。房子的后半部分则做了厨房。厨房外面有花墙，环境倒也幽雅。在这里，朱自清一家过了一段幸福而平静的生活。

这年暑假，朱自清带着怀有身孕的妻子和儿女，回扬州看望了一下父母。开学后一家人又回到温州。几个月后，武钟谦生了一个女儿，因经济十分拮据，朱自清只身去了宁波四中任教。他担心妻子一个人照顾孩子忙不过来，便把母亲从老家接来温州帮忙。

此时，温州正处于军阀混战的状态。一天，朱自清接到武钟谦的来信，说温州风声甚紧，她害怕一旦兵临城下，家中无人，特别是近来又闹肚子，日渐消瘦。朱自清看完信，想到家里还有三个孩子和老母亲都需要妻子武钟谦一个人照料，心里十分为难。无奈之下，他和夏丏尊商量，请他代为上课，自己回宁波去打听消息。

此时的温州差不多已经乱成了一锅粥，百姓纷纷各自寻找活路。朱自清一家五口全是老幼妇孺，举目无亲，身无分文，躲也躲不得，逃也逃不得。正当武钟谦一筹莫展之际，朱自清的好友、十中的教师马公愚向他们伸出了援助之手。马公愚一家要搬到瓯江北岸的山里去避难，邀请朱自清一家同去。武钟谦赶紧收拾行李。

直到此时，武钟谦还没有忘记朱自清的那些藏书。作为读书人，朱自清的藏书自然不少。为了朱自清的藏书，武钟谦也费了不少心：第一回让父亲的男用人从家乡捎到上海去，他为此说了几句闲话，武钟谦气得在父亲面前哭了；第二回就是带着这些书逃难，别人都说武钟谦是傻子，但武钟谦有自己的想法："没有书怎么教书？况且他又爱这个玩意儿。"

因为这些，朱自清对武钟谦充满了感激，有些话他只和武钟谦一个人说，"因为世界上只有你一个人真关心我，真同情我。你不但为我吃苦，更为我分苦；我之有我现在的精神，大半是你给我培养着的"[1]。

在马公愚的照应下，武钟谦一家算是逃过了一劫。过了几天，时局有所缓和，温州渐趋安定，武钟谦担心朱自清回到家中找不到人，便决定回去。马公愚劝说无效，只得借给她十块大洋，委托一个用人护送武钟谦回到温州，住在地处偏僻的四营堂。十中同事担心这里不安全，又是战乱时期，便把她接回校中居住。

朱自清直到月底才到达温州，得知全家都住在十中，没有遇到太大的麻烦，深感宽慰。稍作停留，朱自清和武钟谦带着母亲和儿女乘船回到了宁波。安顿好家里人，朱自清便去白马湖忙春晖中学的事务了。

---

① 朱自清：《给亡妇》，《朱自清全集》第一卷，江苏教育出版社 1996 年版，第 166 页。

　　1925 年，朱自清在俞平伯的介绍之下，来到了清华大学中文系担任教授。时隔五年，重返北平，朱自清感慨万千。他是一个十分重感情的人，生性敏感。转眼来北京一年有余，身边没有几个朋友，也没有家人相伴，让他倍感生活孤寂无味。1927 年 1 月，他回到白马湖，把武钟谦他们接到了北京。有了家人的陪伴，朱自清的心情好多了，几乎把全部精力都放在了清华大学的教学上。

刻苦铭心"给亡妇"

　　俗语说，天有不测风云，人有旦夕祸福。武钟谦一直就患有肺病，1928 年 1 月 11 日，她又诞下一个女儿，因为没有奶，只得喂奶粉，便雇了个老妈子专门来照顾她。年底时，武钟谦又生了一个男孩，因过于劳累，她的病情不断加重。照顾小的，还要顾及大的，武钟谦整天一心忙着关心照顾孩子，根本无暇顾及自己的身体。终于，她的身体垮了，开始发烧。最开始以为是疟疾，一直没有告诉朱自清。日子久了，朱自清察觉出来，赶紧到医院去做检查，肺部已经烂了一个窟窿。医生建议武钟谦到西山去疗养，但她不放心孩子，又舍不得花钱，打算在家里休养。在家里，她又丢不下家务，怎么可能得到良好的休养？

　　眼看武钟谦的身体状况愈加恶劣，朱自清决定把她和孩子一起送回扬州，以便养病。武钟谦想到回扬州可以见到另外两个孩子，就应允了。谁知此去就是诀别。武钟谦回到扬州不到一个月，就与世长辞了。是年她年仅三十一岁。

　　可想而知，武钟谦的去世对于朱自清的打击是多么残酷！

　　对于武钟谦，朱自清的感情是刻骨铭心的。这种刻骨的爱让他久久不能释怀，即便是有了新欢——与陈竹隐结婚之后，他还是对武钟谦念念不忘。武钟谦和陈竹隐是两个完全不同类型的女子：武钟谦是在传统封建思想熏陶下成长起来的旧式女子，而陈竹隐则是一个在新文化语境下哺育成长起来的时代新女性。陈竹隐不仅有知识，也有自己的兴趣和爱好，和朱自清的性格也很不同。

与朱自清和武钟谦相处的时间相比，此时朱自清和陈竹隐的情感还处于磨合期。从骨子里来讲，朱自清此时此刻对于武钟谦的情感似乎更为浓烈一些。于是，在一天深夜，朱自清一个人坐在了书房，关于武钟谦的一幕幕往事浮现在眼前，他拿起一沓稿纸，慢慢提笔，写下了《给亡妇》——这篇书信体的文章。这是朱自清发自肺腑的又一篇奇文，读之让人泪目。

即便是在和陈竹隐新婚燕尔之际，朱自清带着陈竹隐回扬州老家拜见家人之时，他还特地去祭扫了武钟谦的坟墓。

按照老家的习俗，武钟谦埋在朱自清父母坟堂下的圹底下，地方不大，当地人称为"坑圹"。朱自清看到武钟谦的坟头上长满了青草，再看看脚下，露珠早已浸湿了布鞋。此情此景，让朱自清触景生情。武钟谦生前的一幕幕过电影一样又浮现在眼前，想到她对自己所做的一切，朱自清忍不住潸然泪下。

情书里的陈竹隐

陈竹隐比朱自清小七岁，是一位知识女性。四川省立第一师范学校毕业，后考入北京艺术学院，专攻工笔美术，曾师承于齐白石、肖子泉、寿石公等人。后来又跟着蒲熙元学昆曲，因此常参加他家的"曲会"。蒲熙元见陈竹隐年纪也不小了，便开始关心她的婚姻问题。在与清华大学教授叶公超提及此事时，自然想到了朱自清。两人的想法一拍即合，商量着找机会让朱自清和陈竹隐见面。

1930 年秋，蒲熙元邀请包括陈竹隐在内的几个女学生吃饭，座中便有朱自清。他当时也不注意装扮穿戴，脚蹬一双老式"双梁鞋"，显得有些土里土气，一点儿也不像个名教授的样子。这样见了第一面，两人席间几乎很少交谈。

回到宿舍，陈竹隐的同学唧唧喳喳，纷纷开起陈竹隐的玩笑来："哎呦喂，穿的是一双'双梁鞋'，一个地道的老土，是我才不要呢！"

然而，陈竹隐自有主见，她在《追忆朱自清》中说：

> 我认为在那纷乱的旧社会，一个女子要保持自己的人格尊严，建立一个和睦幸福的家庭并不容易，我不仰慕俊美的外表，华丽的服饰，更不追求金钱及生活的享受，我要找一个朴实、正派、可靠的人。

于是，朱自清和陈竹隐开始了鸿雁传书：

> 隐，一见你的眼睛，我便清醒起来，我更喜欢看你那晕红双腮，黄昏时的彩霞似的，谢谢你给我力量。（6月12日信）

鸿雁传书之余，朱自清也时常进城去看陈竹隐。陈竹隐对于朱自清，渐渐有了更多的好感。但此时的陈竹隐，对朱自清也不是没有过犹豫，毕竟，朱自清已经是有着六个孩子的人，陈竹隐嫁过去不但要照顾好朱自清，还要担负起照顾六个孩子的责任。这副担子可不轻！陈竹隐在《回忆朱自清》①中谈道：

---

① 《扬州文史资料》第七辑，1988年7月版，第7—8页。

当我知道佩弦在扬州老家还有六个孩子的时候，心里也有过矛盾和斗争。我那时才二十四岁，一下子要成为六个孩子的妈妈，真不可想象！一时我很苦恼。要好的朋友劝我说："佩弦是个正派人，文章又写得好，就是交个朋友也是有益的。"是的，我与他的感情也已经很深了。像他这样一个专心做学问又很有才华的人，应该有个人帮助他，与他在一起是会和睦和幸福的。而六个孩子又怎么办呢？想到六个失去母爱的孩子是多么不幸而又可怜！谁来照顾他们呢？我怎能嫌弃这无辜的孩子们呢？于是我觉得做些牺牲是值得的。

1930 年 12 月 4 日，朱自清写给陈竹隐一封信，此信是对陈竹隐送给朱自清北平女师院的"季刊"及要其帮助修改作品的答复。在信中，朱自清约请陈竹隐和另外三位女士一起到光陆观看《璇宫艳史》。在陈竹隐写给朱自清的回信中，谈及看电影的感受：

电影看半段较看全段有味之说，甚表同感。因为我自来就是赞赏"缺陷美"的人，总觉得一切事到了十足无扣的地步，不如有缺陷时之耐人寻味。即如好的文艺创作，只应写到八九成，让读者去寻出十成或十成以外的趣味，惟呆笨的作家，才是作十足无扣的所谓"忠实"的描写。

同时，陈竹隐也邀请朱自清到住处谈谈，"因三妹甚聆先生教也"。在另一封信中，陈竹隐说：这一周来，真不知忙些什么，竟连提笔写信的工夫都没有。她在信中写道：

"师生"的感情既是不如"朋友"的深厚，那就遵命取消了"夫子"的称谓。不过，名义上的"夫子"虽然取消，实际上的"夫子"还得继续保留下去。[1]

由陈竹隐的信可以得知，朱自清此前的信中提过相关的请求。

11日晚，朱自清致信陈竹隐时，将"竹隐女士"改为了"竹隐弟"。他在信中说起和陈竹隐在亚北的谈话，"似乎有些意思，至少我这个笨人这样想。……更有意思的是我们的散步——其实应该老老实实说是走路！可惜天太冷了，又太局促，比上星期在北海雪月交辉里的要苦些。你说是不是？希望下一星期有一个甜些的——当然还是散步"！

从朱自清的这封信中可知，他和陈竹隐前一晚在名为"且宜"的地方吃了饭，感觉还不错，在"黔阳馆"之上，"希望这个星期六再去吃一回"，朱自清还想约陈竹隐去看电影，"不独因为温暖，也因为我要发见电影院的真正好处"[2]。

在回复朱自清的信中，陈竹隐说：原来散步还有"甜"与"不甜"之分？这也是第一次知道。对于朱自清"笨人"一说，陈竹隐回应道：我才真是"笨人"呢。虽然常常出进电影院，竟连所谓"真好处"都不知道。是悠扬的音乐吗？是一幕一幕的影片吗？这问题又问得太傻了吧？但有什么办法呢？"笨人"永远只会发"傻问"的。陈竹隐感慨：年假虽然没有做什么事，但这一段短短的、微温的生活是值得记忆的，如果骄傲点说，这段生活是有诗意的。[3]

1931年1月3日，朱自清在致陈竹隐的信中说：

---

① 《朱自清全集》第十一卷，江苏教育出版社1996年版，第3—4页。
② 《朱自清全集》第十一卷，江苏教育出版社1996年版，第5—6页。
③ 《朱自清全集》第十一卷，江苏教育出版社1996年版，第6—7页。

　　一早就醒了，躺了一两点钟，想着香山，想着北海，想着黔阳馆，想着昨晚走过的路径，想着一个人的名字！这个人的名字，几乎费了我这个假期中所有的独处的时间！我不能念书，不能写信，甚至看报也迷迷糊糊的！我相信是个能镇静的人，但是天知道，我现在是怎样扰乱啊！

　　由这样的语言不难看出，朱自清已经坠入爱河了。同时，他对于陈竹隐显然还有些"担心"：这个人的聪明教我喜悦；但是现在，似乎又教我担心。她昨晚上说，聪明人很厉害，不会像现在这样；可是你知道，真聪明的人，有些事是"不在乎"的。这个"不在乎"，我觉得有意思，又觉得有些不可测似的。而她，你知道，就是这种"不在乎"的女人！①

　　笔者注意到，当陈竹隐再给朱自清回信时，称谓已经由"自清先生"改为了"佩哥"。对此，可以在陈竹隐信中找到注脚：幕，既已经是渐渐地揭开，称谓自然可以遵命更改。只是，我对于这"幕"的揭开发生了两种不同的矛盾心理。聪明人，自然能窥测到是怎样的一种矛盾？

　　在这封信中，陈竹隐对前信所说的"微温"做了进一步的解释："微温"就是"微醉"，微醉自然是有异于痛醉了。大概世间善于饮酒的人总是赞美微醉吧？岂明老人说过酒要"一口一口地喝"，这是有很深的含义，可以移用到某些事上，我觉得。

　　在信的末尾，陈竹隐做出这样的暗示：春又快来到人间了！这个春我想当是分外的醉人。不信看着，春光一定分外的明媚，春花一定分外的娇艳，只是人们应该怎样度过这一个可宝贵的春！②

---

① 《朱自清全集》第十一卷，江苏教育出版社 1996 年版，第 7 页。
② 《朱自清全集》第十一卷，江苏教育出版社 1996 年版，第 10 页。

对于陈竹隐的暗示，朱自清很快在信中做了回应。关于陈竹隐所说的"矛盾心理"，朱自清说这是个有味的谜儿，"我且猜猜看，是进退？是现在和将来？你若再多给点暗示，相信我一定会猜着的"。关于"饮酒论"，朱自清说陈竹隐论饮酒像个有经验的内行，并说自己也是服膺岂明老人的"一口一口地喝"之说，可以慢慢品出味儿；但有时候自然也须痛饮的。①

聪明的读者或许能看出来，两个人表面上在谈"饮酒"，其实质却是在谈男女交往的情感节奏。

在朱自清 1 月 28 日早写给陈竹隐的信中，谈到了两个人的关系已经有了新的发展：

> 这一回我们的谈话，似乎有一点和从前不同地方，就是我们已渐渐地不大矜持。这一层我想你也觉得的。相当的矜持，或闪烁，在我看是免不了也少不了的，这是一种趣味——至少是我的趣味；但大量的脱略更是必要，这样，谈话才是一种美妙的休息。这一回我们的谈话，还有一件我从前没看到的好处，就是沉默的意味。……这种沉默的丰富远胜于说话了。况且沈从文说过，口本来不是用来说话的，言语的力量是何等微弱呢？

在同日晚上写给陈竹隐的信中，朱自清对陈竹隐所提及的"怎样度过就要来到的春天"做了回应：

> 我现在只能说我有很好的期待；好在春天就要来到，咱们

---

① 《朱自清全集》第十一卷，江苏教育出版社 1996 年版，第 9 页。

总会知道怎么办的。春天可以给人力量，正如它给花草以力量。我知道你是懂得我的，隐弟，我更愿意你能相信我！①

这样的话语，无异于是在向陈竹隐表白。朱自清的表白未免太过于委婉，但陈竹隐接收到了信息，并且做了回应，因为在 2 月 3 日致陈竹隐的信中，朱自清已经开始照着陈竹隐的意思整理房屋了：将床与柜搬入东屋，西屋便宽大多了。朱自清在墙壁上挂上新裱的字，又将陈竹隐所说的"烂报纸"让工人稍加整理，移入东屋破书架上。一时间，两屋顿觉焕然，虽不算"一新"，也可算半新了。②

为何要把房子整理得焕然一新？当然是为了迎接新人！

3 月 2 日再给陈竹隐写信时，称呼已经变为"竹隐"了。从这封信中，可以得知，陈竹隐担心朱自清认识了新的朋友，原因是朱自清和陈竹隐在一起时，时有精神恍惚之感觉。对此，朱自清进行了否认，并声称身体精神状况都不好，行动上或许有些颓唐。朱自清因此对自己进行了一番检视：

> 我这个人有两样不小的毛病，一是思虑太多，二是因循；精神不好时更是如此。这也许正是中年人的表征吧？所思虑的无非是时代及自己的将来等等；这在别人或者用不着怎样想，但我是从最近的启蒙时代过来的人，便禁不住不想了。想来想去，所得的只是彷徨。现在正希望克服这种彷徨的性习，不知道有没有这个定力。③

① 《朱自清全集》第十一卷，江苏教育出版社 1996 年版，第 11—12 页。
② 《朱自清全集》第十一卷，江苏教育出版社 1996 年版，第 14 页。
③ 《朱自清全集》第十一卷，江苏教育出版社 1996 年版，第 17 页。

　　尽管朱自清做了解释，但从陈竹隐写给朱自清的信中，仍可见出她的"担心"来：

　　　　日来不惟身体上有病，精神上也似乎染了重症般的不舒服，尤其是昨日见面以后，我好像被推跌在一个阴森的深渊中一样的痛苦。这也许是我病中神经过敏也未可知，我总觉得你的态度有些不似往常，你不惟因为身体欠佳而精神疲惫，我看你的情感的热度也不知为了什么而表现低降。①

　　对此，朱自清的解释是：

　　　　一个人身体不好，影响精神很大。我那晚在"真光"实在有些支持不住，那张片子又是看过的；明知露出疲惫的样子，是不该的，但自己不能约束自己，只好请原谅吧！至于你所猜疑的，怕正因为来信所说及的"病中神经过敏"所致；现在你第一静养要紧！！②

　　尽管两个人的情感稍有波动，但这波动正是热恋中的人儿的正常表现。此后不久，朱自清和陈竹隐还是走到了一起。

"渐近自然"好姻缘

　　在 5 月 18 日的信中，朱自清谈到了"很可纪念"的"十六那晚上"，

① 《朱自清全集》第十一卷，江苏教育出版社 1996 年版，第 18 页。
② 《朱自清全集》第十一卷，江苏教育出版社 1996 年版，第 20 页。

因为他们"决定了一件大事"。从接下来朱自清提到想送陈竹隐一个戒指的情形来看，他们"十六那晚上"可能订了婚。朱自清还说，知道这件事的，已有浦江清、邹湘乔等人。由此可见，确系订婚无疑了。[①]

朱自清与陈竹隐订婚的事儿，朋友们很快都知道了，大家都为朱自清高兴，当然也有亲切的调侃者，就连一向严肃的周作人也开起了朱自清的玩笑。7月17日，周作人致书俞平伯，说起此事：

> 想到朱、陈之婚姻，觉得故典之有意味，又寻得一句将来可以写在红纸上送贺礼，即是渊明老爹的母舅的"渐近自然"四字，只是有点流氓气耳，如玄公不是那样谨严的绅士，明年真想写送也。[②]

所谓"渊明老爹的母舅"，说的是陶渊明的外祖父、东晋大名士孟嘉。《陶渊明集》中有一篇《晋故西征大将军长史孟府君传》，就是陶渊明为外公写的传记。大名士孟嘉曾在大英雄桓温手下做事，相当爱喝酒，也爱好音乐。陶渊明的好酒，大概就是外公的遗传。孟嘉有不少名言，比如他说，欣赏音乐，"丝不如竹，竹不如肉"。换成大白话，就是说，弦乐（丝）不如管乐（竹），管乐不如声乐（"肉"指歌妓的演唱）。他还从自己这番说辞中，总结出一条魏晋美学的纲领性原则，那就是——

"渐近自然"。

朱自清字佩弦，他与陈竹隐的婚事，堪称"丝竹配"。周作人由"丝竹配"这个现实，联想到"丝不如竹，竹不如肉"，以及"渐近自

---

① 《朱自清全集》第十一卷，江苏教育出版社1996年版，第34—35页。
② 《周作人俞平伯往来通信集》，上海译文出版社2013年版，第176页。

然"这个故典。

俞平伯认为，送给朱、陈新婚做贺礼，没有比这个故典更适合的啦！只不过其背后隐藏的"肉"字，有些重口味，不太正经，道貌岸然的绅士，恐怕受不了里面的那点儿"流氓气"。周作人在顽皮、得意、游戏之余，仍然忍不住写信，说给俞平伯这样的学生听。

老师这般"老不正经"，学生也就顺势跟着起哄。7月22日，俞平伯回信道：

> 那日原书，以玄公住古槐一宿，曾转彼一阅。彼虽将去英伦，却尚少绅士结习，并无嫌忌。明年今日可预备大红纸书之，可耳。

私底下，周、俞二人把朱佩弦叫作"玄公"或者"玄玄"。世上的事，就有那么巧。那几天，朱自清恰好到俞平伯的古槐书屋住了一宿，俞平伯就把老师的信给他看了。朱自清为人宽厚平和，没有生气，所以，俞平伯回过头来撺掇老师：您可记好了，到明年这个时候，要准备好大红纸，写"渐近自然"这四个字，送给玄公哪！

1932年8月4日，朱、陈二人在上海完婚，不知道周作人果真送出这样一份贺礼否？

周作人的玩笑，也算是文坛的一段佳话吧。

订婚之后，朱自清对陈竹隐的称谓也由"竹隐"变成了"隐"。

在5月25日的信中，朱自清表达出了不同于此前的浓烈的爱意：

> 近来每天醒得早，一半是天亮得早，一半是想——想谁？

你猜猜看！柳永的词说，"一日不思量，也攒眉千度"，现在觉得这话真有意味。前天有人说，从爱到订婚，订婚到结婚，总该有相当的距离，才有深长的意思。这个深长的意思大概就是"想"，是"思量"吧。想也有种种不同。——你说你不会想，是不是？——一个人有想的自由，我也有我的；但是不敢告诉你，告诉你会挨骂的。①

在朱自清的文字中，这样富于诗意且内涵丰富的语言是极少的，也是他对陈竹隐浓浓爱意的表现。这一点，从不断变化的称谓中也可以看出来。到了 5 月 29 日的信中，朱自清对陈竹隐的称谓已经改变为"亲爱的隐"了。落款也由此前的"自清""清"变成了"你的清"。

此后，在朱自清的文字里面一些少见的"情话"也开始大量出现了。比如在 6 月 1 日的信中写道：

星期六到旅馆就睡下，昨早五时半就醒了，但到七点半才起来。这两小时一半是躺着休息，一半是回味前晚白塔下的光景。最不忘记的是你的笑；那迷人的笑，真叫我没有办法。还有下来时，你站起身，手在我手里，那一低头，也是很新的玩意儿。你说是不是？……这两日疲倦得很，好多日子没有好好地读书了，真为自己担心。希望你能鼓励鼓励我！你现在是唯一能够鼓励我的人！②

这已经不仅仅是情话了，简直可以说是带着撒娇的意味了。

---

① 《朱自清全集》第十一卷，江苏教育出版社 1996 年版，第 36—37 页。
② 《朱自清全集》第十一卷，江苏教育出版社 1996 年版，第 38 页。

在 6 月 29 日的信中，朱自清写道：

> 昨晚在公园默坐，很有意思；尤其后来在龙爪槐下那一会，那时我们说到我们间曾起过的小小风波，觉得苦中有多少甜味。我应该向你说一百回"请原谅"，但我一回没有说；我是希望你知道我的心！外国有句话"全了解，全谅解"，我相信不会错。但我是中年人，说话总有些玩世的态度；昨晚有些话不免有这种意味，可是你要明白我就是这么一回事，你一定不会太认真的。你后来到底不是让我好好地亲了一下么？①

在 7 月 2 日的信中，朱自清写道：

> 今早起来，因倦懒得起来，模模糊糊地直想着你，直想到非非的境界。我这一年被你牵引得有些飘飘然；现在是一个多月了，不曾坐下看一行书。你，你这可恨的！你说这光景是苦不是甜；不错，但深一些说，这正是"别一种滋味在心头"哟。……星期六等着你这"狗东西"！②

这是"狗东西"这个昵称第一次出现在朱自清的信中，在 8 月 8 日的信中，朱自清再次使用了这个"昵称"：

> 你的信使我不知怎样才好；你这可恨的"小东西"！我为了你，这些日子老是不能安心念书。我生平没有尝过这种滋

---

① 《朱自清全集》第十一卷，江苏教育出版社 1996 年版，第 41 页。
② 《朱自清全集》第十一卷，江苏教育出版社 1996 年版，第 42 页。

味；很害怕真会整个儿变成你的俘虏呢！

在信的最后，朱自清写道：

> 好好地，安安静静地，别七上八下地想，我亲你，小东西！

在这封信中，朱自清第一次称陈竹隐为"亲爱的宝妹妹"，末尾署名："你的弦。"

在接下来的信中，朱自清时而称陈竹隐为"亲爱的宝宝"，时而称其为"亲爱的隐妹"，总体来看，"亲爱的隐妹"使用得较为频繁。

1931 年，朱自清获得了公费出国游历的机会。启程那天，陈竹隐及妹妹玉华到车站给他送行。

朱自清欧游期间，和陈竹隐的通信更加频繁，口气也更加亲昵。

在 9 月 11 日的信中，朱自清写道：

> 今晚是真正独自的一晚，昨晚虽也是独处，但因和人看房子，直到十一时才回，还不觉什么。今晚真觉到不同了。想起南海的夏夜，我的隐，我的亲亲的妹子，我怎样遣这绮怀呢？①

除了说说相思之苦，朱自清也和陈竹隐谈一些域外见闻。他在 10 月 5 日的信中写道：

> ……看过一次电影，有跳舞，先一女子几乎全身皆裸，舞

---

① 《朱自清全集》第十一卷，江苏教育出版社 1996 年版，第 51 页。

得甚好，身体之软，生平仅见。次成队跳舞，穿衣服亦甚少，略如电影中所见。总之，虽具艺术美，亦颇挑拨感觉。闻尚有一种大腿戏，女子以乳及私处作种种游戏，颇为猥亵，也想一看，但英国不容易找到此种。看此种不过以开眼界为已，你不说我们男人下流否？①

在 10 月 21 日的信中，朱自清甚至谈到了其他女人：

同班的女人多极，听讲演时也是女人多于男人。大概外国现在女人过剩，英国男女大约是百分之四十几与五十几之比，法国则是一与十三之比，听说在法国的中国学生，常有做法国女人的面首的，我的同班皆德法意各国人，彼此不谈话。……此处中国人带太太者有三四人。有一四川人邹德高，其夫人四川人，不知姓名。又一樊某之夫人亦四川人。你们贵省人真是走遍天下皆有。但此两夫人均瘦极，似乎还不如你呢。此处无单身中国女子留学生，又男学生娶中外杂种女子及外国女子者也有一二人，但所娶均女招待之类，再高则不会嫁中国人也。②

在 11 月 18 日的信中，朱自清提到陈竹隐给他寄了两张红叶，以此给朱自清祝贺生日。朱自清写道：

两张红叶从万里外寄来，更可宝爱；最初你送我的红叶，我已带在身边，现在放在一起玩味，特别有意思。那时，你

---

① 《朱自清全集》第十一卷，江苏教育出版社 1996 年版，第 55 页。
② 《朱自清全集》第十一卷，江苏教育出版社 1996 年版，第 58 页。

还是"您",现在你是"你这东西"了！——什么东西？狗东西！——是不是，你这东西！

朱自清还在信中提到了陈竹隐担心他会碰到野鸡之事：

> 你说我会遇到嫩野鸡，告诉你放心吧，野鸡如嫩，决不飞向黄脸人的身边的！老野鸡白脸的人嚼不烂，没人照顾，所以才委委屈屈走近黄人；哪知黄人牙齿也并不特别好，口味倒也不特别坏，所以老野鸡倒了霉了。……再说我现在忙功课，心里倒平静些，不像刚来那么颠颠倒倒的，你放心吧，信不信，乖！①

尽管朱自清一再让陈竹隐放心，但陈竹隐还是放心不下。这从 12 月 9 日朱自清写给陈竹隐的信中可以看出来：

> 你问我梦中的女人，这还用说明她姓甚名谁，并且是四川成都人吗？傻子！还是装傻呢？在此来往只一两个从前学生（男人，百分之百）。中国女学生在此的，我告诉过你，都是太太；除上课外在家做太太所应做的。其余中国女人，现在知道还有，但也是太太。我在一家中国饭馆看见两个上海口音的太太，听她们讲话，真如身在上海；但你得知道，我是讨厌上海以及海派女子的。不幸那两位便是这种人。……至于外国女人，他们看东方人是不在话下的。这层我也和你说过了。②

---

① 《朱自清全集》第十一卷，江苏教育出版社 1996 年版，第 64 页。
② 《朱自清全集》第十一卷，江苏教育出版社 1996 年版，第 67 页。

而从朱自清的日记中，也可以看出他对陈竹隐的"担忧"来。他在1931年10月30日的日记中写道：

> 晚得隐信，凡二页，分别记（5）（6）字，以两书论。书中着语极淡。又将地名错得不可究诘。信作于四日、八日，而实发于十三日，余甚疑之。此君殆别有新知乎？余因觉可以看开，但一面亦甚黏滞，心怀之苦，与谁言之！且俟局面之开展可耳！①

紧接着在31日的日记中，朱自清又写道：

> 上午念及隐信，心殊不安，终日心中皆似不能放下。自问已过中年，绮思虽尚未能免，应无颠倒不能立定足跟之事，而神经过敏如此，无学问复无涵养，所以自存者果何在耶？②

可以看出，对于自己对陈竹隐的猜测，朱自清是有过反思的。他在11月6日的日记中说：昨天收到隐的来信，是那样地一往情深，我从中得到了极大的安慰。③

虽然已经得到了极大的安慰，但从朱自清的日记中，仍旧可以看出他对陈竹隐情感猜测的反复。他在1932年3月1日有"夜不成寐，为隐的信终日心乱如麻"的字样。在2日的日记中则有"隐的信仍使我苦恼不已"的话。④

当然，恋人身处两地，最常说的还是思念之情，尤其是到了节日，

---

① 《朱自清全集》第九卷，江苏教育出版社 1996 年版，第 63 页。
② 《朱自清全集》第九卷，江苏教育出版社 1996 年版，第 64 页。
③ 《朱自清全集》第九卷，江苏教育出版社 1996 年版，第 67 页。
④ 《朱自清全集》第九卷，江苏教育出版社 1996 年版，第 119 页。

更能体现出"每逢佳节倍思亲"的千年古训。在 12 月 21 日信中，朱自清说：

> 此间圣诞节情形，想写一篇小文，寄至国内，日内即想动手。此间过节，十分热闹，据说与美国不同；这是一个旧邦，人民对于旧俗自然更能体会些。但我们异邦作客的中国人，却有些眼红，一则人家虽在困难情形之中，比起我国，究竟要算太平天国；二则人家纷纷买礼物，预备吃喝玩儿，我们孤零零的在旁边瞧着，相形之下，你猜是什么滋味！再则要是一对儿在此也好些，偏又是一个人！再则要真是一个，索性也就罢了，偏又是两个人，分开在茫茫的大洋的两边的两个人！今天看你信上说北平那样萧瑟，想象中街上几乎要白日见鬼的样子，真是惆怅十二分。北平是我最爱的地方，现在又住着我那最爱的人；这样萧瑟下去，教我怎么想哟！①

1932 年 7 月初，朱自清欧游归来，31 日到达了上海，终于结束了和陈竹隐的两地相思之苦。当他登上码头，陈竹隐已经从北平赶来，笑嘻嘻地站在那里迎接他的到来。

俗语说久别胜新婚。一番浓情蜜意之后，朱自清和陈竹隐商议结婚的事情。两个人都认为北京的风俗较为守旧，结婚时新娘子要坐花轿，披婚纱礼服，不仅礼节繁琐，而且花费也不小。上海则较为开明，不落俗套。于是，他们商定在上海举行婚礼。

花好月圆，事不宜迟。8 月 4 日，朱自清在一家广东饭店定下酒席，

---

① 《朱自清全集》第十一卷，江苏教育出版社 1996 年版，第 69 页。

给若干好友茅盾、叶圣陶、丰子恺等发了请帖。简单的酒席之后，他们的婚礼就算举行完了。第三天，新婚燕尔的朱自清夫妇来到素有"海天佛国"的浙江杭州湾外的普陀山，打算在这个避暑胜地度蜜月。普陀山有仙山之美誉，岛上风光十分宜人，海浪、海风，蓝天、白云，树木、梵宇，这一切，都是那么地让人心驰神往。

在普陀山度完蜜月，朱自清和陈竹隐夫妇回到了上海。接着，又回了一趟扬州老家。娶了新妇，当然要见见家人。此时，家中情况尚好，除了最小的孩子夭折，其他几个子女都很健康。朱自清带着陈竹隐和儿女们又逛了瘦西湖、平山堂等地，一路上还津津有味地给他们做演讲。对此，陈竹隐在《追忆朱自清》中有着十分生动的记载：

> 婚后，我们回扬州去看望了父母孩子。佩弦对扬州很有感情，那里的一山一水他都热爱，尤其留恋扬州的瘦西湖。他曾带我和孩子们一起去逛瘦西湖、平山堂。那天，佩弦很高兴，津津有味地给我们介绍湖山及各处的风景，说得是那么生动，使人觉得真像是在诗画中一样。看到他那么高的兴致，我不禁笑着说："我看过一篇叫《桨声灯影里的秦淮河》的文章，把那儿写得那么美，其实不过是一湾臭水。真是文人哪，死人都说得活！"佩弦说："喂，不要当面骂人呀！"我们都开心地笑了。佩弦对扬州的一切都很感到亲切。连扬州的饭食都非常喜爱，尤喜扬州的荤菜"狮子头"。在扬州我还与佩弦一起到他前妻的坟上去扫坟。我感到佩弦的感情是那么深沉、那么炽烈。他是一个很富于感情的人。①

---

① 陈竹隐：《追忆朱自清》，《扬州文史资料》第7辑，1988年7月版，第9页。

一片冰心在玉壶

甜蜜的日子总是飞逝而过。转眼间，暑假也结束了，朱自清和陈竹隐回到了北京清华园。

新组建了家庭，朱自清身心安定下来，可以好好做一点儿事情了。

但陈竹隐一时间却无事可做。她是新时代的新女性，不比武钟谦，独立意识很强，也想做一点儿事情。她试图在清华找一份工作，但当时学校有规定，教授家属一律不能在学校做事。陈竹隐考虑到校外去，但所得的报酬还不够来回的应酬。这样一来，她就只能做一个像武钟谦那样的家庭妇女了。这样的境况，是陈竹隐所不愿意面对的。一时间，她颇有些烦恼。

对于陈竹隐的烦恼，朱自清很快就察觉了。他在1933年1月28日的日记中写道："我是计较的人，当时与隐结婚，盼其为终身不离之伴侣；因我既要女人，而又不能浪漫及新写实，故取此旧路；若隐兴味不能集中，老实说，我何苦来？"

其实，这未尝不是夫妻间的一种磨合。随着时间的推移，朱自清和陈竹隐都渐渐适应了新的状况。通过更加深入的接触，陈竹隐对朱自清也有了更全面的了解。再看看五个已经失去母亲的孩子，愈加可怜。陈竹隐便下定决心要安心做一个武钟谦那样的家庭妇女了。而朱自清对陈竹隐也是愈加体贴温柔。这时候陈竹隐已经怀有身孕，而且生病，朱自清便把时间做了一些调整，挤出更多的时间来陪陈竹隐。朱自清让陈竹隐在城内的亲友家多住些时日，还陪着她去看长城，带她到劈柴胡同的荣社里听刘全宝的京韵大鼓。经常到外面去走走，看看景点，唱唱昆曲，听听戏，陈竹隐的心境慢慢变好了，对朱自清的感情也愈加深厚。

婚后的岁月还算静好。

遗憾的是，这岁月静好在战乱年代不过是镜中月水中花，注定只能是惊鸿一瞥，无法长久。

七七事变不久，北京沦陷，也打碎了朱自清"躲进小楼成一统，一心只读圣贤书，读书写作伴妻儿"的梦想。随着战乱加剧，清华大学准备南迁，朱自清怀着无奈、眷恋的心情告别了妻儿，匆忙如丧家之犬，赶往天津，从此开始了颠沛流离的生活。

颠沛流离居无定所之时，朱自清不可能带很多的书籍。如果急需某种书籍，只得请陈竹隐找出寄给他。1937 年 12 月，朱自清在衡山暂住时，就在给陈竹隐的信中开列了这样一个书单：

> 请照下开各件寄来，请寄湖南衡山上（此字甚重要）圣经学院我收。一、陶诗笔记。二、中国文学批评及宋人诗论笔记。（以上二项，均系卡片，寄法前函已详述）三、《陶靖节诗笺》。四、《陶靖节集》。（三、四均系孙先生借看，三在层冰堂五种中，四系商务版）五、《陶渊明年谱中之问题》。（在茶几上）六、《陶渊明年谱》。（在层冰堂五种中——写至此，想起来，索性请将层冰堂五种一起寄来）七、《陶集考辩》。（郭绍虞著，在茶几上）八、《渊明诗话》。九、陶渊明笔记一本。（英文簿花面）十、陶渊明年谱稿一本。（系我自作，一簿本，用英文格子写的，在茶几上）十一、《陶集序》录本。（大本绿格，在茶几上）十二、中学国文教学法笔记卡片。（此件前函已请寄来）十三、《宋诗钞》三本。十四、《宋诗钞略》及目录等。（在茶几上）十五、AnaLytic Syntax。（灰面有黑点）十六、Psye-hvlogy of Grammar。（红面大本）十七、夹有纸条之评书

二本。十八、在茶几上的，剪下的杂志论文。以上各件，均请用牛皮纸包好，写明文学书籍或文学讲义，挂号寄来，但第九项请用快信寄来为要。

一直到了 1938 年 6 月，陈竹隐带着孩子们历尽千辛万苦，随着北大、清华的部分家属从北平来到联大文学院办学所在的蒙自，朱自清夫妇两地分居的生活才得以结束。三个月后，他们又把家搬到了昆明。在昆明住了两年，因为经济拮据，家里孩子又多，加上陈竹隐又怀了身孕，而她的老家就在成都，朱自清和陈竹隐便商量把家搬到成都。

搬家需要盘缠，两个人大致估算了一下，手头现有的积蓄肯定不够。此时周围的同事手头都是十分的拮据，借钱是借不到的。朱自清想起自己欧游回来曾专门买过的一架留声机和两本音乐唱片，作为送给陈竹隐的礼物。这是他们生活中不多的"奢侈品"，平时都舍不得让孩子们碰它，真是心肝宝贝一样呵护着。工作劳累时，听上一曲，也算是一种惬意。现在经济拮据，又急需钱，朱自清犹豫来犹豫去，决定还是把这件心肝宝贝卖了。价格当然是不理想。不过也不是个小数目，三百元，总算可以去成都了。陈竹隐在《忆佩弦》中回忆这段生活时写道：

> 这以后，国民党的统治更加腐败，反动派们乘机滥发通货，大发其国难财，弄得物价飞涨，民不聊生。我们家里上有垂老的双亲，下有八个子女，生活愈益艰难；为生活所迫，我带着几个孩子去成都，那里物价比较便宜些。[1]

到成都以后，1940 年 11 月 14 日，在成都东门外宋公桥报恩寺里的

---

[1] 《新文学史料》第一辑，人民文学出版社 1979 年版，第 54 页。

一座小尼庵里，陈竹隐诞下一个女孩，给这个小小的家庭带来了不少欢乐。

抗战胜利后，内战爆发。朱自清参加了一些学生民主运动。李公朴、闻一多被暗杀以后，朱自清在成都参加了成都各界举行的李公朴、闻一多惨案追悼大会，第二天便带着陈竹隐和儿女离开了成都，来到了重庆。10月7日，他和全家乘飞机直接飞回了北平。

1948年8月，朱自清逝世后，陈竹隐挑起了照顾家庭的重担。清华大学为了照顾她，给她安排了一份清华大学图书馆的工作，每月工资六十元。陈竹隐一边工作一边照顾儿女，还要参与朱自清全集的编纂工作。她还把朱自清生前的手稿、文章、实物等全部捐献出来，只给每个孩子分了一封朱自清的信作为纪念。

对于朱自清的子女，陈竹隐都是一样对待。武钟谦的大儿子朱迈先被错杀后，留下妻子傅丽卿和两个孩子，过着孤苦的生活。陈竹隐得知这一情况，当即拿出一半的工资交给傅丽卿，以维持小家庭的生计。这种状况一直维持到了一年多，直到傅丽卿找到了工作，陈竹隐才停止接济。

对此，朱自清的小女儿朱蓉隽说：

> 那时妈妈常说，好在解放了，不然也熬不过去了。当时，不仅是要生存，还有哥哥和我都要读书。大哥乔森只好不读大学，二哥思俞读的师范，有国家补贴。而我却是全费读大学，妈妈说一定要让我读的。后来解放了，傅丽卿大嫂也有了工作，就好很多了。

于此可见，陈竹隐对朱自清的一片冰心。

日记里的新女性

朱自清欧游期间，陈竹隐在信中对他身边的新女性显示出了一些担忧。对此，朱自清对她予以宽慰，请其放心。那么，朱自清对于异性到底有着怎样的看法？他眼里的女性究竟是什么样子的？在他的生命旅程里，除了武钟谦、陈竹隐，还有没有其他重要的女性？

查阅朱自清日记，第一次出现对女性的描写是在 1924 年 9 月 5 日：

> 船中见一妇人。脸甚美，着肉丝袜，肉色莹然可见。腰肢亦甚细，有弱柳临风之态。

19 日的日记则有如下记录：

> 到中学时，在竹洲附近桥上，见一女人，脚甚秀美，着绯色花缎鞋。腰肢亦甚袅娜，着竹布衫，华丝葛裙。偶回头，白齿灿然，貌亦清癯。

10 月 5 日的日记：

> 访萼邨，见一女客，甚时髦，两鬓卷曲如西洋妇人也。

从 1931 年 11 月 27 日开始，日记中较为频繁地出现了一位外国女性鲁蒂斯豪泽。他写道：

> 遇见埃尔莎·鲁蒂斯豪泽小姐，给她汉语语音字母，她换

了个座位，坐在我旁边的椅子上。她说她将在圣诞节之前回瑞士去。我对这个消息感到遗憾。

12 月 1 日的日记记载：

> 上课时遇到鲁蒂斯豪泽小姐，但我们没有坐在一起。她上星期五曾要我的地址，这次见面我没有给她。[①]

2 日的日记中，朱自清开始"向 R 夫人打听英国绅士陪同女友外出时的习惯。她说：男方必须为女方付账。此外，她还告诉我说：习惯上总是男方等女方；男方无论在何处遇见女方，应该先对她微笑或者鞠躬，然后再同她说话"。

11 日，日记有朱自清请鲁蒂斯豪泽吃饭的记载：

> 鲁蒂斯豪泽小姐今天下午出乎意料地到大学来听课，并同我坐在一起。我陪她去图书馆。我们虽然压低了嗓门谈话，但图书馆管理员还是向我们发出了警告。后来我请她到快捷奶制品店吃饭。不幸的是我不小心碰了一位女侍者，她有点生气。当我同她说话时，她拉长了脸露出一副不高兴的样子。这是我在伦敦看到的第三张怪脸。我也有点生气了，但结果更糟糕。鲁小姐把我替她付的饭钱退还给我，使我非常惊讶，并感到失望。整整一天我觉得很不愉快。……我和鲁小姐一起到牛津广场走走，拿了两份创办工艺学校的计划书。[②]

---

① 《朱自清全集》第九卷，江苏教育出版社 1998 年版，第 79 页。
② 《朱自清全集》第九卷，江苏教育出版社 1996 年版，第 84 页。

此后的日记，几乎每天都有鲁蒂斯豪泽这个名字出现。

15 日：鲁蒂斯豪泽小姐约定明天下午三点半和我见面。

16 日：语音课到三点半钟还没下课，鲁蒂斯豪泽小姐就在走廊里急躁地等着。我从窗口中看见她，但不想早退。她等得不耐烦了就敲我们教室的门，我只好走出来。她给我看工艺学校的考试题。我和她一起到瑟科特路去。

17 日：鲁蒂斯豪泽小姐寄给我一封信，说明天下午她的女房东将为她饯行，所以不能再见我了。她接着又说，我们将会在她的国家里相会，并且要陪我到山顶上去喝茶。我立即给她写了回信，寄出之后才发现我在信里写错了两处。①

18 日：同鲁蒂斯豪泽小姐的妹妹一同去不列颠博物馆。她想买一幅中国画，要我帮她挑选。她挑了一幅《猛虎图》，但拿不准她姐姐是否喜欢。我送她到寄宿的地方，并送给她姊妹俩一盒巧克力。我料想她姐姐可能在家，但不好意思问，于是就和她告别了。②

鲁蒂斯豪泽回国以后，并没有中断和朱自清的联系。朱自清在当月30 日的日记中有"收到埃尔莎·鲁蒂斯豪泽寄来的明信片"字样。③

不久，也就是 1932 年 1 月 11 日，朱自清收到了鲁蒂斯豪泽小姐寄来的一封信。次日，他给鲁蒂斯豪泽小姐写了一封长信。④

---

① 《朱自清全集》第九卷，江苏教育出版社 1996 年版，第 86 页。
② 《朱自清全集》第九卷，江苏教育出版社 1996 年版，第 87 页。
③ 《朱自清全集》第九卷，江苏教育出版社 1996 年版，第 95 页。
④ 《朱自清全集》第九卷，江苏教育出版社 1996 年版，第 102 页。

这封长信的内容我们不得而知。只知道在此后，鲁蒂斯豪泽则很少在朱自清的日记中出现了。

（二）高山流水觅知音

谦谦君子叶圣陶

在朱自清的生活里，占据相当重要位置的除了妻子、家人，就是朋友了。朱自清的朋友很多，他的朋友圈也很大。这中间既有同辈的叶圣陶和俞平伯，也有师长辈的鲁迅和胡适，以及亦师亦友的郑振铎等人。至于学生辈的王瑶等，故事则更多了。我们先来说说他和叶圣陶的友谊吧。

朱自清在文章《我所见的叶圣陶》中说，第一次和叶圣陶见面是在吴淞炮台湾中国公学教书时期。见面那天是一个阴天，两个人都有些局促，见了生人照例都说不出话，只泛泛谈了些关于作品的意见。公学风潮以后，朱自清和叶圣陶都住到了上海，两个人差不多天天见面。朱自清感觉叶圣陶是个极其平和的人，很少发怒。有一次，叶圣陶把辛苦保存的刊登了自己文章的《晨报》副张拿给朱自清看，朱自清随便放在一个书架上，结果散失了。没想到叶圣陶知道了只说了句："由他去末哉，由他去末哉！"可见，在叶圣陶的眼中，他和朱自清的友谊胜过一切。

后来，朱自清路过上海，许多熟识的朋友为他饯行，叶圣陶当然也在。喝完酒，大家出去乱走。快夜半了，走过爱多亚路时，叶圣陶向朱自清背诵周美成的词："酒已都醒，如何消夜永！"朱自清没有说什么，那时的心情，大约也不能说什么的。他们到一品香又消磨了半夜。这一回朱自清感觉特别对不起叶圣陶，因为他知道叶圣陶是不能少睡觉的人。第二天，朱自清便上船离开了上海。

叶圣陶曾经委托朱自清为自己编一个选集。因为事情太多，朱自清拖了很长时间，尚未动笔。朱自清一直为此事感到愧对老友。趁着暑假，朱自清打算动手编辑。于是，他每日躲在书房，冒着酷暑，挥汗如雨，仔细阅读叶圣陶的短篇著作，选择篇目。他做事认真，一丝不苟地编选，颇有心得之后，又着手写完了《叶圣陶短篇小说》书评。

对于叶圣陶的短篇小说创作，朱自清认为他初期的作风可以说是近于俄国的，后期可以说是近于法国的。叶圣陶的写作是属于所谓"小布尔乔亚写实主义"的，从这一点来说，叶圣陶是小资产阶级的作家。朱自清说，叶圣陶和鲁迅先生一样，是能够注意短篇小说的结构的作家，他们的作品都很多，大部分都有谨严而不单调的布局。

在清华大学任教时期，朱自清在致力于教学、研究的同时，也没有放弃文艺创作。欧游归来，他集中创作了旅欧的观感。仅仅在10月，他便写了《威尼斯》《佛罗伦萨》《罗马》《滂卑古城》等四篇杂记，之后又写了《瑞士》《荷兰》等六篇，均在叶圣陶主持的《中学生》杂志上发表。1934年9月，朱自清又写了《旅欧杂记》，由开明书店出版，收进散文十一篇，也是由叶圣陶题签。

朱自清也曾为叶氏兄弟的第二个集子《三叶》写过序言，他在序言中称赞叶圣陶教子有方，"能够让至善兄弟三人长成在爱的氛围里，却不沉浸在爱的氛围里"。相比较三个人的第一个集子《花萼》，这一集小说多。这些小说以纪实为主，这种写实的态度是他们写作的根本态度，也是叶圣陶写作的根本态度。叶圣陶自然给了他们很大的影响，可是他们也在反映这个写实的理智的时代。他们相当的客观和冷静，多一半是时代的表现。①

朱自清和叶圣陶的交往，可谓是君子之交淡如水。叶圣陶曾为两个人合作编写的《读书指导》写过一篇后记，他在后记中谈道：

> 我跟佩弦共事，在中国公学中学部，在杭州第一师范，都只有短短一段儿时间。以后同在一处的地方不多。他偶尔到上海，也无非谈几回天，喝几顿酒，并没有共什么事。写这两本东西的时候可真的共了事。虽然不在一块儿工作，互相商量互相启发是够充分的，这中间有超乎所谓乐趣的一种满足。日本投降之后过两年，我们又共事了，加入一位吕叔湘先生，三个人给开明书店编高中用的国文读本。可惜才编到第二册，佩弦就去世了，以后再没有跟他共事的机会！②

叶圣陶所说的与朱自清"真的共了事"，应该是指从 1941 年前后编写《精读指导举隅》和《略读指导举隅》开始的教科书编写。《精读指导举隅》作为四川教育科学馆"国文教学丛刊"之一，由四川省政府教育厅印行，该书 1942 年由商务印书馆出版。不久，两人又合作编写了《略读指导举隅》，与《精读指导举隅》同为中学国文教师参考用书。

后来叶圣陶回忆说：

> 1940 年夏天开始，我在四川教育科学馆担任专门委员。工作任务是推进中等学校的国文教学。实在没有多大把握，除了各县去走走，参观国文教学的实际情况，跟国文教师随便

---

① 《朱自清全集》第四卷，江苏教育出版社 1996 年版，第 448 页。
② 《朱自清全集》第十一卷，江苏教育出版社 1996 年版，第 312 页。

谈谈，就只想到编辑一套《国文教学丛刊》。丛刊的目录拟了八九种。其中两种是《精读指导举隅》跟《略读指导举隅》，预先没有征求佩弦的同意，就定下主意让我跟佩弦两个人合作。因为 1940 年夏天到 1941 年夏天，佩弦轮着休假，在成都家里住，可以逼着他做。去信说明之后，他居然一口答应下来，在我真是没法描摹的高兴。于是商量体例，挑选文篇跟书籍，分别认定谁担任什么，接着是彼此动手，把稿子交换着看，提出修正的意见，修正过后再交换着看，乐山跟成都之间每隔三四天就得通一回信。1941 年春天，我搬到成都住，可是他家在东门外，我家在西门外，相隔大概二十里地，会面不容易，还是靠通信的时候多。两本东西写完毕，现在记不起确切时日了，好像在那年暑假过后他回西南联大之后，写得分量几乎彼此各半，两篇"前言"都是我写的，两篇"例言"都是他写的。①

不少研究资料显示，这两本书是教育科学馆馆长郭子杰委托他们编的，主要用于中国国文教师参考用，各篇的"指导大概"均扼要地说明选文的体制、主旨、作者意念发展的线索，取材的范围、手法、笔调，以及构成本文特殊笔调的因素，并阐明各段文字在全文中的作用，指出文章理法上有关章、节、句，注释较难懂的字词句，还论述作者的思想、创作背景等等，同时也指摘和订正选文中错误的地方。两书比一般的教本详细明确，对当时中学语文教师的帮助很大。《精选指导举隅》选文六篇，其中记叙文、短篇小说、抒情文、说明文各一篇，议论文两

---

① 刘宜庆:《朱自清的住所》,《绝代风流——西南联大生活录》, 北京航空航天大学出版社 2009 年版, 第 191 页。

篇。《略读指导举隅》选了七部书，其中经籍一种、名著节本一种、诗歌选本一种、专集两种、小说两种、分别在 1942 年和 1943 年由商务印书馆出版，深受广大读者的欢迎。[①]

朱自清和叶圣陶还曾经合著过《国文教学》。

这本书收入两人这些年来所写的关于国文教学的论文和随笔，分为上下两辑，其中下辑八篇为朱自清所写。朱自清和叶圣陶都做了多年的国文教师，也曾为青年们编过一些国文读物，这本书可以说是他们的工作经验的结晶。这本书的出版，对提高大、中学生的国文教学水平均有很大的帮助，因此获得了很大成功。《国文月刊》编者曾明确指出其成功的原因：

> 他兼有中学及大学的教学经验，根据他的经验制定语文教学的方案，自然不会好高骛远、闭门造车而不合于辙。他兼有新旧文学的修养，凭借他的修养讨论语文教学的内容跟方法，自然能够深知甘苦，不会畸轻畸重，局于一端而不切实际。除了文学造诣之外，他又富于研究的精神，于是解析语文教学的问题，更能够深入肯綮，剖析入微，不至于流于空疏，类似戏论。除了本国语文的修养之外，他又有外国语文的精深的造诣，因而对于语文教学的研究，更能够多所比较，相互贯通，不至于抱守残缺，拘墟短视。[②]

"国语"（现代汉语）的规范化，最早的倡导者是胡适之先生，而

---

① 李生滨、田燕：《远去的背影：朱自清及其诗学研究》，吉林大学出版社 2010 年版，第 178 页。
② 《国文月刊》，《悼念朱自清先生》。

具体领导落实这样的工作，可以说有赖于杨振声、夏丏尊、叶圣陶等注重国民教育的编辑和教育家，还有朱自清这样终生从事教育的新文学作家。特别是二十世纪四十年代完成的一些著作《语文拾零》《标准与尺度》等，充分体现了他在这方面的卓越见识和研究成果。朱自清特别重视中学和大学"国文"教育，写了大量的文章，将文学和语文（国语）教学研讨结合起来，这方面与叶圣陶的合作也是非常成功的。特别是1940年在四川成都，他完成了许多著述。朱自清流传最广、版本最多的《经典常谈》就是在这样的相互合作与促进中完成的。

1941年1月31日，叶圣陶将家眷从乐山接到成都，朱自清特地从东门赶去祝贺。在成都，朱自清常和叶圣陶赋诗唱和，互诉衷肠。他在《近怀示圣陶》五言古诗中写道：

累迁来锦城，萧然始环堵。
索米米如珠，敝衣余几缕。
老父沦陷中，残烛风前舞。
儿女七八辈，东西不相睹。
众口争嗷嗷，娇婴犹在乳。
百物价如狂，距躟孰能主！

从这首五言古诗中，不难看出朱自清对凄风苦雨中的祖国和人民的殷切之情。所谓"风雨如晦，鸡鸣不已"，作为一个知识分子，朱自清在时代大潮中坚守一个读书人的家国天下意识，展现了一代知识者的胆识和风采。

在成都待了一年，朱自清又要回昆明了。叶圣陶闻讯赶来送别。到了码头，两人执手相对，竟无语凝咽！叶圣陶临别赠诗两首：

论交略形迹，语默见君真。
同作天涯客，长怀东海滨。
贪吟诗句拙，酣饮酒简醇。
一载成都路，相偕意态新。

我是客中客，凭君慰沈寥。
情深河渎水，路隔短长桥。
小聚还轻别，清言难重招。
此心如老树，郁郁结枝条。

读罢这些情真意切之诗，直叹朱、叶两人之情谊。真是"此中有真意，欲辨已忘言"！先生之谊，山高水长！

温良恭谦俞平伯

俞平伯和朱自清都是早年新文学的热情拥护者。俞平伯是加入"新潮社"最早最年轻的社员，他的文学趣味非常接近周作人，而朱自清文学的批评和诗学的研究也倾向于胡适、周作人的学术追求、文化趣味。

1920 年，朱自清从北大毕业与俞平伯结伴还乡，真正确立了两人的友情。

俞平伯当时在新诗方面的创作成就高一些，无论是文学评论，还是诗词散文，以及中国古典文学研究，俞平伯都有着很大的造诣。朱自清始终抱着谦和的态度与俞平伯切磋讨论。

大学毕业之后，俞平伯大部分时间也在江浙各地教学，后来托周作人在北京找了工作。也是缘于周作人、胡适等人的推介，俞平伯得以被推荐到清华任教。来到北京以后，朱自清与俞平伯、周作人来往日益密切。

比如1928年11月7日下午，朱自清与俞平伯招待来访的周作人，而此时俞平伯出版的《燕知草》，是由朱自清作序，周作人写跋，进一步佐证了三人相交论文的亲密关系。

朱自清与俞平伯最为人所知的文坛佳话莫过于同题作文秦淮河了。

对于朱自清和俞平伯这样的知识分子来说，1923年夏天是一个苦闷的季节。苦闷之余，两个人相约来到南京，泛舟秦淮河，划船以舒缓心情。秦淮河原是茅山西面一条天然水系，是长江的支流之一。"桨声灯影连千里，歌女花船戏浊波"，历来是王公贵族纸醉金迷之地，"画船箫鼓，昼夜不绝"。朱自清和俞平伯雇用了一种名叫"七板子"的小船，在秦淮河的月色里御风而行。沐浴着秦淮河温柔之风，眼前的歌舞升平如同海市蜃楼一样，给人一种虚幻的感觉。于是，两个人约定，写一篇关于秦淮河的同题散文。这就是脍炙人口的散文名篇《桨声灯影里的秦淮河》。这两篇同题散文同时发表在第21卷2号上的《东方杂志》，成为文坛上的一段佳话。王统照曾写过一篇《朱佩弦先生》的文章，他说朱自清的这篇散文，"文笔的别致，细腻，字句的讲究，妥帖，与平伯的文字各见所长"。

其实，俞平伯与朱自清订交，对于新文学和他们个人的创作都是一件大好事。虽然在北大学的不是一个专业，但先后加入新潮社和喜欢新诗写作的追求，奠定了他们今后交往的基础。一起执教浙江一师的短暂时光，更是加深了两人的友情。俞平伯诗书之家从小培养的才情和从容心态，深得周启明（即周作人）欣赏的竟陵派文笔情致，那是与朱自清完全不一样的。也许两样的性格，一样的才子情怀，才使这样两位北大同学在江南的风波里，有了相互的欣赏。

风华正茂的朱自清和俞平伯给学生的印象也是截然相反。俞平伯穿一件紫红缎袍，上罩黑绒马褂，全然是一个风流潇洒的浊世佳公子。朱自清矮矮胖胖的身子，方方正正的脸庞，一件青布大褂，庄重老成。他说一口扬州官话，不甚好懂，但教学认真，备课充分，很受学生欢迎。迎着生活，带着新的希望，在勤奋的创作中，朱自清留下了与俞平伯完全不一样的文字。就像最有名的俞朱同名散文《桨声灯影里的秦淮河》，字里行间，各有自己的性情和风致。新文学开创的早期，俞朱并称，自是文坛一段佳话。江南情结，还有惺惺相惜的文人情怀，让两人结下了一生的缘分。此后他们不论南北聚散，还是战争分离，总是在相互爱望和鼓励。①

1922 年 1 月，《诗》在上海创刊，朱自清和俞平伯、叶圣陶等人都是这本杂志的编辑。朱自清一直在主持《诗》的编务工作，并常与远在北京的俞平伯通信讨论新诗、催促稿子。《诗》月刊的创办者立意扶植新人，竭力把刊物办成培育新人的园地，他们公开声明："我们并不愿意专门把自家几个朋友底稿件颠来倒去地登载；如果读者有佳妙之作寄来，我们当尽先采用。"

有一次，朱自清在扬州审查小学国文成绩时，偶然从一本国民学校的课文里，看到这样的诗句："冬天到了，这些树叶全冻死了。"他以为这很像日本的俳句，兼有写景抒情之美，又有儿童纯洁柔美的心理。他抄给俞平伯看，俞平伯也有同感，于是朱自清以句首二字为题，加上标点，分为两行，在创刊号上发表出来。

俞平伯也常将自己的诗作寄来，朱自清对他的《小劫》一诗赞不绝口，"妙在他能善采古诗音调之长，更施以一番融铸工夫，所以既能悦

---

① 李生滨、田燕：《远去的背影：朱自清及其诗学研究》，吉林大学出版社 2010 年版，第 67 页。

耳，又可赏心，兼耳底、心底音乐而有之"，是一篇"光明鲜洁"之作，便将《小劫》刊于第一卷第一期之首。

朱自清很看重俞平伯的才情。这从他给俞平伯的新诗集《忆》写的跋可以看出来。俞平伯的童年"在朦胧的他儿时的梦里，有像红蜡烛的光一跳一跳的，便是爱"。与俞平伯不同，朱自清的童年似乎少有那么多的色彩。"我的儿时现在真只剩下了'薄薄的影'。我的'忆的路'几乎是直如矢的；像被大水洗了一般，寂寞到了可惊的程度！这大约因为我的儿时实在太单调了；沙漠般展伸着，自然没有我的'依恋'回翔的余地了。平伯君有他的好时光，而以不能重行占领为恨；我是并没有好时光，说不上占领，我的空虚之惑是两重的！但人生毕竟是可以相通的；平伯君诉给我们他的'儿时'，子恺君又画出了它的轮廓，我们深深领受的时候，就当是我们自己所有的好了。'你的就是我的，我的就是你的'，岂止'慰情聊胜无'呢？培根说：'读书使人充实'；在另一意义上，你容我说吧，这本小小的书确已使我充实了！"①

朱自清对于俞平伯也并不是一味地赞美。当他看到俞平伯发出的不当言论时，也会及时地予以提醒。比如他在 1924 年 9 月 17 日的日记中写道：

> 前两日读《申报》时评及《自由谈》，总觉他们对于战事，好似外国人一般；偏有许多闲情逸致，说些不关痛痒的，或准幸灾乐祸的话！我深以为恨！昨阅平伯《义战》一文，不幸也有这种态度！他文中颇有掉弄文笔之处，将两边一笔抹杀。抹杀原不要紧，但说话何徐徐尔！他所立义与不义的标准，虽有可

---

① 李生滨、田燕：《远去的背影：朱自清及其诗学研究》，吉林大学出版社 2010 年版，第 95 页。

议，但亦非全无理由。而态度亦闲闲出之，遂觉说风凉话一般，毫不恳切，只增反感而已。我以为这种态度，亦缘个人秉性和环境，不可勉强；但同情之薄，则无待言。其故由于后天者为尤多。因如平伯，自幼娇养，罕接人事，自私之心，遂有加而弥已，为人说话，自然就不切实了。我呢！年来牵于家累，也几有同感！所以"到民间去"，"到青年中去"，现在在我们真是十分紧要的！若是真不能如此，我想亦有一法，便是"沉默"。虽有这种态度，而不向人言论，不以笔属文，庶不至引起人的反感，或使人转灰其进取之心；这是无论如何，现在的我们所能做的！①

肝胆相照，砥砺前行，好处说好，坏处说坏，这是朱自清和俞平伯能够保持一辈子友谊的重要原因。

远房的亲戚鲁迅

朱自清先生一向自称扬州人，而他的原籍是浙江绍兴，同鲁迅原配夫人朱安同出一朱。《朱自清日记》1936 年 9 月 26 日载："访鲁迅太太，借二十元，为吉人婚事也。"能开口向朱安夫人借钱，这关系显然不是一般的认识。

鲁迅先生去世以后，在 1936 年 11 月 1 日天津《益世报》上有一个"追悼鲁迅先生专页"，专页首篇刊发了朱自清的《鲁迅先生会见记》。陈子善先生在《朱自清笔下的鲁迅》一文中说，在汗牛充栋的回忆鲁迅的文字中，朱自清此文可能并不起眼，但他的文字是朴素的、平实的，他用平视而不是仰视的眼光打量鲁迅，连鲁迅晨起"抽着水烟"都写到

---

① 《朱自清全集》第九卷，江苏教育出版社 1996 年版，第 19—20 页。

了，自有其真实感和亲和力，难能可贵。《鲁迅先生会见记》为《朱自清全集》所失收，是朱自清的佚文。这篇文字内容如下：

　　和鲁迅先生只见过三面，现在写这篇短文作纪念。

　　第一次记得在十三年的夏天，我从白马湖到上海。有一天听郑振铎先生说，鲁迅先生到上海了。文学研究会想请他吃饭，叫我也去。我很高兴能会见这位《呐喊》的作者。那是晚上，有两桌客。自己因为不大说话，便和叶圣陶先生等坐在下一桌上；上一桌鲁迅先生外，有郑振铎、沈雁冰、胡愈之、夏丏尊诸位先生。他们谈得很起劲，我们这桌也谈得很起劲——因此却没有听到鲁迅先生谈的话。那晚他穿一件白色纺绸长衫，平头，多日未剪，长而干，和常见的像片一样。脸方方的，似乎有点青，没有一些表情，大约是饱经人生的苦辛而归于冷静了罢。看了他的脸，好像重读一篇《〈呐喊〉序》。席散后，胡愈之、夏丏尊几位到他旅馆去。到了他住室，他将长衫脱下，随手撂在床上。丏尊先生和他是在浙江时老朋友，心肠最好，爱管别人闲事；看见长衫放在床上，觉得不是地方，便和他说，这儿有衣钩，你可以把长衫挂起来。他没理会。过一会，丏尊先生又和他说，他却答道，长衫不一定要挂起来的。丏尊先生第二天告诉我，觉得鲁迅先生这人很有趣的。丏尊先生又告诉我，鲁迅先生在浙江时，抽烟最多，差不多不离口，晚上总要深夜才睡。还有，周予同先生在北平师大时，听过他讲中国小说史，讲得神采奕奕，特别是西王母的故事。这也是席散后谈起的。

　　后两回会见，都在北平宫门口西三条他宅里，那时他北来看老太太的病。我们想请他讲演一次，所以去了两回。第一回他大约刚起来，在抽着水烟。谈了不多一会我就走了。他只说有个书铺要他将近来文字集起来出版叫《二心集》，问北平看到没有。我说好像卖起来有点不便似的。他说，这部书是卖了版权的。再一回看他，恰好他去师大讲演去了，朱夫人说就快回来了，我便等着。一会儿，果然回来了，鲁迅先生在前，还有T先生和三四位青年。我问讲的是什么，他说随便讲讲；第二天看报才知道是"穿皮鞋的人与穿草鞋的人"。（原题记不清了，大意如此。）他说没工夫给我们讲演了；我和他同T先生各谈了几句话，告辞。他送到门口，我问他几时再到北平来，他说不一定，也许明年春天。但是他从此就没有来，我们现在也再见不到他了。[1]

朱自清与鲁迅见过三次面，这在鲁迅日记中均有记载，时间分别为1926年8月30日、1932年11月24日和27日。鲁迅在1926年8月30日的日记中写道：

> 下午得郑振铎柬招饮……晚至消闲别墅夜饭，座中有刘大白、夏丏尊、陈望道、沈雁冰、郑振铎、胡愈之、朱自清、叶圣陶、王伯祥、周予同、章雪村、刘勋宇、刘叔琴及三弟。夜大白、丏尊、望道、雪村来寓谈。

与朱自清的回忆对照，可知当时席设两桌，主桌有鲁迅和发起者郑振铎等，朱自清则在另一桌。

如前文所述，朱自清后两次在北平拜访鲁迅，都与邀请鲁迅到清华大学演讲有关。当时朱自清已出任清华大学中文系主任，恰值鲁迅北上

---

[1]　参见 http://www.aisixiang.com/data/74417.html，2017 年 9 月 15 日。

省亲，北平各高校争相邀请鲁迅演讲，朱自清当然不甘示弱，亲自出马恳请。

鲁迅日记的相关记载是，1932 年 11 月 24 日，"上午朱自清来，约赴清华讲演，即谢绝"。11 月 27 日，"下午静农来。朱自清来"。

朱自清两次努力均未果，未免沮丧，虽然此文中未明显流露，但他的学生吴组缃后来对此却有更为具体的回忆：

> 朱先生满头汗，不住用手帕抹着，说："他不肯来。大约他对清华印象不好，也许是抽不出时间。他在城里有好几处讲演，北大和师大。"停停又说："只好这样罢，你们进城去听他讲罢。反正一样的。"①

鲁迅这次北上，除了探亲，还与北平左翼文学团体的成员见了面，特地向"左联"提出，要纠正关门主义，要做好要求进步、作风严肃的老作家的团结工作，注重培养青年作家，办好自己的刊物。鲁迅回到上海后，北平"左联"于是以"北平西北书店"的名义创办了《文学杂志》刊物，他们利用做筹备工作的机会团结进步作家。

1934 年 4 月 25 日，星期天下午，北平"左联"文学杂志社在北海五龙亭举行茶话会，郑振铎、朱自清、周作人等都收到邀请函，但最后只有朱自清和郑振铎应邀出席。北平"左联"热情招待，他们边喝茶边对北平的文艺工作交换了很多意见。事后，北平"左联"负责人之一的万谷川（陆万美）将情况函告鲁迅，鲁迅十分高兴，在复信中说：郑朱皆合作，甚好。

---

① 吴组缃：《敬悼佩弦先生》，《文讯》第九卷第三期，1948 年 9 月。

顾农在文章《鲁迅的亲戚朱自清》中谈到，在有关回忆录里，朱自清和鲁迅还有一次比较早的会见，地点在绍兴。据朱自清的弟弟朱国华先生说：

> 我家原是绍兴人氏，母亲周姓，与鲁迅同族。外祖父周明甫是有名的刑名师爷，曾在清朝以功受勋。周、朱两姓门户相当，常有联姻，均为当地大族。鲁迅的原配夫人朱安也是我家的远亲。

> 20年代中期的一年冬天，自清大哥回扬州度寒假。除夕之夜，家里上上下下忙着准备春联，蒸制年糕，好不热闹，直到敲过二更，我们兄弟才到母亲房中请安。娘有点倦了，见我们进来，愣了一下，才缓缓地说："老家已经几年没有音信了，新年里你俩能代我去绍兴看看吗？"我抢着回答："娘，怎么不早说，咱们明天一早就上舅舅家去，您放心吧。""好吧，还有周先生处，也要一起去贺个年。""这……"我支支吾吾地退了出来。

> 周先生处就是鲁迅和夫人朱安那里。早就听说鲁迅和太太是"鸡犬之声相闻，老死不相往来"。周树人不满意母亲包办的这件婚事，因此与夫人形同陌路，朱安和他仅仅是名义上的夫妻而已。因为朱安毕竟是我们朱氏家族的人，受此冷落，我心里总有点不平。不提也罢，眼下母亲却要我们去拜谒周府，我心中是一百个不愿意，但又不忍违拗母亲之命，我灵机一动，假装头痛，让自清大哥一个人去了绍兴。

> 大哥到绍兴探望舅舅、舅母以后，就去周府拜年。他在门口递上名帖，其家人接过，大声呼喊："舅少爷来了，舅少爷来了！"并引他来到书房，见到了鲁迅先生。大哥向他请安并问

　　了夫人好，接着两人就很自然地谈了一些文学方面的问题。记
　得自清说，那次他们谈了散文和散文诗，周先生博闻强记，引
　据论证尤其精辟，且平易近人，不摆大学者的架子……

　　顾农认为，这一段回忆似乎真伪参半，朱自清弟兄的母亲周绮桐老
太太确为绍兴人，而且与鲁迅家同族；问题是鲁迅早在二十世纪一十年
代末已将绍兴老宅卖掉，举家搬往北京，因此在二十年代中期不可能发
生朱自清在绍兴到鲁迅府上拜年并谈论文学问题等等的事情发生；朱自
清本人也从来没有提起这方面的事情。国华先生恐怕是记错了。

　　鲁迅先生逝世的时候，朱自清在城里得到消息，冒着风雪跑到由
文学系进步学生组成的"清华文学会"，学会的一些干部正在商议事情，
朱自清气喘吁吁地告诉大家：鲁迅先生去世了！大家听到这个消息，都
大吃一惊，用十分震惊的目光看着朱自清。此时，外面大雪纷飞，狂风
怒号。屋内，大家低头不语，极力压抑着内心的悲痛。"清华文学会"
决定为鲁迅先生举行追悼会，由朱自清写介绍信，让他们到鲁迅先生家
向朱安夫人借来照片和文稿。

　　在"清华文学会"的组织下，1936年10月24日，鲁迅先生追悼
大会在同方部举行。闻一多和朱自清出席，并做了演讲，对鲁迅先生的
逝世表示深切哀悼。

　　两天后，朱自清又特地进城到鲁迅先生家里拜访了朱安。他们相谈
甚欢，朱夫人告诉了朱自清很多鲁迅的事情。

　　朱自清十分喜爱鲁迅先生的杂文，可以说到了百读不厌的地步。他
从鲁迅先生的杂文中，深深地体会到语言的精辟与犀利。其"'简单'而
'凝练'，还能够'尖锐'得像'匕首'和'投枪'一样；主要的是在用'匕
首'和'投枪'战斗着"。鲁迅先生是用杂文"一面否定，一面希望，一

面战斗着"；他"希望"革命的烈火烧尽过去的一切，"希望"的是新中国的新生。他要像鲁迅那样，面向黑暗现实，高举锐利的投枪！①

朱自清写过好几篇关于鲁迅的文章。

一篇是《鲁迅〈药〉指导大概》，收入他与叶圣陶合作的《精读指导举隅》一书；此书是当年四川教育厅教育科学馆请叶圣陶编撰的中学语文教师指导用书，叶圣陶约朱自清共同进行，稍后于 1942 年印行。朱自清关于《药》的串讲分析非常细致深入，这种文本细读的路径至今仍能给读者很深的启发，在语文教学中尤其如此。例如分析华老栓夫妇如何处理花大价钱买来的人血馒头——

> 这人血馒头本该"趁热的拿来，趁热吃下"，可是老栓夫妇害怕这么办，"两个人一齐走进灶下商量了一会"，才决定拿一片老荷叶"重新包了那红的馒头"，和那"红红白白的破灯笼，一同塞在灶里"，烧了给小栓吃。他们不但自己害怕，还害怕小栓害怕，所以才商量出这个不教人害怕的办法来。他们硬着头皮去做那害怕的事儿，拿那害怕的东西，只是为了儿子。

《药》采用的是当时还很新的西洋小说写法，笔墨又很含蓄，这些都是当时的中学师生比较陌生的，朱自清这样细细地加以讲解，对教学帮助很大。朱自清的分析中也许只有一处值得商榷，这就是他认为小说中的康大叔就是卖人血馒头的刽子手，细看下来，其人乃是一个居中介绍的人而非刽子手。朱自清不仅有细讲，也有比较宏观的论述，文章的最后一段写道：

---

① 黄汉昌：《清贫与执着：朱自清传》，中国文史出版社 2016 年版，第 193 页。

　　鲁迅先生关于亲子之爱的作品还有《明天》和《祝福》，都写了乡村的母亲。她们的儿子一个是病死了，一个是被狼衔去吃了；她们对儿子的爱都是很单纯的。可是《明天》用亲子之爱做正题旨；《祝福》却别有题旨，亲子之爱的故事只是材料。另有挪威别恩孙（Bjornson）的《父亲》，有英译本和至少六个中译本，那篇写一个乡村的父亲对于他独生子的爱，从儿子受洗起到准备结婚止，二十四五年间，事事都给他打点最好的。儿子终于过湖淹死了。他打捞了整三日三夜，抱着尸首回去。后来他还让一个牧师用儿子的名字捐了一大笔钱出去。别恩孙用的是粗笔，句子非常简短，和鲁迅先生不同，可是不缺少力量。关于革命党的，鲁迅先生还有著名的《阿Q正传》，那篇后半写光复时期乡村和小城市的人对于革命党的害怕和羡慕的态度，跟本篇是一个很好的对照。这些都可以参看。

　　这里联系鲁迅的其他小说以及外国同题材小说来做分析和比较，足以扩大师生的眼界，增加探讨的兴趣。

　　关于鲁迅的思想和作品，朱自清还写过《鲁迅先生的中国语文观》和《鲁迅先生的杂感》等专题文章，前者综合介绍鲁迅的有关见解，后者对鲁迅的杂感以及散文诗集《野草》提出若干分析，都具有发人深省之处，例如他很强调《野草》中的象征手法和重叠句式，就很有启发意义。朱先生说，鲁迅后来不再写散文诗而大写杂文是完全可以理解的，"虽然我们损失了一些诗，可是这是个更需要散文的时代"。

　　顾农在文章《鲁迅的亲戚朱自清》中认为，鲁迅的作品，朱自清读得很熟，往往随手加以引用。1925 年 6 月在关于孙福熙散文集的书评中，朱先生忽然凭记忆引用了唐俟（即鲁迅）的两句诗："后梦赶走了前梦，前梦又赶走了大前梦"，虽不免与原作略有出入，但意思是到了。又如他作于 1928 年 6 月的那篇著名的散文《儿女》，开篇不久就写道："你读过鲁迅先生的《幸福的家庭》么？我的便是那一类'幸福的家庭'！"中间细写儿女之事，到篇末又道："想到那'狂人''救救孩子'的呼声，我怎敢不悚然自勉呢？"全文即以引用鲁迅为间架，且有首尾呼应之妙。他又曾分析过鲁迅笔下孔乙己这个形象，指出其人的特色是一个"酸"字；至于《阿 Q 正传》，朱自清给予极高评价，称为"百读不厌"的名作。

但是对于鲁迅先生的《两地书》，朱自清评价甚低，认为"无多意义"（《朱自清日记》1933 年 5 月 11 日）；这一看法仅见于日记，没有公开发表。朱自清与朱安同出绍兴朱氏，而且彼此熟悉，他对《两地书》评价甚低很可能与此不无关系。①

作为鲁迅先生的远房亲戚，朱自清肯定受到了他的潜移默化的影响。从鲁迅身上，朱自清看清了前行的方向，获得了前进的力量。

挚友同道郑振铎

鲁迅北上探亲之后不久，郑振铎联系朱自清等人筹备创办《文学季刊》，在筹办中遇到的一些问题，他们常会聚在一起商议。

此时，郑振铎在燕京大学任教，住在学校里。清华大学与燕京大学有一段路，朱自清、李长之等经常在郑振铎家里商量到深夜，完成了工作后，朱自清和李长之便踏着月色，穿过四野的犬吠，沿着崎岖的山路说说笑笑地回去。

1934 年 1 月，《文学季刊》创刊。郑振铎、巴金等人担任主编，朱自清等人担任编辑。这本刊物由立达书局出版，十六开本，每期三百多

---

① 顾农：《鲁迅的亲戚朱自清》。

页，可以说是当时国内最大型的文学杂志。编辑部设在北海三座门大街，杂志旨在团结广大作家，发扬"五四"文学战斗传统，推动新文学创作，得到了鲁迅、冰心、老舍、丰子恺等人的大力支持。朱自清专门为刊物写了一篇有关长篇小说《子夜》的书评，指出该长篇小说在当时文艺界的价值，并强调：我们现代的小说，正应该如此取材，才有出路。

因为编辑《文学季刊》，加上在燕大兼职上课，朱自清和郑振铎有了更多的接触，友谊愈来愈深厚。郑振铎对朱自清的意见非常看重，很多事都向他请教，当然也会经常向他约稿。郑振铎最佩服朱自清的是他做事负责认真的精神，尤其是他在燕大"每上一堂课，在他是一件大事，尽管教得很熟的教材，但他在上课之前，还须仔细地预备着，一边走上课堂，一边还是十分的紧张"。

教学是如此，写文章更是如此。有人问朱自清每天写多少字？朱自清说五百。之所以写得慢，原因很简单，他常常是改了又改，绝不肯草率发表，哪怕是稿子寄出后，若发现有不妥之处，立即将文章追回，待修改后再寄。在讨论问题时，朱自清也总是不肯轻易发表意见，总要皱着眉头深思熟虑之后再给出他自己的意见。有一回，燕大朋友举行晚宴，朱自清应邀参加了。大家讨论起"中国字"是否艺术的问题，讨论得很热烈。绝大多数人认为"中国字"是有艺术的，只有郑振铎和冯友兰意见相反。此时，朱自清一言不发。郑振铎便问他：佩弦，你的主张呢？朱自清显然是经过了深思熟虑，郑重地回答：我算半个赞成吧。说起来，字的确不应该成为美术，不过，中国书法，也有它长久的传统历史，所以我只赞成一半。听了朱自清的回答，郑振铎说他真是个"结结实实的人"！

这种认真谨慎的态度贯穿了朱自清的整个写作生涯。1947年，郑振铎为《文艺复兴》的《中国文学研究》专号向他约稿。他即寄了一篇《好与妙》。过了几天，朱自清给郑振铎发去快信，向郑振铎索要原稿，说还要修改一下。郑振铎回忆说："不久，修改的稿子来了，增加了不少有力的例证。他就是那么不肯马马虎虎地过下去的！"

1935年，上海良友图书公司的文艺编辑赵家璧想编一套规模宏大的，反映"五四"以后第一个十年的文艺理论、创作、史料的《中国新文学大系》。各卷分别由胡适、郑振铎、茅盾、鲁迅、郑伯奇、周作人、郁达夫等人主编。全书共十大卷，由蔡元培作总序，说明五四新文化运动和文学革命的历史意义。每一集的编选人作长篇导言，说明编选的标准、范围和对于所选各家作品的评价。正是因为对朱自清的信任，郑振铎告诉朱自清，"大系"中的诗歌卷拟请他选编，如果觉得时间紧张，可以找一个助手来一起完成。

对于这个"大系"，朱自清早已耳闻，但没想到会把诗歌卷交由自己来编选，对此，他是有些意外的。但考虑到朱自清所取得的诗歌成就，以及他的清华大学教授身份，再加上他的认真负责的态度，这本书由他来主编是再合适不过了。

前文有所提及，这个"大系"原定诗歌卷的编选人是郭沫若。但因为郭沫若曾经指名道姓地写过责骂蒋介石的文章，由他出面难以通过审查。于是郑振铎和茅盾、赵家璧一起商量，决定由朱自清来负起诗歌卷的编选责任来。

朱自清本来就是个大忙人，接受编选诗歌卷的任务后，变得更加忙碌。他是一个极其认真的人，既要广泛收集资料，又要广泛地阅读，他对自己的要求很严格，决不能漏掉一部好作品。为此，他把清华大学图书馆馆藏新诗集都借了出来，有未收的作品，他也想方设法搜集。赵家璧从上海寄来一些资料，朱自清在闻一多家里也搜集了一些。他还翻阅了"五四"时期出版的重要刊物，还冒着酷暑到八道湾拜访了周作人，从他那里借来许多新诗集，两人还对《中国新文学大系》的选编工作交换了意见。

在做这些编选工作时，正是暑期。夏日炎炎，挥汗如雨。整整历时一个月，选集终于有了一些眉目。《诗集》共选五十九家，四百零八首。《诗集》选完，朱自清专门写了五千字的导言，他在导言中把"五四"以来十年的诗歌创作分为三派，即自由诗派、格律诗派和象征诗派，全面地论述了各派崛起的缘由、特点、价值，也分析了不足之处。

朱自清的这项工作得到了郑振铎的高度评价。这项工作也见证了两个人非同一般的友谊。

君子之风沈从文

在朱自清的日记中，提及沈从文的地方有多处：

朱自清日记中第一次提到沈从文是 1933 年 1 月 1 日。朱自清赴原清华大学教务长、文学院院长兼国文系主任杨振声的宴请，座中就有沈从文。

杨振声离开清华后，朱自清接替他担任了清华大学中文系主任。杨振声对朱自清是非常欣赏的，称朱自清是朋辈的"益友"、青年的"导师"，是"领导中国文学系所走的一个新方向"的"一座辉煌的灯塔"。杨振声此时受教育部委托，主编《高小实验国语教科书》和《中学国文教科书》。沈从文恰好正协助杨振声进行编写教科书的工作。所以他邀请了朱自清，同时也邀请了沈从文。

这是朱自清在日记中第一次提到沈从文。之后，两个人就建立了较为密切的联系。

朱自清 1933 年 9 月 9 日的日记提到了沈从文催稿。13 日的日记又提到"沈从文催稿，约第三期作一篇"①。在 22 日的日记中，朱自清提到"下午今甫（杨振声）及沈从文来道歉，因《大公报》将众人名字登出。

① 《朱自清全集》第九卷，江苏教育出版社 1996 年版，第 247 页。

又催稿"①。直到 12 月 2 日，所谈论的中心话题还是稿子："下午入城，访今甫，谈选稿事，似从文悬格太高也。"②

1934 年，杨振声邀请朱自清协助他主编《中学国文教科书》，从这之后，朱自清与沈从文见面的机会就多了。在 1934 年 12 月 14 日的日记中，朱自清写道：沈从文先生来访，给我看杨的信。信中说当局已同意我协助编辑中学语文课本。但从信中的语气看，他目前似乎还不能摆脱那里的工作。他说他曾与冯友兰磋商，根据冯的意见，他们只能每月付我一百元，每周工作半天，张子高已有先例。我告诉沈我将于下周进城与冯商谈。③

朱自清是清华的"全聘"教授，外出"兼职"事前得向校方申报，时间上也有限定，这是民国年间的规矩。一周后，朱自清开始接手。他在 12 月 20 日的日记中写道："进城。沈给我看编教科书的计划。我未作认真考虑之前，提不出什么意见。"

在 4 月 1 日的日记中，朱自清又写道：访沈从文，请他收到薪金后退寄回执，他未概然允诺，而以抱歉代替。他说杨先生写信催要他已编就之高小教科书。④

此后，朱自清的日记多有"编教科书"字样。

教科书编写工作复杂，直到 1937 年 10 月 28 日，朱自清还在和沈从文讨论这个问题：沈先生来此。杨、沈与我商讨教科书的计划。杨建议我们可自己写一些有关中国文化的课文，而不是注释。这是个好主意。⑤

1939 年 3 月起，编书工作逐渐结束。

关于和朱自清一起编写教科书一事，沈从文在 1948 年 8 月写的

① 《朱自清全集》第九卷，江苏教育出版社 1996 年版，第 250 页。
② 《朱自清全集》第九卷，江苏教育出版社 1996 年版，第 266 页。
③ 《朱自清全集》第九卷，江苏教育出版社 1996 年版，第 334 页。
④ 《朱自清全集》第九卷，江苏教育出版社 1996 年版，第 349 页。
⑤ 《朱自清全集》第九卷，江苏教育出版社 1996 年版，第 494 页。

《不毁灭的背影》一文中也谈到了：

> 我认识佩弦先生本人时间较晚，还是民十九以后事。直到民
> 二十三，才同在一个组织里编辑中小学教科书，隔二三天有机会
> 在一处商量文字，斟酌取舍。又同为一副刊一月刊编委，每二星
> 期必可集会一次，直到抗战为止。西南联大时代，虽同在一系八
> 年，因家在乡下，除每星期上课有二三次碰头，反而不易见面。

沈从文所说的"一副刊一月刊"指的是天津《大公报·文艺副刊》
和《文学杂志》。他和朱自清同为这"一副刊一月刊"的编委，"每二星
期必可集会一次"，见面的机会自然很多。

沈从文此时还没有固定的职业。编书工作逐渐结束以后，杨振声不
得不为沈从文的工作考虑（当年是他把沈从青岛大学调到北平编教科书
的）。他考虑为沈从文在联大师院谋一教职。对此，朱自清感到"甚困
难"，他在 1939 年 6 月 6 日的日记中写道：今甫提议聘请沈从文为师院
教师，甚困难。[①]

"甚困难"并不代表朱自清不去尝试努力解决。朱自清办事素以稳
健和认真著称，他先是与罗常培商谈，6 月 12 日的日记中写道："访莘田，
商谈以从文为助教。"罗常培是联大中文系主任，朱自清找他"商谈以
从文为助教"，这"助教"与上面的"教师"是有出入的。"教师"这个
称谓可以指讲师，也可以指副教授或教授；而"助教"指的是"助教授"，
即副教授，也就是说杨振声的"提议"在朱自清和罗常培这里打了折扣。
然而，就是这个打了折扣的"助教"，还是没有争取到。朱自清 6 月 16
日的日记中写道："从文同意任联大师院讲师之职务。"

---

① 《朱自清全集》第十卷，江苏教育出版社 1996 年版，第 28 页。

商金林在文章《朱自清日记中的沈从文》中分析，杨振声当时是西南联大常务委员、《大一国文》的主编，他出面举荐沈从文，按说是不成问题的，身为清华中文系主任的朱自清觉得"甚困难"，这倒不是"编制紧"，而是与沈从文的"学历"有关。别说是沈从文这样的新文学作家，就是朱自清这样的文史兼修、创作与研究并进的人，初到清华时也是有些打怵的。清华重学术，朱自清深有体会。朱自清是新诗人和散文大家，到清华后讲起了古典文学，由新诗人和散文家转向了"学者"。虽说他出身书香门第，自幼饱读典籍，国学根基深厚，但在清华的国学圈内还是"小媳妇"，所以朱自清总爱说"我什么学问也没有"[1]。为了教好古诗词，朱自清还拜古文学家黄节（晦闻）为师，练习写旧体诗词。朱自清生前亲自编定的《敝帚集》中汇集的一百多首旧体诗，许多是拟古诗词。《敝帚集》的扉页上写有："诗课谨呈晦闻师教正学生朱自清"，黄晦闻批语："逐句换字，自是拟古正格。"从《古诗十九首》到唐、宋许多名家的作品，朱自清都虔诚不苟，仔细揣摩，重新拟作，达到"自是拟古正格"的境地，这同样可以看出朱自清的"学术道路"走得十分艰辛。正是有了这样严格的学术训练，朱自清才有了大学者之气象。今天谈及文学史研究，我们都会惊异朱自清的学术成就。他对旧体诗以及中国古典文学的解读相当精辟，其文学史研究真正到了"独领风骚"的境界，古今融会贯通，深入浅出，富有开拓性与前瞻性。尽管如此，朱自清还是"战战兢兢，如履薄冰"，且看 1936 年 3 月 19 日的日记：

> 昨夜得梦，大学内起骚动。我们躲进一厘如大钟寺的寺庙。在厕所偶一露面，即为冲入的学生们发现。他们缚住我的

---

[1]　吴组缃：《敬悼朱自清先生》，《文讯》第 9 卷第 3 期《朱自清先生追念特辑》，1948 年 9 月 15 日。

手，谴责我从不读书，并且研究毫无系统。我承认这两点并愿
一旦获释即提出辞职。[1]

连做梦都是学生"谴责我从不读书，并且研究毫无系统"，可见朱
自清内心压力之大。

虽说沈从文是小说大家，又有在上海吴淞中国公学、武汉大学和青
岛大学任教以及编纂教科书的资历和经验，但因只有小学学历，到联大
任教肯定是会遇到阻力的。朱自清与罗常培商议聘沈从文任"副教授"，
可最终只能定为"讲师"，这固然出乎朱自清的预料，更让他感到意外
的是沈从文居然"同意"应聘讲师："从文同意任联大师院讲师之职务。"
其实，"同意"应聘并不理想的讲师职位，也说明沈从文的低调。我注
意到，在整个应聘过程中，沈从文本人自始至终没有出面，可见他不愿
求人。现有的研究文章和相关史料都说沈从文当时应聘的是"副教授"，
与朱自清日记中的记载有出入。笔者认为当以朱自清的日记为准，沈从
文应聘时只是"讲师"，后来才晋升为"副教授""教授"。

即便是改聘沈从文为联大师范学院国文系教授时，其月薪也不
高，仅为三百六十元。这个薪水看似不错，但据余斌在《西南联大·昆
明记忆》记载，晚沈从文两个月晋升的法商学院教授周覃被因为是英
国爱丁堡大学商学士，虽比沈从文小八岁，1942 年才担任讲师的，月
薪是四百三十元。据 1945 年 4 月份西南联大的薪水表记录，沈从文
当月薪金是四百四十元，扣除所得税十一点五元，印花税二元，实领
四百二十六点五元。可见，沈从文所领薪金为教授一档的最低起薪。

杨振声之子杨起在《淡泊名利功成身退——杨振声先生在昆明》一

---

[1] 《朱自清全集》第九卷，江苏教育出版社 1996 年版，第 408 页。

文中谈到，沈从文进入联大，不如那些留学海外、拿了硕士或博士文凭的"海龟"那样顺利。"沈从文入西南联大任教有较大阻力，当时的校委会和中文系似乎并不认可这位作家来当教授。"

在日渐稠密的往来中，朱自清和沈从文逐渐成为无话不谈的好友，进而产生了惺惺相惜之情。在 1935 年 4 月 19 日的日记中，朱自清写道：

> 下午进城，在沈的写字台上见一评论我的《欧游杂记》之手稿。作者署名常风，他非常喜欢我这本书，认为该书唯一缺点是与个人无关。此文已准备刊出，但不在即将出版的一期。①

两人也时常互通消息，1938 年 10 月 24 日，朱自清应云南日报社邀请，参加晚餐会。从文告以广州陷落。告芝生，彼不相信，引"一个北平人"的话，责备云南的知识分子没有信心。②

有时候他们甚至还会讨论一些"绯闻"，比如 1934 年 9 月 22 日的日记中就记载：沈从文告以林徽音（因）与梁宗岱之口角。③此外，朱自清还曾经向沈从文借钱，比如 12 月 13 日的日记写道：借从文七百五十元。④

通过沈从文，朱自清也结识了很多艺术界人士。

朱自清在 1939 年 9 月 5 日的日记中写道："下午在从文家遇李霖灿、李晨岚。李本月中旬回去。看很多写生画，喇嘛庙及点苍山风景画甚美。"⑤

---

① 《朱自清全集》第九卷，江苏教育出版社 1996 年版，第 354 页。
② 《朱自清全集》第九卷，江苏教育出版社 1996 年版，第 556 页。
③ 《朱自清全集》第九卷，江苏教育出版社 1996 年版，第 387 页。
④ 《朱自清全集》第九卷，江苏教育出版社 1996 年版，第 563 页。
⑤ 《朱自清全集》第十卷，江苏教育出版社 1996 年版，第 45 页。

　　李霖灿毕业于国立杭州艺术专科学校，当时在沈从文的启发下到丽江去进行边疆民族艺术调查。李霖灿是国立杭州艺专徒步从湘西走到昆明的步行团领头壮士之一。他们来到昆明之后组织了"高原文艺社"。沈从文热爱美术，他邀请"高原文艺社"的学子到他家里相聚，向他们介绍云南玉龙雪山景色之奇丽与文化宝藏之丰富。在他的引导下，李霖灿与当时也在国立艺专国画系学习的青年画家李晨岚结伴同行考察玉龙雪山。

　　经由沈从文，朱自清结识了不少新的朋友。

　　随着交往程度的密切，就连沈从文的恋爱，朱自清都注意到了。朱自清在 1939 年 10 月 23 日的日记中写道："从文有恋爱故事。"[1]

　　此外，朱自清在日记中写到沈从文的还有三处：

　　1939 年 12 月 21 日日记："访沈从文先生并与他一同阅一年级试卷。……在沈宅晚餐。"[2]

　　1940 年 1 月 25 日日记："访沈从文先生，找到了三名学生的卷子，交给他五十份试卷。沈夫人做酒酿鸡蛋，我感到很新鲜，味道也好。"[3]

　　1947 年 1 月 4 日日记："访今甫及从文。……在从文处修改《论诵读》一文之最后一段。陈、朱、沈招待午饭。"[4]

　　朱自清提到的《论诵读》写于 1946 年 12 月中下旬，刊登在 1947 年 2 月 9 日天津《大公报》副刊《星期文艺》第 17 期。《大公报》副刊《星期文艺》由沈从文主编，很可能是朱自清把《论诵读》送请沈从文过目，沈从文当面提了点儿意见，朱自清就在沈宅做了修改后留给沈从

---

① 《朱自清全集》第十卷，江苏教育出版社 1996 年版，第 55 页。
② 《朱自清全集》第十卷，江苏教育出版社 1996 年版，第 69 页。
③ 《朱自清全集》第十卷，江苏教育出版社 1996 年版，第 79 页。
④ 《朱自清全集》第十卷，江苏教育出版社 1996 年版，第 438 页。

文发表。

商金林认为，作为"京派文人"，二十世纪三十年代朱自清的文艺观与沈从文有很多相似之处。但朱自清最后两年的"文学见解"与沈从文想的大多不合拍，这似乎并没有影响彼此的友谊。朱自清在沈宅"修改文章"，沈从文在《大公报》副刊《星期文艺》发表朱自清与他的见解并不完全一致的论文，体现出一种"和而不同"的君子之风。①

这"和而不同"的君子之风，恰恰是朋友之间相处的至高境界。

授业导师胡适之

朱自清是胡适 1917 年在北京大学执教的第一届学生。

朱自清 1916 年秋考入北京大学预科，1917 年夏，从预科考入北京大学本科，在中国哲学系学习哲学。是年 7 月，胡适从美国回到上海，9 月初到北京大学任哲学、英文教授：在哲学系一年级讲授中国哲学和中国哲学史；第二学年在哲学系讲授西洋哲学史大纲。在这两学年中，胡适是朱自清的授业导师。

胡适对于朱自清学业和人格上都有着很大影响。不仅仅是在学生时期，三十年代朱自清在清华大学任教期间，与胡适也有过频繁的接触与来往：凡是胡适到清华做学术报告，或为毕业生作演讲，或胡适应邀参加清华考试委员会会议，朱自清都参与其中，悉心聆听，唯恐失去就教的机会。由此不难看出他对胡适的敬重。

同样，胡适对于朱自清也是格外重视。从有关《文学杂志》创办的材料可以了解到，1937 年 4 月，胡适与杨振声为了把在京（北平）的文艺工作者团结在一起，决定筹办《文学杂志》，而朱自清成为"八人编委会"

---

① 　商金林：《朱自清日记中的沈从文》，刊《汉语言文学研究》。

成员之一。毋庸置疑，这个"八人编委会"是胡适所首肯的。其他的几位，如杨振声、沈从文、俞平伯、林徽因等也是胡适所信赖的人。[1]

在朱自清的日记里面，关于胡适的记录有不少。比如：

1934年7月24日日记：

> 参加 C.C. 吴的晚宴，胡适博士及 S.Y 任夫妇在座。胡与任夫人都很健谈。任夫人嗓音刺耳，还带有令人不快的鼻音。钱博士也在座。[2]

11月17日日记：

> 参加在励志社举行的晚餐会，东道主是五位将军。胡适也到场，谈到了在军队内建立考核和晋升委员会之事。东道主举杯祝酒之后，戴季陶起立讲话。他从自己是个佛教徒讲起，谈到了佛教和军事科学，最后还讲了孙中山先生的教诲。真是胡扯。他讲完后，大家要求胡适讲话。胡指出在军队里建立考核与晋升制度的必要性，并引证丁文江对中国军事教育的批评，提出两点事实：一是中国的将军不会看地图，另一点是中国军事大学里上的课都是从外国翻译过来的。说二十年前的洋学堂里，普遍有外国教师和翻译，但近年情况发生了很大变化。现在学校里的外国教师不多了，而学生们却能听懂他们的讲课，只有军事教育是例外。何应钦将军致答词时不大同意胡适先生

---

[1] 李生滨、田燕：《远去的背影：朱自清及其诗学研究》，吉林大学出版社 2010 年版，第 9 页。

[2] 《朱自清全集》第十卷，江苏教育出版社 1996 年版，第 308 页。

的看法，使晚餐会的东道主颇为尴尬。①

23 日日记：

> 胡先生作《日本法隆寺与正仓院所藏唐代文物》的演讲。内容颇丰富，但他不善于表达。冯友兰先生和叶企荪两位先生也来听课。我想他们会感到失望的。②

1936 年 5 月 14 日日记：

> 访胡适博士。他表示不喜欢现代诗歌，并告诉我他的新文选只收入一百五十至二百首诗。他希望那文选也如齐的文选一样代表其个性。他说已将齐的文选分送副本给朱大微、夏敬观、徐仲珂。朱不能同意它，但认为是本好书。夏与徐也都赞扬此书。③

从这些记录中可以看出，二十世纪三十年代，朱自清和胡适的交往还是比较多的。在胡适那里，朱自清所受到的影响也是巨大的。尤其是思想上的影响，甚至比从鲁迅那里所得到的还要多得多。

---

① 《朱自清全集》第十卷，江苏教育出版社 1996 年版，第 328 页。
② 《朱自清全集》第十卷，江苏教育出版社 1996 年版，第 330 页。
③ 《朱自清全集》第十卷，江苏教育出版社 1996 年版，第 420—421 页。

附录

朱自清年表 ①

清光绪二十四年（1898） 一岁

11 月 22 日（清光绪二十四年戊戌十月初九日）：生于江苏北部小城东海县（古时称海州）。

清光绪二十七年（1901） 四岁

父亲赴高邮任主管盐税事务的小官，随父母同往，住邵伯镇万寿宫。

清光绪二十九年（1903） 六岁

随父母定居扬州。

---

① 年表参考《朱自清年谱》《朱自清全集》以及网络资料等。

清宣统三年（1911） 十四岁

剪了辫子；在戴子秋先生的夜塾里学习国文。

民国一年（1912） 十五岁

祖父朱则余逝世，终年六十六岁。

与武钟谦订婚。

民国二年（1913） 十六岁

闻宋教仁被刺，作《哭渔父》，已佚。

为度日，家里卖去旧宅。

民国四年（1915） 十八岁

参加抵制"二十一条"的学生运动。

民国五年（1916） 十九岁

以优异成绩从江苏省立第八中学毕业。

秋，考上北京大学预科。

12月15日：与武钟谦成亲。

民国六年（1917） 二十岁

考入北大哲学系。

冬天，父亲受姨太太牵累，亏空公款五百元，祖母因此辞世，享年七十一岁。

父亲失业，二弟要考大学，于是朱自清决定要提前一年毕业。

民国七年（1918） 二十一岁

长子迈先出生，即《儿女》中的阿九。

参加了邓中夏发起组织的"平民教育讲演团"。

民国八年（1919） 二十二岁

2月29日，作新诗《"睡罢，小小的人"》，开始新文学创作。

参加"五四"示威游行。

民国九年（1920） 二十三岁

参加"新潮社"。

在北大代理校长蒋梦麟推荐下，回到扬州，并到杭州浙江省立第一师范学校任国文教员。

民国十年（1921） 二十四岁

转至江苏省立第八中学任教务主任（扬州）。

秋天至上海中国公学中学部教书，认识了叶圣陶，遂成终生的挚友。

10月，中国公学风潮。回浙江一师，后约叶圣陶至。两人合住，常一同游玩。

与叶圣陶等人用写诗和教育投身到新文化运动中，成立"晨光社"。

民国十一年（1922） 二十五岁

年初，到台州浙江第六师范教书。

民国十二年（1923） 二十六岁

2月，由北大同学周予同介绍，到浙江省立第十中学（温州中学的前身）任国文教员，兼教公民和科学概论。

10月，与马公愚和另外两个朋友，游仙岩寺、梅雨潭。朱自清表示回去后一定要写一篇梅雨潭的文章（即《绿》）。

民国十三年（1924） 二十七岁

1月25日,《东方杂志》第21卷第2号20周年纪念号发表《桨声灯影里的秦淮河》。

3月2日，因夏丏尊之邀来到白马湖畔春晖中学任国文教员，时值朱自清在宁波第四中学任教。

4月，叶圣陶与朱自清、俞平伯、刘大白、刘延陵、白采、丰子恺、顾颉刚、沈尹默，以及浙江一师的毕业生潘漠华、顾维祺等又组织了"我们社"，编辑出版不定期文艺丛刊《我们的七月》。暑假，到温州度假。

7月1日，乘火车到上海，观光（朱自清不是会员）中华教育改进社在南京召开的第三届年会。

7月2日，和上海的中华教育改进社会员一起前往南京。

7月3日，参加中华教育改进社第三届年会开幕大典，列席旁听。

9月23日，乘早车来到春晖中学，受到夏丏尊一家款待，允任一班国文。

11月15日，宁波四中有信来给朱自清安排了十点钟的课，朱自清从此往来于宁波四中与春晖两校教书。

11月20日至年底，春晖中学起了风潮，学校提前放寒假，开除学生二十八人。

由于风潮事件，匡互生、丰子恺、夏丏尊、朱光潜等人集体辞职离开春晖园。朱自清仍留在白马湖，但在日记中称："此后事甚乏味。半年后仍须一走。"

12月，上海亚东图书馆出版《踪迹》（诗与散文）。

民国十四年（1925） 二十八岁

5月31日，次子闰生在白马湖畔出世。

6月，主编的《我们的六月》出版。

8月，因俞平伯推荐到清华大学任教授，住清华园古月堂。眷属仍留在白马湖。

10月，作散文《背影》。

民国十五年（1926） 二十九岁

3月18日，为抗议日本帝国主义侵犯中国主权而参加请愿。

民国十六年（1927） 三十岁

1月，自白马湖接眷北上清华，路过上海，叶圣陶先生等饯行。

7月10日，《小说月报》第18卷第7期发表《荷塘月色》。

民国十七年（1928） 三十一岁

1月11日，三女效武生于北京，即"阿毛"。

8月，散文集《背影》出版。

12月7日，清华中国文学会成立大会，做《杂体诗》演讲。

民国十九年（1930） 三十三岁

9月，因系主任杨振声出任青岛大学校长，朱自清代理中国文学系主任工作。

秋，结识陈竹隐。

民国二十年（1931） 三十四岁

5月28日，在清华大学《四十八教授态度坚决之声明》上签字。

5月，与陈竹隐订婚。

8月，前往英国伦敦学习语言学和英国文学，后又游历欧洲大陆。

民国二十一年（1932） 三十五岁

7月，从欧洲返国。

8月，与陈竹隐结婚。

9月，任清华大学中国文学系主任。

10月11日，作散文《给亡妇》。

民国二十二年（1933） 三十六岁

2月21日，作散文《春》。

3月，作《赠言》，希望清华毕业生"在这国家多难之期，更该沉着地挺身前进，决无躲避徘徊之理。他或做自己职务，或做救国工作，或从小处下手，或从大处着眼，只要卖力气干都好"。

4月23日，与"左联"《文学杂志》人士开会，愿意合作。鲁迅高兴地说："郑朱皆合作，甚好。"

7月，散文《春》编入上海中华书局1933年7月版朱文叔编《初中国文读本》第1册。

8月26日，四子乔森出生于北平。

民国二十三年（1934） 三十七岁

9月，游记散文集《欧游杂记》由开明书店出版。

10月19日，为《欧游杂记》中一处误译致《中学生》编辑信。

11月12日，作《文言白话杂论》，该文反对"白话文是美术文，文言却是应用文"的说法，指出白话将全面取代文言。

民国二十四年（1935） 三十八岁

阿英编《现代十六家小品》，"朱自清小品"收散文五篇。

6月30日，开始《中国新文学大系·诗集》的编选。

8月11日，完成《〈中国新文学大系〉诗集导言》。

12月16日，北平学生反对"冀察政务委员会"的成立，举行大规律的游行示威。随清华学生的游行大队进城，对地方政府压迫爱国学生的残酷手段，表示愤懑。

民国二十五年（1936） 三十九岁

3月，散文集《你我》出版。

11月26日，《国立清华大学校刊》第792号发表《绥行纪略》。

《十日杂志》发表歌词《维我中华歌》。

民国二十六年（1937） 四十岁

9月，南下。

10月，到达长沙临时大学。

11月，自长沙至南岳。

作歌词《清华大学第九级级歌》。

民国二十七年（1938） 四十一岁

3月，抵达昆明。

7月7日，参加七七抗战一周年纪念会，并发表短文《这一天》。

12月，作杂论《新语言》，回顾分析了"五四"以来中国语言现代化的历史进程，指出只有通过继续努力，使文言现代化，白话现代化，才能实现"文学的国语"。

民国二十九年（1940） 四十三岁

8月4日，1940年夏至1941年夏，按西南联合大学规定的教师"轮休"制度，在此校任教的朱自清可以带薪离校休假一年。朱自清可以有一段完整的时间，从事早已酝酿成熟的对中国经典文献的学术研究。但昆明物价高得惊人，身为知名教授，亦难养家糊口。计议再三，终于决定迁家到夫人陈竹隐的故乡成都。1940年上学期，一放暑假，朱自清就离开了学校临时校址所在地的云南昆明，于这年的8月4日到达在四川成都租得的、夫人及孩子已搬至此处的家——成都市东门外宋公桥报恩寺内的旁院三间没有地板的小瓦房。

11月14日，朱自清家又添了一个女孩。

民国三十年（1941） 四十四岁

4月30日，四川省教育厅教育科学馆办《文史教学》，朱自清、叶圣陶、顾颉刚、钱穆担任编委。

10月8日，搭小船往泸州，顺岷江而下，途经乐山、宜宾、泸州、叙永等地，11月初抵达昆明。叶圣陶送到码头。

10月18日，在瑟瑟秋风、绵绵阴雨中抵纳纳溪登岸，改走旱路。

10月19日，晚，到达西南联大叙永分校所在地——叙永古城。

11月10日，在《抗战文艺》第7卷第4、5期合刊发表《抗战的比喻》。

11月12日，由梨园村迁居至司家营清华文科研究所。

12月1日，朱自清先生欣然应叙永县立初级中学之邀请，莅临这所刚成立的新学校演讲。

民国三十一年（1942） 四十五岁

3月，与叶圣陶合著《精读指导举隅》出版。

4月，在联大师范学院演讲，题目为《了解与欣赏——这里讨论的是关于了解与欣赏能力的训练》。

6月，应卢冀野约，作《写作杂谈》，对自己的创作道路和创作风格做了简要回顾，建议爱好写作的青年人不要放松对语言文字的训练。

民国三十二年（1943） 四十六岁

2月，《国文月刊》第20期发表《了解与欣赏——这里讨论的是关于了解与欣赏能力的训练》。

4月，《伦敦杂记》出版。

民国三十四年（1945） 四十八岁

4月，与叶圣陶合著《国文教学》出版。

10月1日，与他人合作《国立西南联合大学张奚若等十教授为国共商谈致蒋介石毛泽东电文》。

12月1日，国民党反动派惨杀反对内战要求民主的学生，造成"一二·一"惨案，朱先生至联大图书馆四烈士灵前致敬。

民国三十五年（1946） 四十九岁

5月，上海文光书店出版《经典常谈》（论文集）。

7月20日，作《中国学术界的大损失——悼闻一多先生》。

8月16日，作新诗《悼一多》。

8月18日，成都各界人士举行李、闻惨案追悼大会，事先即传特务将捣乱会场，许多人都不敢参加。而朱自清却依然出席报告，不但博得多次掌声，而且使听众都纷纷落泪。

8月24日，《新华日报》发表朱自清对《新华日报》记者的谈话《谈闻一多教授生平》。

民国三十六年（1947） 五十岁

年初，上了国民党的黑名单。

2 月 23 日，参加签名抗议当局任意逮捕人民的宣言。

4 月 15 日，《清华周刊》复刊第 8 期（总第 684 期）发表《闻一多先生与新诗》（讲话稿，由柏生记录）。

5 月 26 日，签名呼吁和平的宣言，并亲访各院教授征求签名。

7 月 20 日，《清华周刊》社编《闻一多先生死难周年纪念特刊》。发表《〈闻一多全集〉编辑记和拟目》。

7 月 26 日，参加文艺座谈会，讨论诗歌的阶级性问题。

8 月，上海开明书店出版《诗言志辨》。

12 月，拒绝救济粮，拒绝为中间道路的刊物写稿。

作《〈闻一多全集〉编后记》。

民国三十七年（1948） 五十一岁

4 月，《标准与尺度》《语文拾零》两书出版。

4 月 12 日，清华教授为"反饥饿、反迫害"罢课一天，朱先生为宣言起草人之一。

5 月 22 日，签名抗议美帝扶日并拒领美援面粉的宣言。

7 月 9 日，签名抗议北平当局"七五"枪杀东北学生事件。

7 月 15 日，上午，召开整理闻一多先生遗著委员会的最后一次会议，报告工作及出版经过。

下午，参加教授会，审查毕业生名单。

晚，参加闻先生遇难二周年纪念会，并做报告。

7 月 23 日，北平《中建》半月刊在清华举行座谈会，讨论知识分子的任务，朱先生面色苍白，扶杖参加，他在发言中指出知识分子的道路有两条：一条是帮凶帮闲，向上爬的，封建社会和资本主义社会都有这种人；一条向下的。并说，知识分子的改造是困难的，但是必要的，只要慢慢地来。

7月23日，《国立清华大学校刊》发表《整理闻一多先生遗著委员会报告》。

7月30日，开始写《论白话》一文（终未完成）。

8月5日，《中建》半月刊第3卷第5期发表《知识分子今天的任务》。

8月6日，胃部剧痛，入北大医院开刀。

8月10日，转为肾脏炎，犹谆谆嘱托家人，说他已签名拒绝美援，不要买政府的配售美援面粉。

8月12日，11时40分逝世，享年五十一岁。

后记

先生之风　山水长

2012 年，我承接了中国作家协会"中国历史文化名人传记丛书"工程中的《自清芙蓉——朱自清传》的撰写任务。从那时到现在，一直处于比较"紧绷"的状态中，因为这期间在上海大学攻读博士学位，学习比较紧张，加上要撰写博士毕业论文以及写作完成"乡土中国三部曲"《福地》《富矿》《后土》，可谓处于高度战备状态；另外就是看到这批丛书中已经有许多作者顺利写完并交付作家出版社出版，且质量很高，这些成果让我感到很有些压力。紧绷的状态和感受到的压力让我对《自清芙蓉——朱自清传》的撰写工作不敢怠慢，我利用几乎所有可能的时间查阅了视野范围内关于朱自清的所有材料，并断断续续地撰写了一些篇章。在写作过程中，我充分领略到朱自清作为一代文学宗师的大家风范。

朱自清先生是中国现代文学史上著名的诗人、作家、学者、教育家，也是著名的新民主主义战士。他在"五四"风雨的狂飙下步入文坛，直到 1948 年去世，经历了整个新民主主义时期。朱自清先生是"五四"以来最著名的散文作家之一，他的散文虽然不算最多，但却写出了独树一帜的风格，可以说是开一代风气之先，为新文学的发展做出了不可磨灭的贡献，在现代文学史上占有不可动摇的地位。正如郁达夫在《中国新文学大系·现代散文导论（下）》所评价的那样："他的散文，仍能够满贮着那一种诗意，文学研究会的散文作家中，除冰心女士外，文字之美，要算他了。"

朱自清曾称赞闻一多身上集合着"斗士""诗人""学者"三重人格，其实他自己又何尝不是如此？李广田称赞朱自清具有"最完整的人格"，他在《朱自清先生的道路》一文中说："朱先生是积极的狷者，是并不止于'有所不为'而已的，这使他免于成为迂腐的狷者或乡愿式的狷者，这使他成为一般知识分子所最容易追随的先驱，成为一般知识分子最好的典型。"在朱自清去世以后，他的学生以及好友纷纷发表纪念性文章，文坛大家郑振铎、叶圣陶、俞平伯、朱光潜等许多文化名人都撰文称赞他的道德文章，怀念其一代宗师的风范。

朱自清一生致力于新文学的写作与研究，在诗歌、散文、学术研究等方面均有所建树。朱自清以散文名世，文学起步于诗歌，写过小说，进入清华以后，又把多数精力放在了教学和学术研究方面。他的教学和研究以古代诗歌开始，讲李白、杜甫、李贺、陶渊明、谢灵运，而讲得最多的还是宋诗。后来，他又讲中国古代的文学批评、散文研究、文辞研究乃至文学史，他还开过两门最具意义的课："中国新文学研究"和"中国歌谣"。此外，他关注新诗发展，写过多篇论文。如果我们把朱自清放在与他同时代以至不同时代的学者中进行比较考察，可以得出这样的认识：

　　既教大学又兼教中学者，有之；既从事创作又进行研究者，有之；既勤勉学问又关注教育者，有之；既推崇古代文学又倡导现代文学者，有之；既偏重文学又看重语言者，有之；既著述学术论文又撰写普及读物者，有之。但把这几种工作合在一起进行的人，恐怕就少了。

　　朱自清就是这少数人中的一个。

　　在"五四"作家中，朱自清是少有的经过高等学府系统学科训练的作家，是集作家与学者于一身的文人典型，是作家型的学者，又是学者型的作家，他的身上既有知识分子的风骨，又有学者的风度和文人的风范。

　　朱自清辞世后，他的旧日相知好友虽历经艰辛却多半活得长久，成了文化老人，而这些老人在岁月的隧道中所一再回味的却是朱自清那匆匆离去的背影。朱自清的离世引发了国内的纪念风潮，最值得注意的是杨晦、冯雪峰和香港邵荃麟主编的《大众文艺》以"同人"名义刊发的三篇文章。这三篇文章的最大亮点是强调朱自清作为"自由主义作家"向"民主战士"转变的意义——晚年朱自清成为一个标本，他的选择被提升为"知识分子的道路"。

　　因此，在尊重史实的原则下，书写一部权威性和文学性俱佳、既生动有趣又扎实耐读的朱自清传记，其意义自是非凡。作为一代文学大家，朱自清的生平事迹和精神思想还远远没有被普通读者所熟悉，即便是从专业研究者的角度来看，这样的一部传记也是大家所共同期待的。

　　在写作《自清芙蓉——朱自清传》过程中，我十分谨慎。许多人都以为，历史久远的传主不好立传，因为牵扯到当时的时代背景和历史事实，稍不注意就会落入"戏说"乃至"胡说"的境地。其实，近现代人物的传记也不好写，因为史料过于丰富，有许多资料都是读者耳熟能详的，这就需要我们对传主进行"重新发现"。对于朱自清传记的写作，我给自己列出了一个底线：就是宁愿慢一点儿，也要把这本书写好。我记得 2014 年 5 月份，这个工程的文学顾问，著名评论家、中国社科院文学所原副所长何西来老师到徐州参加由我召集的中国长篇小说高峰论坛时，特别叮嘱我：一定要把《自清芙蓉——朱自清传》写好！我期待着早一点儿读到这本书！何老师的话让我很感动，也给予我莫大的鼓励和鞭策。遗憾的是，何老如今已经驾鹤西游，不能看到这部书稿的问世了。这是让我感到十分难过的。

在前期的写作中，我基本上依据的都是史料，很少进行实地的考察。朱自清一生辗转多地，其足迹遍布海州、扬州、北京、温州、宁波、四川、昆明等，由此其人生经历大致可以分为少年时期（1898—1916）、北大求学时期（1916—1920）、中学执教时期（1920—1925）、清华任教时期（1925—1937）、西南联大时期（1937—1946）、重返清华时期（1946—1948）等。在后期的写作中，我觉得很有必要尽可能地沿着朱自清的足迹走一走，感受一下朱自清生活过的地方的风土人情和人文氛围，这样写起来更有历史感和现场感，让历史烟云融入当下语境，保证写作的鲜活性。

因为此前写了不少长篇小说，我想完全可以把自己在小说语言方面的训练转化为写作《自清芙蓉——朱自清传》的一大特色，用充满感性的语言写已然尘封的历史，让这本传记带上小说的感性色彩，在尊重历史事实的前提下，注重情节的营构和编排，灵动展现朱自清的人生轨迹和婚姻感情，以及他在诗歌、散文、学术研究、教学、文学编辑方面的成绩，通过营构朱自清作为教师、诗人、散文作家、学者、民主斗士和文学编辑的多重身份，让读者在阅读中切实体会到一代文学宗师的大家风范。

在中国作协选定的一百二十余位传主中，现代文学的作家不是太多，能承担写作《自清芙蓉——朱自清传》是我的荣幸。我本人一直在高校工作，对朱自清的人格和文章都高度认同，我想让这本书的写作带上自己的体温，既让读者看到朱自清的人生经历和精神风貌，为他的精神所感召，又让读者感受到这是一本作家写作家、教育者写教育者的独特作品。我在写作过程中，力求淡化学术色彩，突出文学的趣味性，用文学的手法写历史，用历史的严谨为朱自清立传，在史实性和文学性之间求得平衡。

如今，耗时五年，凝聚着众多师友关心关怀的《自清芙蓉——朱自清传》就要交付专家审阅和发表出版了，我的心情依然不安。我希望自己的写作能够经得起时间的检验。在此，我愿以此书表达我对朱自清先生的敬意！

2017 年 10 月，完稿于江苏徐州

2018 年 3 月，定稿于浙江杭州

81　《天地放翁——陆游传》　陆春祥 著

82　《二拍惊奇——凌濛初传》　刘标玖 著

图书在版编目（CIP）数据

自清芙蓉：朱自清传 / 叶炜 著. -- 北京：作家出版社，
2018. 9（2023. 6重印）

（中国历史文化名人传丛书）

ISBN 978-7-5212-0063-8

Ⅰ.①自… Ⅱ.①叶… Ⅲ.①朱自清（1898～1948）-
传记 Ⅳ.①K825.6

中国版本图书馆CIP数据核字（2018）第128386号

自清芙蓉——朱自清传

作　　者：叶　炜
传主画像：高　莽
责任编辑：江小燕
书籍设计：刘晓翔＋韩湛宁
整合执行：原文竹
责任印制：李卫东　李大庆
出版发行：作家出版社有限公司
社　　址：北京农展馆南里10号　　　　邮　　编：100125
电话传真：86-10-65067186（发行中心及邮购部）
　　　　　86-10-65004079（总编室）
E-mail:zuojia@zuojia.net.cn
http://www.zuojiachubanshe.com
印　　刷：河北鹏润印刷有限公司
成品尺寸：152×230
字　　数：200千
印　　张：17
版　　次：2018年9月第1版
印　　次：2023年6月第2次印刷
ISBN 978-7-5212-0063-8
定　　价：65.00元（精）

作家版图书，版权所有，侵权必究。

作家版图书，印装错误可随时退换。